हिन्द पॉकेट बुक्स

देहाती दुनिया

शरत्चन्द्र चट्टोपाध्याय बांग्ला के सुप्रसिद्ध उपन्यासकार एवं लघु कथाकार थे। उनकी अधिकांश कृतियों में गाँव के लोगों की जीवनशैली, उनके संघर्ष एवं उनके द्वारा झेले गए संकटों का वर्णन है। इसके अलावा उनकी रचनाओं में तत्कालीन बंगाल के सामाजिक जीवन की झलक मिलती है। शरत्चन्द्र भारत के सार्वकालिक सर्वाधिक लोकप्रिय तथा सर्वाधिक अनूदित लेखक हैं। 16 जनवरी 1938 ई. को कलकत्ता में 62 वर्ष की उम्र में उनका निधन हुआ।

देहाती दुनिया

शरत्चन्द्र

हिन्द पॉकेट बुक्स
पेंगुइन रैंडम हाउस इम्प्रिंट

हिन्द पॉकेट बुक्स

यूएसए | कैनेडा | यूके | आयरलैंड | ऑस्ट्रेलिया
न्यू ज़ीलैंड | भारत | साउथ अफ्रीका | चीन | सिंगापुर

हिन्द पॉकेट बुक्स, पेंगुइन रैंडम हाउस ग्रुप ऑफ़ कम्पनीज़ का हिस्सा है,
जिसका पता global.penguinrandomhouse.com पर मिलेगा

पेंगुइन रैंडम हाउस इंडिया प्रा. लि.,
चौथी मंजिल, कैपिटल टावर -1, एम जी रोड,
गुड़गांव 122 002, हरियाणा, भारत

पेंगुइन
रैंडम हाउस
इंडिया

प्रथम संस्करण हिन्द पॉकेट बुक्स द्वारा 1990 में प्रकाशित
यह संस्करण हिन्द पॉकेट बुक्स में पेंगुइन रैंडम हाउस द्वारा 2022 में प्रकाशित

10 9 8 7 6 5 4 3 2

ISBN 9789353496456

मुद्रकः रेप्रो इंडिया लिमिटेड

www.penguin.co.in

FSC www.fsc.org
MIX
Paper from
responsible sources
FSC® C047271

This is a legitimate digitally printed version of the book and therefore might not
have certain extra finishing on the cover.

देहाती दुनिया

वेणी घोषाल ने ज्यों ही मुकर्जी महाशय के आंगन में पैर रखा, त्यों ही उन्हें सामने एक प्रौढ़ा स्त्री दिखाई दी। उन्होंने कहा, "यह तो मौसी हैं। रमा कहां हैं?"

मौसी इस समय पूजा कर रही थीं। उन्होंने रसोईघर की तरफ इशारा कर दिया। वेणी ने वहां से चलकर और रसोईघर के दरवाजे के पास पहुंचकर कहा, "क्यों रमा, तुमने कुछ निश्चय किया कि क्या करोगी?"

जलते हुए चूल्हे पर से खौलती हुई कड़ाही उतारकर और जमीन पर रखकर रमा ने सिर उठाकर देखा और पूछा, "बड़े भैया, किस बारे में?"

वेणी ने कहा, "बहन, वही तारिणी चाचा के श्राद्ध के बारे में। रमेश तो कल यहां आ पहुंचा। मालूम होता कि वह अपने बाप का श्राद्ध खुब धूमधाम से करेगा। तुम जाओगी या नहीं?"

रमा ने चकित होकर आंखें फाड़ते हुए कहा, "मैं जाऊंगी? तारिणी घोषाल के घर?"

वेणी ने कुछ लज्जित होकर कहा, "हां बहन, यह तो मैं भी जानता हूं। और चाहे जो हो, पर तुम लोग किसी तरह वहां नहीं जाओगी। लेकिन सुना है कि वह खुद सब लोगों के यहां आकर निमन्त्रण देगा। दुष्ट बुद्धि में तो वह अपने बाप पर ही गया है। अगर वह तुम्हारे यहां भी आया, तो तुम क्या कहोगी?"

रमा ने बिगड़कर उत्तर दिया, "मैं कुछ भी न कहूंगी। दरवाजे पर दरबान ही उसे उत्तर दे देगा।"

पूजा में लगी हुई मौसी के कानों में ज्यों ही दलबन्दी की यह रुचिकर

आलोचना पहुंची, त्यों ही वह पूजा छोड़कर उठीं और यहां आ पहुंचीं। अभी उनकी बहनौतिन की बात पूरी भी न हो पाई थी कि वह गरमागरम धान की खील की तरह चटखकर बोलीं, 'दरबान क्यों कहने लगा? मैं क्या कहना नहीं जानती? उस बदमाश को तो मैं ऐसी-ऐसी बातें सूनाऊंगी कि फिर कभी इस घर में पैर न रखेगा। तारिणी घोषाल का लड़का निमन्त्रण देने आवेगा?—हमारे घर? वेणी माधव, मैं कोई बात भूली नहीं हूं। तारिणी अपने इसी लड़के के साथ हमारी रमा का ब्याह करना चाहता था। तब तक हमारे यतीन्द्र का जन्म नहीं हुआ था। तारिणी ने सोचा था कि यह ब्याह हो जाने पर यदुनाथ मुकर्जी की सारी सम्पत्ति हमारी मुट्ठी में आ जाएगी। समझ गए न बेटा वेणी! लेकिन जब वह ब्याह नहीं हुआ, तब इसी भैरव आचार्य से न जाने कितने जप-तप और टोने-टोटके कराके उसने मेरी बेटी के भाग्य में ऐसी आग लगा दी कि छः महीने भी न बीत पाए कि मेरी बच्ची की हाथ की चूड़ियां टूट गई और माथे का सेंदुर पंछ गया। छोटी जाति का होकर चाहता था यदु मुकर्जी की लड़की को अपनी बहू बनाना! हरामजादे की मौत भी वैसे ही हुई। लड़के के हाथ की आग तक न नसीब हुई। आग लगे छोटी जाति के मुंह में।"

इतना कहकर मौसी इस तरह हांफने लगीं कि मानो कुश्ती लड़कर खाली हुई हों। बार-बार 'छोटी जाति', 'छोटी जाति' सुनकर वेणी का मुंह उतर गया, क्योंकि तारिणी घोषाल आखिर उसके चाचा ही थे। रमा ने यह देखकर मौसी को कुछ फटकारते हुए कहा, "क्यों मौसी, तुम आदमी की जाति के बारे में इस तरह की बातें करती हो? जाति तो किसी के हाथ की गढ़ी हुई चीज नहीं है। जिसका जिस जाति में जन्म हो, उसके लिए वही जाति अच्छी है।"

वेणी ने कुछ लज्जित भाव से मुस्कराते हुए कहा, "नहीं रमा, मौसी ने जो कुछ कहा है, वह ठीक ही कहा है। बहन, तुम इतने बड़े कुलीन घर की लड़की ठहरी। भला तुम्हें हम लोग अपने घर ला सकते हैं? छोटे चाचा को इस तरह की बात जबान पर लाना ही बे-अदबी करना था। और जो टोने-टोटके की बात कहती हो, सो वह ठीक ही है। दुनिया का कोई काम ऐसा नहीं जो छोटे चाचा और यह साला भैरव आचार्य न कर सकता हो। यही भैरव आजकल रमेश का मुरब्बी बना हुआ है।"

मौसी ने कहा, "हां वेणी, यह तो जानी-समझी बात है। दस-बारह

वर्ष से तो वह देश में आया नहीं। आखिर इतने दिनों तक वह था कहां?"

वेणी ने कहा, "मौसी, भला मुझे क्या मालूम! छोटे चाचा के साथ जिस तरह का बरताव तुम लोगों का था, उसी तरह का हम लोगों का भी था। सुनता हूं कि इतने दिनों तक वह न जाने बम्बई या और कहीं था। कोई कहता है कि वह डाक्टरी पास करके आया है और कोई कहता है कि वकील होकर आया है। और कोई कहता है कि यह सब धोखा है। क्योंकि लौंडा बड़ा शराबी है। जब घर पहुंचा, तब उसकी आंखें अड़हुल के फूल की तरह लाल थीं।"

मौसी ने कहा, "यह बात है? तब तो उसे घर में घुसने देना ही ठीक नहीं।"

वेणी ने बहुत उत्साह से जरा सिर हिलाकर कहा, "कभी नहीं घुसने देना चाहिए। क्यों रमा, तुम्हें रमेश तो याद है न?"

अपने दुर्भाग्य का प्रसंग छिड़ने पर रमा मन ही मन लज्जित हो रही थी। उसी सलज्ज भाव से मुस्कराती हुई बोली, "याद क्यों नहीं है। मुझसे कुछ बहुत बड़े तो हैं नहीं। और फिर शीतला तल्लेवाली पाठशाला में हम लोग साथ ही पढ़ा करते थे। लेकिन हां, उनकी मां का मरना मुझे बहुत अच्छी तरह याद है। चाची मुझे बहत मानती थीं।"

मौसी फिर एक बार नाचकर बोली, "आग लगे उस मानने में। वह मान-मनाव न खाली अपना काम निकालने के लिए था। उन लोगों का मतलब ही था, किसी तरह तुम्हें अपने हाथ में करना।"

वेणी ने खूब जानकार की तरह हुंकारी भरते हुए कहा, "इसमें क्या सन्देह है। छोटी चाची भी···"

लेकिन अभी उसकी बात पूरी भी न हो पाई थी कि रमा अप्रसन्न होकर मौसी से कह उठी, "मौसी, अब उन सब पुरानी बातों की जरूरत ही क्या है?"

रमेश के पिता के साथ चाहे जितना झगड़ा क्यों न हो, लेकिन उसकी मां के सम्बन्ध में रमा के मन में कहीं छिपी हुई एक प्रच्छन्न वेदना थी। और वह वेदना अब तक भी पूरी तरह से नष्ट नहीं हुई थी। वेणी ने तुरन्त ही हुंकारीं भरते हुए कहा, "हां-हां, यह तो ठीक ही है। छोटी चाची बहुत भले घर की लड़की थीं। आज भी अगर उनकी कोई बात

छिड़ती है, तो मेरी मां की आंखों से आंसू निकल पड़ते हैं।"

जब वेणी ने देखा कि बात कहों की कहीं पहुंच रही है, तब उन्होंने तुरन्त ही वह प्रसंग दबा दिया और कहा, "तो क्यों बहन, फिर यही ठीक रहा न? अब इसमें कुछ इधर-उधर तो नहीं होगा न?"

रमा हंसी। उसने कहा, "भैया, बाबूजी कहा करते थे कि बेटी, आग, करज और दुश्मन का कुछ भी बाकी नहीं छोड़ना चाहिए। तारिणी घोषाल जब तक जीते थे, तब तक उन्होंने हम लोगों को कम नहीं सताया। उन्होंने तो हमारे बाबूजी तक को जेल भेजना चाहा था। भैया, मैं कोई बात भूली नहीं हूं और जब तक जीती रहूंगी, तब तक भूल भी नहीं सकती। रमेश हमारे उसी दुश्मन के लड़के हैं न। और फिर मेरा तो किसी तरह जाना हो ही नहीं सकता। बाबूजी हम दोनों भाई-बहन में जायदाद बांट तो गए हैं, लेकिन सबका बन्दोबस्त करना तो मेरे ही जिम्मे है। हम लोग तो नहीं ही जाएंगे। बल्कि जिन लोगों के साथ हम लोगों का कोई सम्बन्ध है, उन्हें भी हम लोग नहीं जाने देंगे।" फिर कुछ सोच-कर कहा, "क्यों भैया, तुम कोई ऐसा इन्तजाम नहीं कर सकते कि कोई ब्राह्मण उनके घर जाए ही नहीं?"

वेणी कुछ और आगे खिसक आए और जरा धीमे स्वर में कहने लगे, "बहन, बस इसी बात की तो मैं चेष्टा कर रहा हूं। यदि, तुम मेरी सहा-यता पर रहो, तो फिर मुझे किसी और बात की चिन्ता नहीं। अगर मैं रमेश को इस कुंआपुर गांव से न भगा दूं तो मेरा नाम वेणी घोषाल नहीं। फिर रह जाऊंगा मैं और यह भैरव आचार्य। अव तारिणी घोषाल तो है ही नहीं। तब देखूंगा कि इस साले को कौन बचाता है।"

रमा ने कहा, "बचाएं रमेश घोषाल। देखो बड़े भैया, मैं कहे देती हूं, शत्रुता करने में ये भी कमी नहीं करेंगे।"

वेणी अब कुछ और भी आगे खिसक आए और जरा इधर-उधर देख-कर चौखट के ऊपर जमकर बैठ गए। इसके बाद उन्होंने अपना स्वर और भी धीमा करके कहा, "अगर तुम बांस को नवाना चाहती हो तो बस यही समय है। यह मैं तुम्हें बतलाए देता हूं कि जब वह पक जाएगा, तो फिर कुछ भी न हो सकेगा। अभी तक उसने यह नहीं सीखा है कि धन-दौलत और जमीन-जायदाद की किस तरह रक्षा की जाती है। अब अगर इसी बीच में शत्रु को निर्मूल न कर दिया जाएगा तो फिर आगे

चलकर कुछ भी न हो सकेगा। यह बात हम लोगों को दिन और रात याद रखनी पड़ेगी कि यह और कोई नहीं, तारिणी घोषाल के ही लड़के है।"

रमा ने कहा, "बड़े भैया, यह तो मैं अच्छी तरह समझती हूं।"

वेणी ने कहा, "बहन, भला ऐसी कौन-सी बात है जो तुम न समझती हो। भगवान ने तुम्हें लड़का बनाते-बनाते लड़की बना दिया। हम लोग तो आपस में अक्सर यही कहा करते हैं कि समझने-बूझने में अच्छे-अच्छे जमींदार भी तुम्हारे सामने कोई चीज नहीं हैं। अच्छा, तो मैं कल फिर किसी समय आऊंगा। आज देर हो रही है। अब मैं जाता हूं।"

इतना कहकर वेणी घोषाल उठ खड़े हुए। अपनी इस प्रशंसा से रमा बहुत ही प्रसन्न होकर उठ खड़ी हुई और विनय के साथ कुछ प्रतिवाद करना ही चाहती थी कि उसका कलेजा धक से रह गया। आंगन के एक तरफ से किसी अपरिचित व्यक्ति का गम्भीर स्वर सुनाई दिया, "अरे, रानी कहां है?"

जब रमा छोटी थी, तब रमेश की मां उसे इसी नाम से पुकारा करती थी। लेकिन इतने दिन बीत जाने पर अब वह स्वयं ही यह बात भूल गई थी। उसने वेणी की तरफ देखा कि उसके सारे मुख पर कालिमा दौड़ गई है। तुरन्त ही रूखा सिर, नंगे पैर और सिर पर दुपट्टा बांधे हुए रमेश उसके सामने आ खड़े हुए। वेणी पर निगाह पड़ते ही वह बोले, "अरे यह तो बड़े भैया हैं! आप यहां कहां? अच्छा चलिए। आप नहीं रहेंगे तो वहां के सब काम कौन करेगा? मैं तो गांव-भर में आपको ढूंढ़ता फिरता हूं। रानी कहां है?"

इतना कहते हुए रमेश किवाड़ के सामने आ खड़े हुए। उस समय रमा भाग तो सकती ही नहीं थी, इसलिए सिर झुकाकर चुपचाप खड़ी रही। रमेश ने क्षण-भर उसकी तरफ देखकर बहुत ही आश्चर्य प्रकट करते हुए कहा, "अरे वाह! तुम तो इतनी बड़ी हो गई! अच्छी तरह तो हो?"

रमा सिर झुकाए खड़ी रही। इस तरह औचक में पड़कर वह कुछ भी न कह सकी। रमेश ने कुछ हंसते हुए पूछा, "पहचानती हो न? मैं तुम्हारा रमेश भैया हूं।"

लेकिन रमा अब भी सिर उठाकर उनकी तरफ न देख सकी। हां,

कोमल स्वर में उसने पूछा, "आप अच्छे हैं?"

रमेश ने कहा, 'हां, अच्छी तरह हूं। लेकिन रमा, तुम मुझे 'आप' क्यों कहती हो?"

फिर वेणी की ओर देख कर और कुछ मलिन हंसी हंसते हुए कहा, "बड़े भैया, रमा की वह बात मैं आज तक नहीं भूला। जब मां मरी थीं, तब तो यह बहुत छोटी थीं। उसी समय इन्होंने मेरे आंसू पोंछकर कहा था, रमेश भैया, तुम रोओ मत, मेरी मां तो है ही। हम दोनों उसको आधा आधा-बांट लेंगे।—क्यों रमा, तुम्हें तो वह बात याद नहीं होगी? अच्छा, मेरी मां की तो तुम्हें याद है न?"

यह सुनकर रमा का सिर मानो लज्जा से और भी नीचे हो गया। वह जरा-सा सिर हिलाकर भी यह न जतला सकी कि ताई जी की सब बातें मुझे खूब अच्छी तरह याद हैं। रमेश विशेष रूप से रमा को सुनाकर कहने लगे, "अब समय बिलकुल नहीं है। बीच में सिर्फ तीन ही दिन रह गए हैं। जो कुछ करना हो, वह सब कर डालो। जिसे बिलकुल निराश्रय कहते हैं, वही होकर मैं तुम लोगों के दरवाजे पर आया हूं। तुम लोगों के बिना गए मैं जरा-सा भी कोई इन्तजाम न कर सकूंगा।"

मौसी चुपचाप आकर रमेश के पीछे खड़ी हो गईं। जब वेणी या रमा में से किसी ने भी रमेश की किसी बात का कोई जवाब नहीं दिया, तब वह सामने की तरफ आ पहुंची और रमेश के मुंह की तरफ देखकर बोली, "क्यों भैया, तुम तारिणी घोषाल के ही लड़के हो न?"

रमेश ने आज से पहले कभी मौसी को नहीं देखा था; क्योंकि जब वह गांव छोड़कर चले गए थे, तब रमा की मां की बीमारी के समय वह इस घर में आई थीं; और तब से आज तक इस घर के बाहर नहीं निकलीं। रमेश कुछ चकित होकर उनकी तरफ देखने लगे। मौसी ने कहा, "और नहीं तो ऐसा बेहया भला और कौन होगा? जैसा बाप, वैसा ही बैटा। न कुछ कहना और न कुछ पूछना! एक भले आदमी के घर में घुसकर इस तरह हल्ला करने में तुम्हें शरम भी नहीं आती?"

रमेश बुद्धि-भ्रष्ट की तरह काठ होकर देखते रह गए। वेणी यह कहते हुएं वहां से खिसके, "तो अच्छा, अब मैं चलता हूं।"

रमा ने कोठरी के अन्दर से कहा, "मौसी, तुम भी क्या बकवाद कर रही हो! तुम अपना काम करो न जाकर।"

मौसी ने समझा कि वे बहनौतिन का छिपा हुआ इशारा समझ गई हैं, इसलिए उन्होंने अपने स्वर में कुछ और भी जहर मिलाकर कहा, “देखो रमा, तुम बको मत। जो काम करना ही है, उसके लिए मेरी आंखों में तुम लोगों की तरह लज्जा नहीं है। भला वेणी को इस तरह डर कर भागने की क्या जरूरत थी? इतना तो कह जाता कि भैया, हम लोग न तो तुम्हारे नौकर या गुमाश्ते हैं और न तुम्हारी जमींदारी की प्रजा हैं जो हम तुम्हारे काम-धन्धे वाले घर में पानी भरने और आटा मलने आएंगे। तारिणी मरा तो गांव-भर का कलेजा ठण्डा हुआ। यह बात कहने का भार मेरे ऊपर न छोड़कर आप ही इसके मुंह पर कह जाता तो मरदानगी का काम होता।”

रमेश तब भी चुपचाप पत्थर की मूरत की तरह खड़े रहे। वास्तव में इन सब बातों का उन्हें स्वप्न में भी ध्यान नहीं था। अन्दर से रसोई-घर के किवाड़ की सिकड़ी झन-झन करती हुई हिली, लेकिन किसी ने भी उसकी तरफ ध्यान न दिया। मौसी ने रमेश के निर्वाक् और अत्यन्त पीले पड़े हुए मुख की ओर देखकर फिर कहना शुरू किया, “जो हो, लेकिन एक ब्राह्मण के लड़के का मैं किसी नौकर या दरबान से अपमान नहीं करना चाहती। भैया, जरा होश ठिकाने रखकर काम करो। यहां से चले जाओ। तुम कोई नादान बच्चे नहीं हो जो भले आदमियों के घर में घुसकर सबको ताव दिखाते फिरते हो। तुम्हारे घर हमारी रमा कभी पैर धोने भी न जाएगी, यह मैं तुम्हें अभी से बतलाए देती हूं।”

रमेश मानो अचानक नींद टूटने पर जाग पड़े। तुरन्त ही उनके विस्तृत वक्ष के अन्दर से एक ऐसा गम्भीर निश्वास निकल पड़ा कि उसके शब्द ने स्वयं उन्हें ही चकित कर दिया। घर के अन्दर से किवाड़ की आड़ से रमा ने सिर उठाकर देखा। रमेश ने पहले तो शायद कुछ इधर-उधर किया और तब रसोई-घर की तरफ देख कर कहा, “यदि किसी तरह से वहां जाना हो ही नहीं सकता तो फिर उपाय ही क्या है! लेकिन मैं तो ये सब बातें जानता नहीं था। रानी, अनजान में मुझसे जो भूल हो गई, उसके लिए मुझे तुम माफ करना।”

इतना कहकर रमेश धीरे-धीरे वहां से चले गए। कोठरी के अन्दर से किसी तरह आवाज तक न आई। रमेश को इस बात का भी पता न चल सका कि जिससे माफी मांगी थी, वह आड़ में खड़ी चुपचाप उनके

मुंह की तरफ देख रही थी। इसके बाद वेणी फिर तुरंत ही वहां आ पहुंचे। वह वहां से भागे नहीं थे, बल्कि बाहर छिपकर सिर्फ रमेश के वहां से हटने का आसरा देख रहे थे। मौसी से आंखें चार होते ही उनका सारा मुख प्रसन्नता और हंसी से भर गया। उन्होंने आगे बढ़कर कहा, "वाह मौसी, तुमने भी खूब खरी-खरी सुनाई! इस तरह की बातें हम लोगों के मुंह से तो कभी निकल ही नहीं सकती थीं। रमा, यह क्या कोई नौकर या दरबान का काम था? मैं तो बाहर आड़ में खड़ा-खड़ा देख रहा था न, वह लौंडा आषाढ़ के मेघ की तरह मुंह बनाकर चला गया। यह बहुत ठीक हुआ।"

मौसी ने क्षण अभिमान के स्वर में कहा, "हां, यह मैं भी जानती हूं कि बहुत ठीक हुआ। लेकिन अगर तुम ये सब बातें कहने का भार हम दो औरतों पर छोड़कर खिसक न जाते और आप ही ये सब बातें कहते तो और भी अच्छा होता। और अगर तुम आप ये सब बातें नहीं कर सकते थे तो तुम यहां ही खड़े होकर क्यों नहीं सुन गये कि मैंने उससे क्या कहा? तुम्हारा इस तरह यहां से खिसक जाना मुनासिब नहीं हुआ।"

वेणी के मुंह की हंसी मौसी की बातों के कड़वेपन में मिलकर हवा हो गई। उनके समझ में ही न आया कि मैं इस अभियोग में अपनी क्या सफाई दूं! लेकिन उन्हें ज्यादा देर तक सोचना नहीं पड़ा। अचानक रमा अंदर से मौसी की बातों का जवाब दे बैठी। इतनी देर तक वह बिलकुल चुप थी। उसने कहा, "मौसी, जब तुमने स्वयं ही सब बातें कह दी तो यह सबसे अच्छा हुआ। और कोई चाहे कितना ही क्यों न कहता, पर वह तुम्हारी तरह जबान से इतना ज्यादा जहर तो उगल ही नहीं सकता था।"

मौसी और वेणी दोनों को ही इतना अधिक आश्चर्य हुआ जिसका ठिकाना नहीं। मौसी ने रसोई-घर की तरफ मुड़कर पूछा, "क्या कहा मैंने?"

रमा ने कहा, "कुछ भी नहीं। पूजा करती-करती तो तुम सात बार उठीं। जाओ, जाकर पूजा तो पूरी कर लो, आज क्या रसोई-उसोई कुछ नहीं होगी?"

इतना कहकर रमा आप ही बाहर निकल आई और बिना किसी से कुछ कहे-सुने बरामदा पार करके उधरवाली कोठरी में चली गई। वेणी ने सूखे हुए मुंह से बहुत धीरे से पूछा, "मौसी, यह बात क्या है?"

मौसी ने कहा, "भइया, मैं क्या जानूं। उस राज-रानी का मिजाज समझना क्या हमारी जैसी नौकरानियों और मजदूरनियों का काम है?"

इतना कहते-कहते मारे क्रोध और क्षोभ के मौसी के चेहरे का रंग काला पड़ गया। वह जाकर फिर पूजा के आसन पर बैठ गईं ओर शायद मन-ही-मन भगवान् के नाम का स्मरण करने लगीं। वेणी भी धीरे-धीरे वहां से चले गए।

दो

इस कुआंपुर गांव की जायदाद की कमाई के सम्बन्ध में एक इतिहास है जो यहां देना आवश्यक है। प्रायः सौ बरस पहले महाकुलीन बलराम मुकर्जी अपने नाम-राशी मित्र बलराम घोषाल को साथ लेकर विक्रमपुर से यहां आए थे। मुकर्जी केवल कुलीन ही नहीं थे, बुद्धिमान भी थे। उन्होंने अपना विवाह करके, सरकारी नौकरी करके और साथ में न जाने और क्या-क्या करके यह जायदाद अपने हाथ में की थी। घोषाल ने भी इसी तरफ अपना ब्याह कर लिया, लेकिन, उनमें पितृ-ऋण का परिशोध करने के सिवा और किसी बात की क्षमता नहीं थी; इसलिए वे दुःख और कष्ट में ही अपने दिन बिताते रहे। विवाह के सम्बन्ध में ही दोनों नामराशियों में कुछ मनोमालिन्य हो गया और अन्त में वह मनोमालिन्य एक ऐसे विवाद के रूप में परिणत हो गया कि एक ही गांव में लगातार बीस बरसों तक रहने पर भी एक ने दूसरे का मुंह तक नहीं देखा। यहां तक कि जिस दिन बलराम मुकर्जी मरे उस दिन भी घोषाल ने उनके घर में पैर नहीं रखा। लेकिन उनके मरने के दूसरे ही दिन एक बहुत ही विलक्षण बात सुनाई पड़ी—वे अपनी सारी जायदाद के बराबर-बराबर दो भाग करके उनमें से एक भाग अपने पुत्र को और दूसरा अपने नाम-राशि के मित्र के पुत्रों को दे गए। तभी से यह कुआंपुर की जायदाद मुकर्जी और घोषाल के वंशों के अधिकार और भोग में चली आ रही है। ये लोग स्वयं भी इस बात का अभिमान करते हैं और गांव के लोग भी इस बात से इंकार नहीं करते। हम जिस समय की बात कह रहे हैं, उस समय घोषाल वंश भी दो भागों में बंट चुका था। कई दिन हुए, उस वंश

की छोटी शाखा के मालिक तारिणी घोषाल मुकदमे के काम से जिले की कचहरी में गए थे। वहां अदालत में उनके पांच-सात छोटे-बड़े मुकदमों की तारीखें थीं। लेकिन उन सब मुकदमों के फैसलों की कुछ भी परवाह न करके वे न जाने कहां की एक बहुत बड़ी अदालत की आज्ञा शिरोधार्य करके चुपचाप इस लोक से चल दिए। उस समय कुआंपुर गांव में और उसके बाहर भी चारों तरफ कोहराम मच गया। घोषाल वंश की बड़ी शाखा के मालिक वेणी घोषाल अपने चाचा की मृत्यु से प्रसन्न हुए और मन-ही-मन निश्चितता का निश्वास निकालकर अपने घर लौट आए। फिर अंदर-ही-अंदर दल-बन्दी करके इस बात का प्रयत्न करने लगे कि चाचा के आगामी श्रद्धा के दिन विघ्न डाले जाएं और श्राद्ध ठीक तरह से न होने पावे। इधर दस बरसों से चाचा और भतीजे ने एक-दूसरे का मुंह तक न देखा था। दस बरस पहले तारिणी की स्त्री के मर जाने से उनका घर सूना हो गया था। उसी समय उन्होंने अपने पुत्र रमेश को उसके मामा के घर भेज दिया था। और आप अपने घर के अन्दर नौकर-मजदूरनियों के साथ और बाहर मामले-मुकदमों में लगे रहकर अपने दिन बिताते थे। रमेश को अपने पिता की मृत्यु का दुःखद समाचार रुड़की कालिज में मिला और वे अपने पिता की अंतिम क्रियाएं संपन्न करने के लिए बहुत दिनों के बाद कल तीसरे पहर अपने सूने घर में आ पहुंचे।

काम-धंधे का घर है। बीच में सिर्फ दो ही दिन रह गए हैं। बृहस्पतिवार को रमेश के पिता का श्राद्ध है। एक-एक, दो-दो करके आस-पास के गांवों के बड़े-बूढ़े धीरे-धीरे आने लगे हैं। लेकिन खुब कुआंपुर गांव का कोई आदमी नहीं आ रहा है। रमेश ने यह बात समझ ली और शायद यह भी समझ लिया कि अन्त तक इस गांव का कोई आदमी हमारे घर न आएगा। हां, केवल भैरव आचार्य और उनके घर के सब लोग आकर काम-धंधे में शरीक हो रहे हैं। यद्यपि रमेश को यह आशा नहीं थी कि खुद हमारे गांव के ब्रह्मणों के चरणों की धूल हमारे घर आकर पड़ेगी, तो भी वे अपने यहां की सारी व्यवस्था बडे आदमियों की ही तरह कर रहे हैं। आज बहु देर से रमेश अपने घर के अन्दर ही काम-धंधों में लगे हए थे। जब वे किसी काम से बाहर निकले, तब उन्होंने देखा कि बाहर की बैठक में दो वृद्ध भले आदमी बिछौने पर बैठे हुए तम्बाकू पी रहे हैं। उन लोगों के सामने पहुंचकर विनयपूर्वक कुछ कहना ही

चाहते थे कि उन्हें पीछे की तरफ से कुछ शब्द सुनाई पड़ा। उन्होंने मुड़कर देखा कि एक बात पर अपने साथ पांच-छः लड़के-लड़कियों को लिए खांसते हुए अन्दर चले आ रहे हैं। उनके कंधे पर एक मैला दुपट्टा है, नाक पर एक जोड़ी बैंगनों की तरह एक बड़ा चश्मा है जो पीछे की तरफ डोरी से बंधा हुआ है। सिर के बाल बिलकुल सफेद हैं। मूंछे भी बिलकुल सफेद; लेकिन तमाखू के धुएं से ताम्बे के रंग की हो रही हैं। कुछ और आगे बढ़कर उन्होंने उसी भीषण चश्मे के अन्दर से थोड़ी देर तक रमेश के चेहरे की तरफ देखा और तब बिना कुछ बोले-चाले वे एकदम से रोने लग पड़े। रमेश ने नहीं पहचाना कि ये कौन हैं। लेकिन वे चाहे जो हों, रमेश घबराकर उनकी तरफ बढ़े। ज्यों ही रमेश ने उनका हाथ पकड़ा, त्यों ही भर्राई हुई आवाज में वह कह उठे—नहीं भइया रमेश, मैं तो स्वप्न में भी यह नहीं जानता था कि तारिणी इस तरह मुझे धोखा देकर चल देंगे। लेकिन मेरा भी ऐसे चटर्जी वंश में जन्म नहीं हुआ है जो किसी के डर से मुंह से झूठी बात निकाले। मैं यहां आते समय तुम्हारे वेणी घोषाल के मुंह पर ही कहता आया हूं कि हमारे रमेश श्राद्ध का जैसा आयोजन कर रहे हैं, वैसा श्राद्ध करना तो भाड़ में गया, इस तरफ कभी किसी ने आंख से भी न देखा होगा।" कुछ ठहरकर उन्होंने फिर कहा, "भइया, मेरे बारे में बहुत-से साले आकर तुमसे तरह-तरह की बातें कहेंगे; लेकिन यह निश्चय जानो कि यह धर्मदास केवल धर्म का ही दास है, और किसी का नहीं।"

इतना कहकर वृद्ध ने अपने सत्य भाषण का सारा पौरुष आत्मसात् करते हुए गोविन्द गांगुली के हाथ से हुक्का छीन लिया और उसका एक कश खींचते ही फिर बहुत प्रबल वेग से खांसना शुरू कर दिया।

धर्मदास ने कुछ बहुत अधिक अत्युक्ति नहीं की थी। वहां श्राद्ध का जैसा आयोजन हो रहा था, वैसा आज तक इस तरफ किसी ने नहीं किया था। कलकत्ते से हलवाई आए थे और उन्होंने आंगन में एक तरफ अपनी भट्टी चढ़ा रखी थी। उसके चारों तरफ मुहल्ले के बहुत-से लड़कों और लड़कियों की भीड़ लगी थी। कंगालों को कपड़े बांटे जाने को थे। चंडी-मंडप के उस तरफ बरामदे में अनुगत भैरव आचार्य थानों में मे धोतियां फाड़-फाड़कर और तह करके उनके ढेर लगा रहे थे। उधर कई आदमी जमकर बैठे हुए थे और इस अपव्यय का हिसाब लगाकर रमेश को उनकी

इस मूर्खता पर मन-ही-मन गालियां दे रहे थे। गरीब और दुखिया लोग खबर पाकर दूर-दूर से चले आ रहे थे। सभी तरह के आदमियों से सारा घर भरा हुआ था। कहीं कुछ लोग लड़-झगड़ रहे थे तो कहीं झूठ-मूठ शोर ही मचा रहे थे। चारों ओर देखने पर जब धर्मदास को व्यय की इस अधिकता का पता चला, तब उनकी खांसी और भी ज्यादा बढ़ गई।

धर्मदास की बातों के उत्तर में रमेश संकुचित होकर 'नहीं-नहीं' के सिवा कुछ और भी कहना चाहते थे, लेकिन धर्मदास ने हाथ के इशारे से उन्हें रोककर धड़ाधड़ और भी न जाने कितनी बातें कह डालीं। लेकिन खांसी के कारण उन बातों का एक अक्षर भी किसी की समझ में न आया।

गोविन्द गांगुली सबसे पहले आए थे। जो बातें धर्मदास ने कही थी, वे सब बातें कहने का अवसर सबसे पहले गोविन्द को ही मिला था। लेकिन गोविन्द के मूंह से उस समय वे बातें नहीं निकलीं, इसलिए वे सोचने लगे कि मैंने ऐसी अच्छी बातें कहने का अवसर व्यर्थ गंवाया और यह सोचकर उनके मन में भारी क्षोभ उत्पन्न हो रहा था। लेकिन अब जो यह दूसरा अवसर मिला था, उसे उन्होंने हाथ से नहीं जाने दिया। उन्होंने धर्मदास को सुनाते हुए जल्दी-जल्दी कहना शुरू किया—कल सवेरे, समझे न भइया धर्मदास, यहां आने के लिए जब मैं घर से निकला ही था कि लगे वेणी मुझे पुकारने—गोविन्द चाचा, जरा तमाखू तो पीते जाओ। पहले तो मैंने सोचा कि उसके पास जाने की जरूरत नहीं, फिर मन में आया कि जरा चलकर मन की थाह तो ले लेनी चाहिए। भइया रमेश, तुम जानते हो कि वेणी ने क्या कहा? उसने कहा कि चाचा, तुम तो रमेश की मदद करने के लिए खड़े हो गए हो। लेकिन मैं पूछता हूं कि क्या और सब लोग भी खाएं-पीएंगे?

भला, मैं क्यों छोड़ने लगा! तुम बड़े आदमी हो तो हुआ करो। हमारे रमेश भी किसी से कम नहीं हैं। तुम्हारे घर से किसी को एक मुट्ठी चिड़वे की मिलने की आशा नहीं है। मैंने कहा—वेणी बाबू, यह तो आने-जाने का रास्ता है। जब गरीब और कंगाल विदा होने लगें, तब जरा खड़े होकर देखना। रमेश अभी लड़के हैं तो क्या हुआ। क़लेजा इसको कहते हैं! मेरी इतनी उमर हुई, पर आज तक ऐसी तैयारी कभी आंखों से भी न देखी। लेकिन मैं यह भी कहता हूं भइया धर्मदास, कि हम लोगों के बस में है ही क्या! जिनका काम है, वही ऊपर से सब करा रहे

हैं। तारिणी भइया अगर शाप-भ्रष्ट दिग्पाल नहीं थे तो और क्या थे?

लेकिन धर्मदास की खांसी किसी तरह रुकती ही नहीं थी। वे खांसते ही रह गए और उनके देखते-देखते गांगुली महाशय इतनी अच्छी-अच्छी और इतनी ढेर-सी बातें इस अपरिपक्व तरुण जमींदार के सामने कह गए। यह देखकर धर्मदास उनसे भी और अच्छी बातें कहने की चेष्टा में व्याकुल होने लगे।

गांगुली महाशय कहने लगे—भइया, तुम कोई पराये तो हो नहीं। बिलकुल अपने ही ठहरे। तुम्हारी मां हमारी सगी फुफेरी बहन की ममेरी बहन थीं। राधानगर के बनर्जी घर की—तारिणी भइया ये सब बातें जानते थे। तभी तो जब कोई काम-धन्धा होता था, गवाही-साखी होती थी, तब बस बुलाओ गोविन्द को?

अब धर्मदास ने जी-जान लड़ाकर अपनी खांसी रोकी और चिढ़कर कहा, "गोविन्द, क्यों व्यर्थ की बकवाद करते हो। खक्-खक्-खक्। मैं कोई आज का तो हूं नहीं। मैं क्या नहीं जानता? उस साल गवाही देने की बात चलने पर तुमने कहा कि मेरे पैर में जूता नहीं है, मैं नंगे पैर कसे चलूंगा? खक्-खक्-खक्। तारिणी भइया ने तुरन्त ढाई रुपये निकालकर एक जोड़ी नया जूता खरीदवा दिया और फिर वही जूता पहनकर वेणी की तरफ से गवाही दे आए! खक्-खक्-खक्।

गोविन्द की आंखें लाल हो गईं। उसने पूछा, "मैंने गवाही दी?"

धम॰—गवाही नहीं दी?

गो॰—चल झूठा कहीं का।

धर्म॰—झूठा होगा तेरा बाप!

गोविन्द ने अपना टूटा हुआ छाता हाथ में उठा लिया और उछलकर कहा, "अच्छा, तो आ साले!"

धर्मदास ने अपनी बांस की लकड़ी ऊपर उठाकर 'हुंकार किया और तब फिर खूब जोरों से खांसना शुरू कर दिया। रमेश घबरा कर दोनों के बीच में आ खड़े हुए और स्तंभित हो रहे। धर्मदास अपनी लकड़ी नीचे करके खांसते हुए बैठ गए और बोले, "मैं रिश्ते में उस साले का बड़ा भाई हूं कि नहीं। इसलिए साले की अक्किल तो देखो···"

गोविन्द गांगुली भी अपने हाथ का छाता नीचे रखकर यह कहते हुए बैठ गए—हैं! यह साला मेरा बड़ा भाई है!

शहर के हलवाई अपनी भट्टी का ध्यान छोड़कर यह तमाशा देख रहे थे। चारों तरफ लोग काम-धन्धे में लगे हुए थे, वे लोग भी यह हो-हल्ला सुनकर तमाशा देखने के लिए आ पहुंचे। लडके-बच्चे खेल छोड़कर लड़ाई का मजा लेने लगे और उन सब लोगों के सामने रमेश मारे लज्जा और आश्चर्य के हत-बुद्धि की तरह स्तब्ध होकर चुपचाप खड़े रहे। उनके मुंह से एक बात भी न निकली। यह क्या हो रहा है! दोनों ही वृद्ध, भले आदमी और ब्राह्मण-संतान हैं। ऐसी मामूली-सी बात पर ये लोग नीच जाति के लोगों की तरह गाली-गलौज कर सकते हैं! बरामदे में बैठे हुए भैरव कपड़ों की थाक लगा रहे थे और ये सब बातें देख और सुन रहे थे। अब वे उठकर वहां आ पहुंचे और रमेश से कहने लगे—कोई चार सौ धोतियां तो हो चुकीं। क्या अभी और धोतियों की जरूरत होगी?

लेकिन रमेश के मुंह से हठात् कोई बात ही न निकली। रमेश का यह अभिभूत भाव देखकर भैरव को हंसी आ गई। उन्होंने बहुत ही कोमल स्वर से समझाते हुए कहा, "छी: गांगुली महाशय! बाबू तो बिलकुल ही अवाक् हो गए हैं। बाबू, आप इन सब बातों का कुछ खयाल न कीजिएगा। इस तरह की बातें तो यहां अक्सर होती रहती हैं। बड़े काम-धंधे के घर में न जाने कितनी लड़ाइयां और कितने झगड़े होते रहते हैं। यहां तक कि मार-काट और खून-खराबी भी हो जाती है और फिर सब मिलकर एक हो जाते हैं। अच्छा अब उठिए चटर्जी महाशय, जरा देख लीजिए कि मैं और धोतियां फाडूं या नहीं।"

लेकिन धर्मदास के जवाब देने से पहले ही गोविन्द गांगुली बड़े उत्साह से सिर हिलाते हुए उठकर खड़े हो गए और कहने लगे, "हां, यह सब तो होता ही रहता है। अक्सर होता है। और नहीं तो लोग इसे 'विरद कर्म' क्यों कहते हैं! शास्तर में लिखा है कि जब तक लाख बातें न हों तब तक ब्याह ही नहीं होता। उस साल की बात क्या तुम्हें याद नहीं है भैरव? मुकर्जी महाशय की लड़की रमा के ब्याह का काम जिस दिन शुरू हुआ था, उस दिन राघव भट्टाचार्य में और हारान चटर्जी में सिर-फुड़ौअल तक हो गई थी। लेकिन भैरव भइया, मैं तो यह कहता हूं कि छोटे भइया का यह काम अच्छा नहीं हो रहा है। छोटे आदमियों को धोतियां बांटना और राख में घी डालना दोनों बराबर हैं। इससे तो अगर

ब्राह्मणों को एक-एक जोड़ा धोती और उनके बच्चों को एक-एक धोती दी जाती तो नाम हो जाता। मैं तो कहता हूं कि छोटे भइया को यही करना चाहिए। क्यों धर्मदास भइया, तुम्हारी क्या राय है?"

धर्मदास ने सिर हिलाते हुए कहा, "रमेश भझ्या, गोविन्द ने कोई बुरी बात नहीं कही है। उन सालों को हजार दिया जाय, तो भी कोई नाम होने की आशा नहीं। और नहीं तो उन्हें छोटे आदमी क्यों कहा गया है? समझे न भइया रमेश!"

अब तक रमेश चुपचाप थे। कपड़े बांटने की इस आलोचना से वे मानो बहुत ही मर्माहत हुए। लेकिन वे उनकी सुयुक्ति या कुयुक्ति के सम्बन्ध में मर्माहत नहीं हुए थे। इस समय तो उनके मन में सबसे ज्यादा यही बात खटक रही थी कि ये लोग जिन्हें छोटै या नीच आदमी कहते हैं, उन्हीं छोटे और नीच आदमियों की हजारों आंखों के सामने ये लोग इतना बड़ा लज्जाजनक काम कर बैठे और इसके लिए इन लोगों में से किसी के भी मन में जरा-सा क्षोभ या सज्जा का नाम तक नहीं। जब रमेश ने देखा कि भैरव उनके मुंह की तरफ देख रहे हैं, तब उन्होंने संक्षेप में कहा, "आप और दो सौ धोतियां ठीक कर रखिए।"

गोविन्द बीच में ही बोल उठे, "हां, बिना इतने के काम कैसे चलेगा! भैरव भइया, चलो मैं भी चलता हूं। तुम अकेले कहां तक करोगे?"

इतना कहकर गोविन्द बिना किसी की सम्मति की अपेक्षा किए कपड़ों के ढेर के पास जा बैठे। रमेश अन्दर जाना ही चाहते थे कि धर्मदास उन्हें बुलाकर एक तरफ ले गए और धीरे-धीरे उनके कान में उन्होंने बहुत-सी बातें कहीं। उत्तर में रमेश ने सिर हिलाकर मानो अपनी सहमति प्रकट की और तब वह अन्दर चले गए। गोविन्द गांगुली ने कपड़ों की तह लगाते हुए कनखियों से यह सब देखा।

इतने में एक दुबले-पतले वृद्ध ब्राह्मण, जिनकी मूछें मुड़ी हुई थीं, यह कहते हुए वहां आ पहुंचे—भइया कहां हैं? रमेश भइया कहां हैं?

इन ब्राह्मणदेवता के साथ दो-तीन लड़के-लड़कियां भी थे। लड़की सबसे बड़ी थी। उसके शरीर पर एक बहुत फटी-पुरानी डोरिये की धोती थी। दोनों लड़कों की कमर में सिर्फ एक-एक लंगोटी थी और उसके सिवा वे बिलकुल दिगम्बर थे । वहां जो लोग मौजूद थे, उन्होंने

सिर उठाकर देखा। गोविन्द ने उनकी अभ्यर्थना करते हुए कहा, "आओ दीनू भइया, बैठो। हम लोगों के बड़े भाग्य हैं जो आज आपके चरणों की धूल यहां पड़ी। लड़का अकेला हैरान हुआ जाता है। इस लिए आप लोग···"

धर्मदास ने गोविन्द की तरफ कुछ तीखी निगाह से देखा। लेकिन गोविन्द ने उसकी तरफ बिना कुछ ध्यान दिए कहा, "आप लोग तो भइया, इस तरफ आएंगे नहीं···"

इतना कहकर गोविन्द ने उनके हाथ में हुक्का थमा दिया। दीनू भट्टाचार्य ने आसन ग्रहण करके जले हुए हुक्के से व्यर्थ ही दो कश खींच- कर कहा, "अरे भाई, मैं तो यहां था ही नहीं। तुम्हारी बहू को लाने के लिए उसके बाप के घर गया था। भइया कहां हैं? सुना है कि बहुत बड़ा आयोजन हो रहा है। रास्ते में उस गांव के बाजार से सुनता आ रहा हूं कि सबको खिलाने-पिलाने के बाद छोटे-बड़े सबके हाथ में सोलह-सोलह पूरियां और चार-चार जोड़ी सन्देश भी दिए जाएंगे।"

गोविन्द ने स्वर कुछ धीमा करके कहा, "और इसके सिवा शायद एक-एक धोती भी मिलेगी। देखो, यही रमेश भइया हैं। इसीलिए मैंने दीनू भइया से कहा था कि तुम लोगों के—चार आदमियों के—माता-पिता के आशीर्वाद से सब जोड़-तोड़ एक तरह से लगाया तो जा रहा है, लेकिन, वेणी बुरी तरह से पीछे पड़ा है। मेरे ही यहां उसने दो बार बुलाने के लिए आदमी भेजा था। लेकिन मेरी बात छोड़ दो, रमेश के साथ मेरा तो खून का संबंध ठहरा। लेकिन यह दीनू भइया हुए, धर्मदास भइया हुए, ये लोग क्या तुम्हें यों ही छोड़ सकते हैं? दीनू भइया तो रास्ते में खबर सुनकर दौड़े हुए यहां आए हैं।—अबे ओ पष्ठीचरण, जरा तम्बाखू तो भर ला। भइया रमेश, जरा इधर आओ। एक बात कहनी है।"

इस प्रकार रमेश को गोविन्द एक किनारे ले गए और धीरे से उनसे पूछने लगे क्या अन्दर धर्मदास की औरत आई है? खबरदार भइया, ऐसा काम मत करना। यह धन ब्राह्मण कितना ही क्यों न फुसलावे, पर भइया, तुम धर्मदास की औरत के हाथ में भंडार की चाबी-कुंजी मत देना। यह घी, आटा, तेल, नमक सब आधा-आधा खिसका देगी। तुम्हें चिन्ता ही किस बात की है? मैं जाते ही तुम्हारी भाभी को भेज दूंगा। वह

आकर भंडार का सारा भार ले लेगी और तुम्हारा एक तिनका तक नुकसान नहीं होने पाएगा।

रमेश सिर हिलाकर और 'जो आज्ञा' कहकर चुप हो गए। परन्तु उनके आश्चर्य का ठिकाना नहीं था। धर्मदास ने बहुत ही गुप्त रूप से उसने कहा था कि भंडार का भार लेने के लिए हम अपनी स्त्री को भेज देंगे। लेकिन गोविन्द ने यह बात कैसे भाप ली कि धर्मदास ने यही बात कही थी?

दो नंगे लड़के के दौड़े हुए आए और दीनू भाइया के कंधे पर लटककर कहने लगे—बाबा, हम सन्देश खाएंगे।

दीनू ने एक बार रमेश की तरफ और एक बार गोविन्द की तरफ देखकर कहा, "अरे, मैं सन्देश कहां से लाऊं?"

लड़कों ने यह कहकर हलवाइयों की तरफ दिखला दिया कि देखो, वह बन तो रहे हैं।

इतने में और भी तीन-चार लड़के-लड़कियां रोते हुए वहां आ पहुंचे और "बाबा, हम भी खाएंगे" कहकर धर्मदास को चारों तरफ से घेर कर खड़े हो गए।

रमेश घबरा कर आगे बढ़ आए और कहने लगे-अच्छा-अच्छा, आचार्य जी, ये सब लड़के तीसरे पहर के घर से निकले हुए हैं। घर से खाकर तो आए ही नहीं हैं।—अरे, क्या नाम है तुम्हारा? वह थाल इधर तो ले आओ।

हलवाई ज्यों ही सन्देश का थाल लेकर आया, त्यों ही सब लड़के उस पर टूट पड़े। उन्होंने किसी को सन्देश बांटने का अवकाश भी न दिया और सबको परेशान कर दिया। लड़कों को खाते देखकर दीनानाथ की शुष्क दष्टि भी सजल और तीव्र हो गई। उन्होंने कहा, "अरे मुनियां, खा तो रही है; जरा यह भी तो बता कि सन्देश बने कैसे हैं?"

"बहुत बढ़िया बने हैं बाबा।" कहकर मुनियां अपना सन्देश फिर खाने लगी। दीनू ने मुस्कराकर सिर हिलाते हुए कहा, "वाह, तुम लोगों की भी कोई पसन्द है। मीठा चाहिए, बस। क्यों जी हलवाई, कड़ाही क्यों उतार दी? क्यों गोविन्द भइया, अभी तो कुछ दिन बाकी है?"

हलवाई ने बिना किसी तरफ देखे तुरंत उत्तर दिया—जी हां, हैं क्यों नहीं, है। अभी तो बहुत समय है। अब भी संध्या-पूजा...।

दीनू ने कहा, "तो फिर एक ठो गोविन्द भइया को भी दो। जरा वह भी चखकर देखें कि तुम लोग कलकत्ते के कैसे कारीगर हो। नहीं-नहीं, मुझे क्यों दे रहे हो? अच्छा, तो फिर आधा दो, आधे से ज्यादा मत देना। अरे ओ षष्ठीचरण, जरा पानी तो ले आ। जरा हाथ धो लूं।

इतने में रमेश ने पुकारकर कहा, "षष्ठीचरण, अंदर से तीन-चार रिकावियां भी लेते आना।"

मालिक की आज्ञा होते ही अन्दर से तीन-चार रकाबियां और पानी के गिलास आ गए और देखते-देखते उस बड़े थाल की प्रायः आधी मिठाई उन तीनों बूढ़े और मलेरिया से सूखे हुए सब्राह्मणों ने जलपान में ही खतम कर डाली। दीनानाथ ने रुका हुआ निःश्वास छोड़कर कहा, "हां, ये लोग हैं कलकमत्ते के कारीगर! क्यों धर्मदास भइया?"

धर्मदास भइया के आगे की रिकाबी अभी तक खतम नहीं हुई थी। यद्यपि उनका अव्यक्त कंठ-स्वर सन्देश के ताल को भेदकर सहज में उनके मुख से बाहर न निकल सका, तो भी लोगों की समझ में आ गया कि इस विषय में उनका मत-भेद नहीं है।

"हां, यह है उस्तादी हाथ!" कह कर जब गोविन्द सब के अंत में हाथ धोने का उपक्रम करने लगे, तब हलवाई ने नम्रतापूर्वक अनुरोध किया-पंडित जी महाराज, जब आपने कष्ट ही किया है, तब जरा यह नुकती का लड्डू भी चख देखिए। जरा इसकी भी परख हो जाए।

गोविन्द ने कहा, "नुकती का लड्डू! कहां है भइया, जरा लाओ, देखें।"

नुकती के लड्डू भी आए। उन लोगों के द्वारा इतने अधिक सन्देश खाए जाने के बाद भी इस नई चीज के प्रति इतने अधिक सद्-व्यवहार को रमेश देखते ही रह गए। दीनानाथ ने अपनी लड़की की तरफ हाथ फैला-कर कहा, "अरे मुनियां, ले तो बेटी नुकती के ये दो लड्डू।"

मुनियां ने कहा, "अब मुझसे नहीं खाया जाएगा बाबूजी।"

दीनानाथ ने कहा, "अरे, खाया क्यों नहीं जाएगा। खाया जाएगा। जरा एक घूंट पानी पीकर गला तर कर ले, मुंह आ गया होगा। और न खाया जाय तो आंचल में गिरह देकर बांध ले। कल सवेरे खा लीजियो। हां भइया, खूब खिलाया। सब चीजें मानो अमृत हैं, अमृत। बहुत बढ़िया बनी हैं। मालूम होता है, मिठाई तुमने दो तरह की बनवाई है भैया

जी?"

रमेश को उत्तर नहीं देना पड़ा। हलवाई ने उत्साहपूर्वक कहा, "जी नहीं। रसगुल्ला, खोर-मोहन···"

दीनानाथ ने विस्मित रमेश के मुंह की ओर देखकर कहा, "खीर-मोहन भी है? कहां है भइया, वह तो तुमने निकाला ही नहीं! खीर-मोहन खाया था मेने राधानगर के बोस बाबू के घर। आज तक मानो मुंह में उसका स्वाद बना हुआ है। भइया, मैं कहूंगा तो तुम विश्वास नहीं करोगे। लेकिन खीर-मोहन मुझे बहुत ही अच्छा लगता है।"

रमेश ने हंसकर जरा सिर हिला दिया। उन्हें विश्वास करना बहुत कठिन न मालूम हुआ। राखाल किसी काम से बाहर जा रहा था। रमेश ने उसे बुला कर कहा, "अंदर शायद आचार्य जी हैं। राखाल, जरा जाकर उनसे कहो तो कि कुछ खीर-मोहन लेते आएं।"

संध्या हो गई है, लेकिन फिर भी, ब्राह्मण खीर-मोहन की आशा में उत्सुक होकर बैठे हैं। थोड़ी देर में राखाल लौट आया और बोला, "भइया, अब आज भंडार का ताला नहीं खुलेगा।"

रमेश मन-ही-मन कुछ चिढ़े। उन्होंने कहा, "जाओ, जाकर कहो कि मैं मंगवा रहा हूं।"

गोविन्द गांगुली ने रमेश की नाराजगी देखकर आंखें नचाते हुए कहा, "दीनू भइया, देखी भैरव की अक्किल! मालूम होता है कि मां से भी ज्यादा मौसी को दरद है। इसीलिए तो मैं कहता हूं···"

लेकिन उनकी बात बिना सुने ही राखाल ने कहा, "आचार्य जी क्या करें? उस घर से मालकिन ने आकर भंडार बंद कर दिया है।"

धर्मदास और गोविन्द दोनों ही चौंक पड़े और बोले, "कौन? मालकिन कौन?"

रमेश ने चकित होकर पूछा, "क्या ताई जी आई हैं?"

राखाल ने कहा, "जी हां। उन्होंने आते ही छोटे और बड़े दोनों भण्डारों में ताला बन्द कर दिया है।"

मारे आश्चर्य और आनन्द के रमेश के मुंह से कोई बात न निकली और वे उठकर जल्दी से अन्दः चले गए।

तीन

"ताई जी!' आवाज सुनते ही विश्वेश्वरी भंडार से बाहर निकल आई। यदि वेणी की अवस्था के साथ तुलना की जाय तो उनकी माता की अवस्था पचास बरस से कम न होनी चाहिए, लेकिन, यों देखने पर वे किसी तरह चालीस बरस से अधिक की नहीं जान पड़ती थीं। रमेश टक लगाकर उनकी तरफ देखते रहे। आज भी उनका वही कच्चे सोने का-सा रंग है। किसी समय इस तरफ उनके जिस रूप की बहुत अधिक प्रसिद्धि थी, उनका वह अनिन्ध सौन्दर्य आज भी उनके सांचे के ढले हुए और हृष्ट-पुष्ट शरीर को छोड़कर जा नहीं सका था। उनके सिर के बाल कटे हुए और छोटे-छोटे थे जिनकी कुछ लटें बल खाकर माथे पर आ पड़ी थीं। चिबुक, कपोल, अधर, ललाट, सभी अंग मानो किसी बहुत बड़े कारीगर के बहुत ही यत्न और साधना के फल थे। और सबसे बढ़कर उनकी दोनों आंखों की दृष्टि थी। थोड़ी देर उनकी तरफ देखते रहने से मानो सारा अन्तःकरण मोह से भर जाता है।

यह ताईजी किसी समय रमेश और विशेषत: उनकी परलोकवासिनी माता से बहुत अधिक प्रेम करती थीं। विवाह हो जाने के बाद जब कुछ समय तक इन दोनों में से किसी के बच्चे नहीं हुए और सास-ननद की यन्त्रणाओं के मारे जव ये जेठानी और देवरानी छिपकर एक साथ बैठ-कर रोई, तभी इस स्नेह का पहले-पहल ग्रन्थि बन्धन हुआ था। इसके बाद घर की माल-गुजारी-मामले-मुकदमे और न जाने कितनी तरह की लड़ाइयां और झगड़े दोनों ग्रहस्थियों पर से होकर निकल गए हैं। लड़ाई-झगड़ों के उत्ताप से वह बंधन शिथिल जरूर हो गया, लेकिन फिर भी एकदम से टूट नहीं सका है। बहुत दिनों के बाद जब आज उसी देवरानी के भण्डार में वह गई तब उसके हाथ के सजाए हुए बहुत पुराने बरतन-भांड़े आदि देखकर ताई जी की आंखों से आंसू बहने लगे। रमेश के पुकारने पर जब वह अपनी आंखें पोंछकर बाहर निकलीं, तब उन दोनों लाल और आर्द्र नेत्र-पल्लवों की ओर देखकर रमेश कुछ देर के लिए विस्मित हो रहे। ताईजी ने भी यह देखा। इसलिए, जान पड़ता है कि सद्यःपितृहीन रमेश की ओर दृष्टिपात करते ही उनका हृदय हाहाकार कर

उठा, लेकिन उन्होंने उसका लेश भी बाहर प्रकट न होने दिया; बल्कि कुछ हंसते हुए पूछा, "रमेश, मुझे पहचान लिया?"

उत्तर देने में रमेश के होंठ कांपने लगे। मां के मरने के बाद जब तक रमेश अपने मामा के घर नहीं गए थे, तब तक इन्हों ताईजी ने उन्हें कलेजे से लगाकर रखा था और वह किसी तरह इन्हें छोड़ना ही नहीं चाहती थीं। आज वह बातें भी उन्हें याद आईं और साथ ही यह भी याद आया कि अभी कल ही जब मैं ताईजी के घर गया था, तब उन्होंने कहला दिया था कि वह घर पर नहीं हैं; और उनके साथ भेंट तक नहीं की थी। और इसके बाद जब वेणी के सामने और पीठ पीछे भी उसकी मौसी ने उनका अत्यन्त तिरस्कार किया था, तब उन्होंने निश्चित रूप से समझ लिया था कि अब इस गांव में मेरा अपना कोई नहीं है।

थोड़ी देर तक रमेश के मुख की ओर देखते रहने के बाद विश्वेश्वरी ने कहा, "नहीं बेटा, ऐसे समय में जी कड़ा करना होता है।"

लेकिन उनके स्वर में मानो कोमलता का कहीं आभास भी न था। रमेश ने अपने-आप को संभाल लिया। उसने समझ लिया कि जहां रूठने की कोई मर्यादा ही नहीं है, वहां रूठने या अभिमान प्रकट करने के समान विडम्बना संसार में और कोई नहीं। उसने कहा, "हां ताईजी, मैंने अपना जी बहुत कड़ा कर लिया है। मुझसे जो कुछ हो सकता, वह मैं आप ही कर लेता। फिर तुम क्यों चली आईं?"

ताई जी हंस पड़ीं। उन्होंने कहा, "रमेश, तुम तो मुझे बुला कर यहां लाये नहीं हो जो मैं तुम्हें इस बात की कैफियत दूं। अच्छा,सुनो। जब तक सब काम-काज हो नहीं जायगा, तब तक मैं खाने-पीने की कोई चीज भण्डार से निकलने नहीं दूंगी। जब मैं जाने लगूंगी, तब भण्डार की ताली-कुंजी तुम्हारे हाथ में देती जाऊंगी और फिर कल आकर तुम्हीं से ले लूंगी। देखो, ताली-कुंजी और किसी के हाथ में मत देना। हां, यह तो बतलाओ, उस दिन बड़े भइया के साथ तुम्हारी भेंट हुई थी?"

यह प्रश्न सुनकर रमेश बहुत दुविधा में पड़ गए। उनकी समझ में न आया कि ताई जी अपने पुत्र का व्यवहार जानती हैं या नहीं। उन्होंने कुछ सोचकर कहा, "बड़े भइया उस समय तो घर पर नहीं थे।"

प्रश्न करते ही ताई जी के मुख पर उद्वेग की छाया आ पड़ी थी। रमेश को स्पष्ट दिखाई दिया कि उनके इस उत्तर से ताईजी का वह भाव

बिलकुल दूर हो गया और उनके मुख पर प्रसन्नता आ गई। उन्हों ने हंसते हुच स्नेहपूर्वक शिकायत के स्वर में कहा, "वाह रे मेरी तकदीर! अरे, एक बार भेंट नहीं हुई, तो क्या दुबारा नहीं जाना चाहिए? मैं जानती हूं कि वह तुम लोगों से खुश नहीं है। लेकिन तुम्हें तो अपना काम करना ही चाहिए। जाओ, फिर एक बार जाकर उससे अच्छी तरह कहो। वह तुम्हारा बड़ा भाई है। उसके सामने दबने में तुम्हें कोई लज्जा नहीं है। और तिस पर बेटा, यह आदमी के लिए ऐसा बुरा समय है कि इसमें सभी लोगों के हाथ-पैर जोड़कर उनसे झगड़ा मिटा लेने में कोई लज्जा नहीं है। मेरे राजा भइया, एक बार जाओ। इस समय मैं समझती हूं कि वह घर पर ही होगा।"

रमेश चुप रहे। ताई जी के इतना अधिक आग्रह करने के कारण भी स्पष्ट रूप से उनकी समझ में नहीं आया और उनके मन का सन्देह भी दूर नहीं हुआ। विश्वेश्वरी ने कुछ और आगे खिसक कर कोमल स्वर से कहा, "बाहर जो लोग बैठे हुए हैं, उन्हें मैं तुमसे बहुत ज्यादा जानती हूं। तुम उन लोगों की बातें मत सुनना। आओ, चलो। तुम जरा मेरे साथ अपने बड़े भइया के पास चलो।"

रमेश ने सिर हिलाकर कहा, "नहीं ताई जी, यह बात नहीं होगी। और बाहर जो लोग बैठे हैं, वे चाहे जैसे हों, लेकिन इस समय मेरे लिए वही सबसे ज्यादा अपने हैं।"

रमेश अभी और भी न जाने क्या-क्या कहना चाहते थे, लेकिन ताई जी के मुख की ओर देख कर उन्हें बहुत अधिक विस्मय हुआ और वे चुप हो गये। उन्हें ऐसा जान पड़ा कि ताई जी का मुख चारों तरफ फैली हुई सन्ध्या से भी कहीं बढ़ कर मलिन हो गया है। थोड़ी देर बाद ताई जी ने ठण्डी सांस लेकर कहा, "अच्छा, ऐसा ही सही। जब तुम्हारा किसी तरह उसके पास जाना हो ही नहीं सकता, तब फिर उस बारे में कुछ कहना ही व्यर्थ है। लेकिन फिर भी बेटा, तुम किसी बात की चिन्ता मत करना। तुम्हारा कोई काम रुका नहीं रहेगा। मैं कल बहुत सबेरे ही आ जाऊंगी।"

इतना कहकर विश्वेश्वरी अपने दास को बुलाया और उसे साथ लेकर वह खिड़की वाले रास्ते से चली गई। उन्होंने समझ लिया था कि इस बीच में वेणी के साथ रमेश की भेंट हो चुकी है और कोई बात जरूर

हुई है। वह जिस रास्ते से गई थीं, उस रास्ते की तरफ रमेश कुछ देर तक चुपचाप खड़े देखते रहे। इसके बाद जब वह बहुत उदास होकर बाहर निकले, तव गोविन्द ने घबरा कर पूछा, "क्यों भइया, बड़ी मांजी आई थीं न?"

रमेश ने सिर हिलाकर कहा, "हां।"

गोविन्द ने कहा, "मैंने सुना है कि वह भण्डार बन्द करके चाबी अपने साथ लेती गई हैं?"

रमेश ने यों ही सिर हिलाकर उसकी बात का जवाब दे दिया, क्योंकि चलते समय न जाने क्या सोचकर ताई जी भण्डार की चाबी अपने साथ ही लेती गई थीं। गोविन्द ने कहा, "देखा न भइया धर्मदास, मैंने जो कहा था वही हुआ न। क्यों भइया रमेश, मतलब समझ गए न?"

रमेश मन ही मन क्रुद्ध हुए। लेकिन अपनी निरुपाय अवस्था के खयाल से सहन करके चुप रह गए। दरिद्र दीन भट्टाचार्य अभी तक गए नहीं थे। उनमें कुछ बुद्धि नहीं थी। जिसकी दया से वे अपने लड़के-लड़कियों-सहित भर-पेट सन्देश खा सके थे, उसे बिना दो-चार आन्तरिक आशीर्वाद दिए और सबके सामने उच्च स्वर में बिना उसके सात पुरखों की स्तुति किए वह घर नहीं जा सकते थे। ब्राह्मण ने बिलकुल निरीह भाव से कहा, "भइया, इसका मतलब समझना कौन मुश्किल है! वह जो ताला बन्द करके चाबी अपने साथ लेती गई हैं, इसका मतलब यही है कि भण्डार और किसी के हाथ में न जाए। वह सब कुछ तो जानती हैं।"

गोविन्द चिढ़ गए थे। मुर्ख दीन की इस बात से जल-भुन कर उन्होंने उसे झिड़कते हुए कहा, "जब तुम कोई बात समझते-बूझते ही नहीं हो, तो फिर बीच में बोल क्यों बैठते हो? तुम इन सब बातों को क्या समझते हो जो मतलब लगाने बैठे गए?"

झिड़की सुनकर दीन की निर्बुद्धिता और भी बढ़ गई। उसने भी गरम होकर जवाब दिया, "अरे, इसमें समझने-बूझने की कौन-सी बात है! सुनते नहीं हो कि मालकिन आप आकर भण्डार बन्द करके चाबी अपने साथ लेती गई हैं? इस में कोई कोई क्या कह सकता है?"

गोविन्द ने आग-बबूला होकर कहा, "अरे भट्टाचार्य, तुम अपने घर जाओ न। जिस काम के लिए दौड़े आए थे, वह तो हो गया। घर भर ने मिलकर खुब खाया और बांध भी ले चले। अब क्यों ठहरे हो? जाओ,

खीर-मोहन अब परसों खाना। आज अब कुछ नहीं। इस समय जाओ। हम लोगों को अभी बहुत-से काम हैं।"

दीनू लज्जित और संकुचित हो गये। और रमेश उतने ही अधिक कुण्ठित तथा क्रुद्ध हुए।

गोविन्द अभी और न जाने क्या कहना चाहते थे, लेकिन सहसा रमेश के शान्त, पर साथ ही कठिन कण्ठ-स्वर से रुक गए—गांगुली जी, आपको हो क्या गया है? आप चाहे जिसका इस तरह खाहमखाह अपमान क्यों करते हैं?

गोविन्द यह घुड़की सुनकर पहले तो विस्मित हुए। परन्तु तुरन्त ही उन्होंने सूखी हंसी हंसकर कहा, "भइया, मैंने अपमान किसका किया? आप इन्हीं से पूछे कि मैंने जो कुछ कहा है, वह ठीक है या नहीं। ये अगर डाल-डाल चलते हैं तो मैं पात-पात चलता हूं। देखी न भइया धर्मदास, इस दीनू ब्राह्मण की हिमाकत? अच्छा।"

यह तो धर्मदास ही जानें कि उन्होंने क्या देखा, लेकिन रमेश इस आदमी की निर्लज्जता और धृष्टता देख कर अवाक् हो गए। उस समय दीनू ने रमेश की तरफ देखकर आप ही कहा, "नहीं भइया, गोविन्द जो कुछ कहते हैं, वह ठीक ही कहते हैं। यह तो सभी लोग जानते हैं कि मैं बहुत गरीब हूं। इन लोगों की तरह मेरे पास जमीन या खेत कुछ नहीं है। किसी तरह मांग-जांच कर अपने दिन बिताता हूं। भगवान ने मुझे इतना सामर्थ्य तो दिया ही नहीं कि अपने लड़के-बच्चों को अच्छी चीज खिला सकू। इसीलिए जब बड़े आदमियों के घर कोई काम-काज होता है, तब ये लोग खा-पी जाते हैं। भइयाजी, आप इस बात का कुछ खयाल न करें। जब तारिणी भइया जीते थे, तब हम लोगों को खिलाना-पिलाना उन्हें बहुत अच्छा लगता था। इसीलिए भइया, मैं आपसे निश्चय कहता हूं कि हम लोगों ने जो जी भरकर खा लिया है, इसे ऊपर से देखकर वे प्रसन्न ही हुए हैं।"

इतना कहते-कहते हठात् दीन के गम्भीर और शुष्क नेत्रों में जल भर आया और सबके देखते-देखते आंसुओं की दो-चार बूंदें भी टपाटप गिर पड़ीं। रमेश ने मुंह फेर लिया। दीनू ने अपने मैले और सैकड़ों जगहों से फटे हुए दुपट्टे से अपनी आंखें पोंछते हुए कहा, "भइया, खाली मैं ही नहीं। यहां मेरे जैसे जितने गरीब हैं, उनमें से कोई भी कभी

तारिणी भइया के आगे हाथ फैलाकर खाली नहीं लौटा। भला ये सब बातें कौन जानेगा! वे दाहिने हाथ से जो करते थे, उसका पता उनके बाएं हाथ को भी नहीं लगने पाता था। लेकिन अब मैं आप लोगों को तंग नहीं करूंगा। तो बेटी मुनियां, उठ बेटा हरिधन, चलो, घर चलें। अब फिर कल सबेरे आएंगे। भइया रमेश, मैं और क्या कहूं। यही कहता हूं कि अपने पिता की तरह होओ और जुगजुग जिओ।"

रमेश ने उसके साथ-साथ रास्ते तक आकर आर्द्र स्वर से कहा, "भट्टाचार्य जी, इधर दो-तीन दिन मुझपर दया रखिएगा। और मुझे कहते हुए संकोच होता है। लेकिन अगर इस घर में हरिधन की मां के चरणों की धूल पड़े तो मैं अपना बहुत बड़ा भाग्य समझूंगा।"

भट्टाचार्य ने व्यस्त होकर अपने दोनों हाथों से रमेश के दोनों हाथ पकड़ लिए और रोते-रोते कहा, "भइया रमेश, मैं बहुत ही गरीब और दुखिया हूं। तुम जो मुझसे इस तरह की बातें कहते हो, तो मैं मारे लज्जा के मरा जाता हूं।"

अपने लड़के लड़की साथ लेकर वृद्ध ब्राह्मण धीरे-धीरे चला गया। रमेश भी लौट आए। गांगुली जी से उन्होंने जो एक कठोर बात कही थी, उसका ध्यान करके वह कुछ कहने की चेष्टा में ही थे कि उन्हें रोक-. कर गोविन्द ने उद्दीप्त होकर कहा, "भैया रमेश, यह तो हमारा अपना ही काम है। अगर तुम न भी बुलाते तो भी हम लोगों को आप ही यहां आकर सब काम करने पड़ते। इसीलिए तो मैं आया हूं। धर्मदास और मैं, दोनों भाई, तुम्हारे बुलाने की राह ही नहीं देखते।"

धर्मदास अभी भी तमाखू पीकर खांस रहे थे। वे अपनी लाठी के सहारे उठकर खड़े हो गए और खांसी के जोर में आंखें और मुंह लाल करके हाथ नचाकर बोले, "भैया रमेश सुनो। मैं वेणी घोषाल नहीं हूं। हम लोगों की पैदाइश का ठीक-ठिकाना है।"

धर्मदास की इस कुत्सित बात से रमेश चौंक पड़े। लेकिन अब उन्होंने क्रोध नहीं किया। इस बहुत थोड़ी उम्र में ही उन्होंने समझ लिया था कि ये लोग शिक्षा के अभाव और अभ्यास के दोष से बिना किसी संकोच के कितनी बड़ी गंदी बात कह जाते हैं और वह गन्दी है, यह जानते भी नहीं।

ताई जी के स्नेहपूर्ण अनुरोध और व्यथित भाव को स्मरण करके

रमेश मन ही मन पीड़ा का अनुभव कर रहे थे। सबके चले जाने पर वह बड़े भैया के पास जाने के लिए तैयार हुए। जिस समय वे वेणी के चण्डीमण्डप के बाहर जाकर पहुंचे उस समय रात के आठ बजे थे। अंदर मानो एक प्रकार की लड़ाई हो रही थी। गोविन्द गांगुली की चीख-पुकार सबसे अधिक थी। बाहर से ही उसके कानों में आवाज पहुंची, गोविन्द बाजी लगाकर कह रहे हैं, "अगर यह चार दिन में जड़-मूल से नष्ट न हो जाए तो तुम लोग मेरा गोविन्द गांगुली नाम बदल देना वेणी बाबू, यह सब नवाबो जैसी तयारी आपने सुनी न! मैं जानता हूं कि तारिणी घोषाल एक पैसा भी छोड़कर नहीं मरे हैं। तब फिर इतना लम्बा-चौड़ा आयोजन क्यों? अरे भाई, हाथ में पैसा हो तो करो। अगर नहीं है, तो जायदाद रेहन रखकर कभी किसी ने अपने बाप का श्राद्ध इतने ठाठ से किया हो, यह तो भैया, मैंने कभी सुना नहीं। वेणीमाधव बाबू, मैं आपसे निश्चयपूर्वक कहता हूं कि इस लौंड़े ने नन्दी की कोठी से कम-से-कम तीन हजार रुपये उधार लिए हैं।"

वेणी ने उत्साहित होकर कहा, "तब तो गोविन्द चाचा, इसका पक्का पता लगा लेना चाहिए।"

गोविन्द ने स्वर धीमा करके कहा, "भैया, जरा सबर तो करो। जरा एक बार मुझे अच्छी तरह वहां घुस तो जाने दो। इसके बाद फिर—अरे बाहर यह कौन खड़ा है? कौन? रमेश-अरे भैया, हम लोगों के रहते आप इतनी रात को बाहर क्यों निकले?'

लेकिन रमेश बिना इस बात का उत्तर दिए आगे बढ़ आए और बोले, "बड़े भैया, मैं आपके ही पास आया हूं।"

वेणी बाबू सिटपटा गए और कुछ उत्तर न दे सके। परन्तु गोविन्द ने तुरन्त ही कहा, "आप आवेंगे क्यों नहीं भैया! सौ बार आवेंगे। यह तो आपका ही घर है, और फिर बड़े भाई तो पिता के तुल्य हैं। इसी-लिए तो हम वेणी बाबू से कहने आए हैं कि तारिणी भैया के साथ जो झगड़ा था वह उनके साथ गया। अब झगड़ा क्यों? आप दोनों भाई एक हो जाएं और हम लोगों की आंखें यह देखकर ठण्डी हों।—क्यों हालदार मामा, क्या कहते हो?—लेकिन भैया, आप खड़े क्यों हैं?—अरे कौन है? जरा कम्बल का एकाध आसन तो बिछा दे। नहीं वेणी बाबू, आप बड़े भाई हैं। आप ही सब कुछ हैं। आपके इस तरह अलग रहने से काम

नहीं चलेगा। और फिर जब बड़ी मालकिन स्वयं चलकर वहां पहुंच गई हैं, तब तो···"

वेणी चौंक पड़े। उन्होंने पूछा, "क्या मां गई थीं?"

यह चौंकना देखकर गोविन्द मन-ही-मन प्रसन्न हुए। लेकिन उन्होंने अपना वह भाव छिपाकर बहुत भले आदमी की तरह इस खबर का और भी फैलावा करते हुए कहा, "खाली जाना ही कैसा, भंडार-वंडार, काम- धंधा जो कुछ है, सब वही तो कर रही हैं। और अगर वह न करें तो करे कौन?"

सब लोग चुप थे। गोविन्द ने एक लंबी सांस छोड़ते हुए कहा, "कहां, गांव-भर में क्या बड़ी मालकिन की तरह का कोई आदमी है? या कभी होगा? नहीं वेणी बाबू, मुंह पर कहना खुशामद समझा जाएगा। लेकिन लोग चाहे जो कहें, गांव में अगर कोई लक्ष्मी हैं तो वह तुम्हारी मां हैं। ऐसी मां क्या सब किसी के होती है?"

इतना कहकर और फिर एक बार लंबा सांस छोड़कर वह गंभीर हो गए। वेणी ने कुछ देर तक चुप रहने के गाद अस्फुट स्वर में कहा, "अच्छा।"

गोविन्द ने तुरन्त उन्हें धर दबाया और कहा, "वेणी बाबू, खाली 'अच्छा' कहने से काम नहीं चलेगा। आपको वहां चलना पड़ेगा और सब काम करना पड़ेगा। सारा भार आपके ही ऊपर है। हां, इस समय आप सभी लोग तो यहां मौजूद हैं! निमंत्रण किन-किन लोगों को दिया जाएगा, इसकी एक फरद क्यों न तैयार कर ली जाए? क्यों रमेश भैया? हालदार मामा, ठीक है न? धर्मदास भैया, आप चुप क्यों हैं? आप तो सब जानते हैं कि किसे कहना होगा और किसे छोड़ना होगा।"

रमेश ने खड़े होकर सहज विनीत भाव से कहा, "बड़े भैया, अगर आपके चरणों की धूल मेरे घर···"

वेणी ने गंभीर होकर कहा, "मां जब वहां गई हैं, तब मेरा जाना न जाना—क्यों गोविन्द चाचा?"

गोविन्द के कुछ कहने से पहले ही रमेश ने कहा, "बड़े भैया, मैं आपको तंग नहीं करना चाहता। अगर असुविधा न हो, तो जरा एक बार देख-सुन आइएगा।"

वेणी चुप रहे। गोविन्द कुछ कहना ही चाहते थे कि इतने में रमेश

उठकर चले गए। उस समय गोविन्द ने पहले तो बाहर जाकर और झांककर देखा और तब धीरे से कहा, "वेणी बाबू, आपने देखा बात-चीत का ढंग?"

वेणी अन्यमनस्क होकर कुछ सोच रहे थे, इसलिए उन्होंने उत्तर नहीं दिया।

रास्ते में आते समय गोविन्द की बातों का स्मरण करके रमेश का मन घृणा से परिपूर्ण हो उठा। आधी दूर जाने के बाद वह लोट पड़े और फिर वेणी घोषाल के घर के अन्दर जा पहुंचे। उस समय चंडीमंडप में जोरों से तर्क-वितर्क चल रहा था और खूब शोर मच रहा था। लेकिन उसे सुनने की भी उनकी प्रवृत्ति नहीं हुई। उन्होंने सीधे अंदर पहुंचकर पुकारा, "ताई जी!"

ताई जी उस समय अपनी कोठरी के सामने वाले बरामदे में अंधेरे में चुपचाप बैठी थीं। इतनी रात को रमेश की आवाज सुनकर उन्हें बहुत आश्चर्य हुआ। उन्होंने कहा, "रमेश? क्यों भैया?"

रमेश पास जा पहुंचा। ताई जी ने घबराकर कहा, "जरा ठहरो बेटा, मैं किसी से दीया लाने के लिए कह दूं।"

रमेश ने कहा, "ताई जी, दीया लाने की जरूरत नहीं। आप बैठी रहें।"

इतना कहकर रमेश अंधेरे में ही एक तरफ बैठ गए। उस समय ताई जी ने पूछा, "इतनी रात को क्यों आए बेटा?"

रमेश कोमल स्वर से कहा, "अभी तक लोगों को निमंत्रण नहीं दिया गया है। इसीलिए मैं आपसे पूछने चला आया हूं।"

ताई जी ने कहा, "भैया, तब तो तुमने मुझे भारी मुश्किल में डाल दिया। ये लोग क्या कहते हैं? गोविन्द गांगुली, भट्टाचार्य···"

रमेश ने उन्हें बीच में ही रोककर कहा, "मैं नहीं जानता कि ये लोग क्या कहते हैं ताई जी, और मैं जानना भी नहीं चाहता। आप जो कहेंगी, वही होगा।"

अकस्मात रमेश की बातों में कुछ उत्ताप देखकर विश्वेश्वरी मन ही मन विस्मित हुई। कुछ देर तक मौन रहने के बाद उन्होंने कहा, "लेकिन रमेश, उस समय तो कहते थे कि ये ही सब तुम्हारे लिए सबसे बढ़कर हैं। सो जो कुछ भी हो; पर हम औरतों के कहने से क्या होगा

भैया? इस गांव में, और सिर्फ इसी गांव में क्यों, सभी गांवों में ऐसा होता है कि ये उनके साथ नहीं खाते और वे इनके साथ नहीं खाते। ज्यों ही कोई काम-काज आ पड़ता है, कि आदमी की चिंताओं का पार नहीं रहता। गांव में इससे बढ़कर कठिन काम और कोई नहीं होता है। किस को छोड़ा जाए और किस को रखा जाए।"

रमेश को कोई विशेष आश्चर्य नहीं हुआ। कारण, इन दो-चार दिनों में ही उन्हें बहुत-सी बातों का ज्ञान हो गया था। फिर भी पूछा, "आखिर ऐसा क्यों होता है?"

विश्वेश्वरी ने कहा, "बेटा, वहुत-सी बातें हैं। यदि यहां रहोगे तो आप ही सब जान लोगे। किसी का सचमुच जो कुछ दोष या अपराध होता है और किसी पर यों ही झूठ-मूठ अपराध लगा दिया जाता है। और फिर मामले-मुकदमों और झूठी गवाही-साखियों के कारण भी बड़ी-बड़ी दलबंदियां होती हैं। रमेश, अगर मैं दो दिन और पहले तुम्हारे यहां पहुंच जाती तो तुम्हें कभी इतना अधिक आयोजन न करने देती। अब तो मैं यही सोच रही हूं कि उस दिन क्या होगा।"

इतना कहकर ताई जी ने एक ठंडी सांस ले ली। उनके इस श्वास का ठीक-ठीक मर्म रमेश की समझ में नहीं आया और वह यह भी निश्चय न कर सके कि किसी का सचमुच का अपराध क्या है और किसी का झूठ-मूठ का अपराध क्या है। बल्कि उन्होंने उत्तेजित होकर कहा, "लेकिन मेरे साथ तो इन बातों का कोई सम्बन्ध नहीं है। मैं तो एक तरह से परदेशी ही कहा जा सकता हूं जिसकी किसी के साथ कोई शत्रुता नहीं है। ताई जी, इसीलिए मैं कहता हूं कि मैं यहां की दलबंदियों का कोई विचार नहीं करूंगा। सभी ब्राह्मणों और शूद्रों को निमंत्रण दे डालूंगा। लेकिन बिना आपके हुकुम के तो कुछ कर नहीं सकता। इसलिए आप हुकुम दे दें।"

ताई जी ने कुछ देर तक चुप रहकर और कुछ सोचकर कहा, "लेकिन रमेश, इस तरह का हुकुम में नहीं दे सकती। इससे भारी गड़बड़ी मचेगी। लेकिन मैं यह नहीं कहती कि तुम्हारा कहना ठीक नहीं है। भैया, यह केवल ठीक और गलत की बात नहीं है। समाज ने जिसे दंड देकर अलग कर रखा है, उसे किसी तरह जबरदस्ती बुलाकर नहीं लाया जा सकता। समाज जैसा भी हो उसे मानना पड़ता है। नहीं तो उसमें भला-बुरा करने की कोई शक्ति ही नहीं रह जाती। रमेश, इस

तरह से तो कभी काम ही नहीं चल सकता।"

ऐसा नहीं है कि सोचने पर रमेश इस बात को अस्वीकार कर सकता, लेकिन, अभी-अभी वाहर इस समाज के शीर्ष-स्थानीय लोगों का जो षड्यंत्र और नीचाशयता उसने देखी थी, वह उसके कलेजे में आग की तरह जल रही थी। इसीलिए घृणा के आवेश में चट कह डाला, "इस गांव के समाज में यही धर्मदास और गोविन्द आदि ही है न ताई जी? अगर ऐसे समाज में नाम की भी कोई सामर्थ्य न रह जाए, तो यही बहुत अच्छा है।"

ताई जी ने रमेश की उष्णता देखी, फिर भी शांत स्वर से कहा, "रमेश, सिर्फ यही लोग नहीं हैं, बल्कि तुम्हारे बड़े भैया वेणी भी इस समाज के कर्ता-धर्ता हैं।"

रमेश चुप रहे। ताई जी ने फिर कहना शुरू किया, "रमेश, इसीलिए मैं कहती हूं कि तुम इन लोगों की राय लेकर काम करो। घर में पैर रखते ही इन लोगों के विरुद्ध जाना अच्छा नहीं है।"

विश्वेश्वरी ने कितनी दूर तक सोच-समझकर यह उपदेश दिया था, तीन उत्तेजना के कारण रमेश ने यह नहीं सोचा और कहा, "ताई जी, अभी आपने ही कहा है कि नाना कारणों से यहां दल-बंदियां होती हैं। मैं समझता हूं कि उन कारणों में सबसे बड़ा कारण व्यक्तिगत द्वेष है। और फिर इसके सिवा जब मैं सच-झूठ किसी के कोई भी दोष-अपराध की बात नहीं जानता तब किसी को भी बाद करके अपमान करना मेरे लिए अन्याय होगा।"

ताई जी ने कुछ हंसकर कहा, "अरे पागल, मैं तुम्हारी बड़ी हूं, तुम्हारी मां की जगह हूं। मेरी बात न सुनना भी तो अन्याय है।"

रमेश ने कहा, "ताई जी, मैं क्या करूं। मैं तो निश्चय कर चुका हूं कि सभी को निमंत्रण दूंगा।"

रमेश का दृढ़ संकल्प देखकर विश्वेश्वरी का मुख अप्रसन्न हुआ। जान पड़ता है कि मन ही मन वह कुछ चिढ़ी भी। उन्होंने कहा, "तब तो फिर तुम खाली दिखलाने के लिए मेरा हुक्म लेने आए हो।"

रमेश ने समझ लिया कि ताई जी नाराज हो गई हैं। लेकिन फिर भी वे विचलित नहीं हुए। उन्होंने थोड़ी देर बाद धीरे से कहा, "ताई जी, मैं समझता था कि मेरा जो काम अन्याय पूर्ण न होगा, उसमें आप

मुझे प्रसन्न मन से आशीर्वाद ही देंगी। मेरा···"

लेकिन बात समाप्त होने से पहले ही विश्वेश्वरी ने रोककर कहा, "लेकिन रमेश, तुम्हें यह भी जानना चाहिए था कि मैं अपनी संतान के विरुद्ध नहीं जा सकूंगी।"

इस बात से रमेश के मन पर चोट लगी। कारण, मुंह से वह चाहे जो कहे, लेकिन न जाने कैसे कल से ही उसका समस्त अंतःकरण ताई जी के निकट संतान का ही दावा करने लगा था। लेकिन अब उन्होंने देखा कि इस दावे से बहुत अधिक ऊंचाई पर स्वयं उनकी संतान का दावा जगह बनाए बैठा है, तब वे थोड़ी देर तक चुप रहने के बाद उठकर खड़े हो गए और दबे हुए रूठने के स्वर में वोले, "ताईजी, कल तक तो यही समझता था और इसीलिए मैंने आपसे कहा था कि मुझसे जो कुछ हो सकेगा, वह मैं आप ही अकेला कर लूंगा। आप आने का कष्ट न करें। यहां तक कि आपको बुलाने का साहस भी मुझे नहीं हुआ था।"

रमेश का यह रूठना ताई जी से छिपा न रहा। लेकिन उन्होंने कोई उत्तर न दिया। वे अंधेरे में चुपचाप बैठी रहीं। थोड़ी देर बाद जब रमेश जाने का उपक्रम करने लगे, तब बोलीं, "तो फिर बेटा, जरा ठहर जाओ, मैं तुम्हारे भंडार की चाबी ला दूं।"

इतना कहकर ताई जी उठीं और उन्होंने अंदर से चाबी लाकर रमेश के पैरों के आगे फेंक दी। रमेश पहले तो बिलकुल निस्तब्ध भाव से खड़े रहे, फिर एक गहरी सांस लेकर चाबी उठा ली और वे धीरे-धीरे वहां से चल दिए। अभी कुछ ही घंटे पहले उन्होंने मन ही मन कहा था, "अब मुझे किस बात का डर है! मेरी ताईजी तो हैं।" लेकिन अभी एक रात भी नहीं बीतने पाई थी कि उन्हें फिर लंबी सांस छोड़कर कहना पड़ा, "नहीं, मेरा कोई नहीं है। ताईजी ने भी मुझे त्याग दिया।"

चार

बाहर अभी-अभी श्राद्ध समाप्त हुआ है। आसन से उठकर रमेश अभ्यागतों से परिचित होने का प्रयत्न कर रहे हैं। भीतर भोजन

के लिए पत्तलें बिछाने का आयोजन हो रहा है। उसी समय कुछ शोर-गुल और चीख-पुकार सुनकर रमेश घबराये हुए अन्दर पहुंचे। उनके साथ-साथ और भी बहुत-से लोग पहुंच गए। रसोईघर के दरवाजे के एक तरफ पच्चीस-छब्बीस बरस की एक विधवा सिटपिटाई-सी मुंह फेरे हुए खड़ी है और उसके पास ही एक अधेड़ स्त्री मारे क्रोध के अपना मुंह और आंखें लाल किए हुए चिल्ला कर गालियां बक रही है। झगड़ा हुआ है पराण हालदार के साथ। रमेश को देखते ही अधेड़ स्त्री ने चिल्लाकर पूछा, "क्यों भैया, तुम भी तो गांव के एक जमींदार हो। मैं पूछती हूं कि क्या सारा दोष इसी गरीब ब्राह्मणी क्षेन्ती की लड़की का ही है? हम लोगों के सिर पर कोई नहीं है, इसलिए क्या हमें चाहे जितनी बार दण्ड दिया जाएगा?" फिर गोविन्द की ओर संकेत करके कहा, "मुकर्जी के घर वृक्ष-प्रतिष्ठा के समय क्या इन्होंने दस रुपये जुरमाना लगाकर स्कूल के नाम से वह रुपये वसूल नहीं किए थे? गांव की शीतला-पूजा के लिए क्या दो जोड़ी खस्सियों का दाम हम से इन्होंने नहीं रखवा लिया था? तब फिर क्यों ये लोग एक ही बात बार-बार उठाकर झगड़ा खड़ा करते हैं?"

रमेश की समझ में कुछ भी न आया कि क्या मामला है। गोविन्द गांगुली, जो अभी तक बैठे हुए थे, मीमांसा करने के लिए उठ खड़े हुए। उन्होंने पहले रमेश की ओर और फिर उस अधेड़ स्त्री की तरफ देखकर गम्भीर स्वर से कहा, 'क्षान्ति मौसी, जब तुमने मेरा नाम लिया है, तब मैं सच बात ही कहूंगा। सारा देश जानता है कि सिर्फ किसी की खातिर या किसी का मुंह देखकर बात कहने वाला यह गोविन्द गांगुली नहीं है। तुम्हारी लड़की का प्रायश्चित्त भी हो चुका है, और सामाजिक जुरमाना भी। यह सब मैं मानता हूं। लेकिन उसको यज्ञ में लकड़ी देने का हुक्म तो तुम लोगों ने दिया नहीं। अगर वह मर जाए तो उसे श्मशान तक ले जाने के लिए हम लोग कन्धा जरूर लगावेंगे। लेकिन···"

क्षेन्ती मौसी चिल्ला उठीं, "जब तुम्हारी लड़की मरे, तब उसे कन्धा लगाकर मसान पहुंचा आना भइया। मेरी लड़की की चिन्ता तुम मत करो। और गोविन्द, तुम अपनी छाती पर हाथ रखकर क्यों बात नहीं कहते? मैं पूछती हूं तुम्हारी छोटी भावज, जो उस भण्डार में बैठी हुई पान लगा रही है, परसाल डेढ़ महीने के लिए कौन-सा काशी-वास करने

गई थी और शरीर का रंग पीला हल्दी जैसा करके आई थी? यह शायद बड़े घरों की बड़ी बात है? भइया, मेरे सामने बहुत बढ़-बढ़कर बातें न करना। मैं सारा भण्डा फोड़कर रख दूंगी। हमने भी बाल-बच्चे पेट में रखे हैं। हम सब पहचानती हैं। हम लोगों की आंखों में कोई धूल नहीं झोंक सकता।"

गोविन्द मारे क्रोध के पागल होकर झपटे, "आ तो हरामजादी!"

लेकिन हरामजादी जरा भी न डरी बल्कि एक कदम और आगे बढ़कर हाथ-मुंह नचाती हुई बोली, "अरे तू क्या मुझे मारेगा! मैं कहे देती हूं कि जो क्षेन्ती बाम्हनी के मुंह लगोगे, तो एक ठग का पता लगाने में सारे गांव के उजाड़ हो जाने जैसी बात होगी। मेरी लड़की ने रसोई-घर के अन्दर पैर तो रखा ही नहीं था, कि हालदार उसका खामख्वाह अपमान कर बैठे। क्या उनकी समधिन की जुलाहे के साथ बदनामी नहीं हुई थी? मैं आज की तो हूं नहीं। अभी और कुछ कहूं या इतने से ही काम चल जाएगा?"

रमेश को तो काठ मार गया। भैरव आचार्य घबराकर और उसका हाथ पकड़ कर अनुनयपूर्वक बोले, "अरे मौसी, इतना ही बस है। और जरूरत नहीं है। उठो बेटी सुकुमारी, उठो। चलो, मेरे साथ उस कमरे में जाकर बैठना।"

उधर पराण हालदार ने अपना दुपट्टा उठाकर कन्धे पर रख लिया और सीधे खड़े होकर कहा, "जब तक यह खानगी इस घर से बाहर नहीं निकाल दी जाएगी, तब तक मैं कहे देता हूं गोविन्द, मैं यहां पानी तक नहीं पीऊंगा। कालीचरण, तुम अगर अपने मामा को चाहते हो तो उठ आओ। वेणी घोषाल ने तो तभी कह दिया था कि मामाजी, वहां मत जाना। अगर मैं जानता कि यहां इस तरह की खानगियां इकट्ठी होंगी और इस तरह का बखेड़ा करेंगी, तो क्या मैं अपनी जाति और धर्म को गंवाने के लिए कभी इस घर में पैर रखता? काली, उठ आओ।"

मामा के बार-बार बुलाने पर भी कालीचरण सिर नीचा किए चुप-चाप बैठा रहा। वह पाट का रोजगार करता है। कोई चार बरस पहले कलकत्ते का रहने वाला एक बहुत बड़ा प्रतिष्ठित ग्राहक उसकी छोटी विधवा बहन को भगा ले गया था। यह बात किसी से छिपी नहीं थी। पहले तो कुछ दिनों तक यह कहकर बात छिपाई गई थी कि वह अपनी

ससुराल गई है और फिर वहां से तीर्थ-यात्रा करने आदि-आदि। कालीचरण इसी डर से सिर नहीं उठाता था कि कहीं इस दुर्घटना का इतिहास इतने दिनों बाद फिर सब लोगों के सामने न खुलने लगे। लेकिन गोविन्द को जो आग लगी थी वह जरा भी कम नहीं हुई। वह फिर उठकर खड़े हो गए और जोर-जोर से चिल्लाकर कहने लगे, "चाहे कोई कुछ भी क्यों न कहे, यहां के चोधरी हैं वेणी घोषाल,पराण हालदार और यदु मुकुर्जी की लड़की। हम लोग उन्हें किसी तरह नहीं छोड़ सकते। जब तक रमेश भइया इस बात का जवाब नहीं दे लेंगे कि उन्होंने बिरादरी की बिना मंजूरी के इन दोनों बदमाश औरतों को क्यों घर में आने दिया, तब तक हम में से कोई यहां पानी तक न पीएगा।"

देखते-देखते और भी दस-पांच आदमी कन्धे पर दुपट्टा रखकर खड़े हो गए। ये सब लोग देहाती थे और सामाजिक व्यवहार में किस समय कौन-सी चाल सबसे अधिक लाभदायक होती है, इस बात को खूब समझते थे।

निमन्त्रित ब्राह्मण सज्जनों में से जिसके मन में जो आया वही कहने लगा। भैरव और दीन भट्टाचार्य तो बिलकुल रुआंसे हो गए। वे कभी तो क्षान्ति मौसी और उसकी लड़की के और कभी गांगुली और हालदार के हाथ-पैर पकड़ने की कोशिश करने लगे। चारों तरफ से इस अनुष्ठान के बिलकुल खरमंडल होने के लक्षण प्रकट होने लगे। लेकिन रमेश एक भी बात न कह सके। एक तो भूख-प्यास से उनकी हालत यों ही खराब हो रही थी, तिस पर अचानक यह अन-चेती बात हो गई। उनका रंग पीला पड़ गया और वे हत-बुद्धि की तरह बिलकुल स्तब्ध होकर खड़े-खड़े देखने लगे।

इतने में आवाज़ आई, "रमेश!"

अचानक क्षण-भर में ही सब लोगों की चकित दृष्टि विश्वेश्वरी के मुख पर जा पड़ी। वह भंडार से बाहर निकल कर दरवाजे के सामने आ खड़ी हुई थीं। उनके सिर पर तो आंचल था, लेकिन मुंह खुला हुआ था। रमेश ने देखा कि ताई जी आप ही न जाने कब आ गई हैं, उन्होंने मुझे छोड़ नहीं दिया है। बाहर के लोगों ने भी देखा कि यही विश्वेश्वरी हैं और यही घोषालों के घर की मालकिन हैं।

गांवों में शहरों की तरह कड़ा परदा नहीं होता। तो भी विश्वेश्वरी

चाहे बड़े घर की स्त्री होने के कारण ही हो और चाहे किसी और ही कारण से हो, यथेष्ट अवस्था हो जाने पर भी साधारणतः कभी किसी के सामने नहीं निकलती थीं। इसीलिए आज उन्हें देख कर सब लोगों को बहुत आश्चर्य हुआ। जिन लोगों ने सिर्फ सुना ही था और कभी आंखों से देखा नहीं था, वे उनकी विलक्षण आंखों की तरफ देखकर बिलकुल अवाक् हो गए। सम्भवतः अचानक क्रोध आ जाने के कारण ही वे बाहर आ गई थीं। ज्यों ही सब लोगों ने सिर उठाकर उनकी तरफ देखा, त्यों ही वे खम्भे की आड़ में चली गईं। उनकी स्पष्ट और तीव्र बुलाहट सुनते ही रमेश की सारी विह्वलता न जाने कहां चली गई। वह आगे बढ़ कर उनके पास जा पहुंचे। ताई जी ने आड़ में से उसी स्पष्ट और उच्च स्वर से कहा, "गांगूली महाशय को मना कर दो कि इस तरह डरावें-धमकावें नहीं। और हालदार जी से भी मेरा नाम लेकर कह दो कि मैं सभी को आदरपूर्वक बुलाकर अपने घर लाई हूं। सुकुमारी का अपमान करने की उन्हें कोई जरूरत नहीं थी। हमारे काम-काज के घर में कोई हो-हल्ला और गाली-गलौज न करें। जिन लोगों को इसमें असुविधा हो, वह और कहीं जाकर बैठें।"

बड़ी मालकिन का यह कड़ा हुकुम भी लोगों ने अपने कानों से सुना। रमेश को अपने मुंह से कुछ भी न कहना पड़ा। यदि उन्हें कहना पड़ता तो शायद वह कह भी न सकते। इसका जो कुछ फल हुआ, उसे वे खड़े होकर देख भी न सके। जब उन्होंने देखा कि ताई जी ने सारा भार अपने सिर ले लिया है, तब वे किसी प्रकार अपने नेत्रों का जल रोककर जल्दी से एक कोठरी में जा घुसे। वहां उनकी आंखों से झर-झर आंसुओं की धार बहने लगी। आज सवेरे से ही वे अपने कामों में बहुत व्यस्त थे, इसलिए, वे इस बात की भी खोज-खबर न ले सके कि कौन आया है और कौन नहीं आया। और चाहे जो आवे, परन्तु उन्हें इस बात की दूर तक भी कल्पना नहीं थी कि ताई जी आ सकती हैं। जो लोग उठ कर खड़े हो गए थे, वे धीरे-धीरे बैठ गए। सिर्फ गोविन्द गांगुली और पराण हालदार जड़ होकर खड़े रहे। उस भीड़ में से किसी ने अस्फुट स्वर से कहा, "चाचा, बैठ जाओ न। खिला-पिलाकर सोलह-सोलह पूरियां और चार-चार जोड़ी सन्देश भला कौन देता है!"

पराण हालदार तो धीरे-धीरे बाहर हो गए, लेकिन आश्चर्य, गांगुली

सचमुच ही वैठ गए। हां, उनका मुंह अवश्य ही अन्त तक भारी ही बना रहा और जब भोजन के लिए पत्तलें बिछीं, तब, देख-रेख का बहाना करके वे पंक्ति-भोजन में नहीं बैठे। जिन लोगों ने उनके इस व्यवहार को लक्ष्य किया, उन सबने मन-ही-मन समझ लिया कि गोविन्द सहज में किसी को भी न छोड़ेंगे। इसके बाद और कोई गड़बड़ी नहीं हुई। उस दिन ब्राह्मणों ने जो भोजन किया, उस पर बिना आंखें देखे विश्वास करना बहुत ही कठिन है। सभी लोगों ने अपने घर के मनुआ-बचवा और ललिया-बचिया आदि अनुपस्थित लड़कों और लड़कियों के नाम से जो कुछ बांधा वह भी कुछ कम नहीं था। संध्या के बाद सब काम-धंधा खतम हो गया। रमेश सदर दरवाजे के बाहर एक अमरूद के पेड़ के नीचे अन्य-मनस्क भाव से खड़े थे। उनका मन ठिकाने नहीं था। इतने में उन्होंने देखा कि दीनू भट्टाचार्य अपने लड़के-लड़कियों को साथ लिए, पूरी-मिठाई के भार मे झुके हुए और यथासाध्य सबकी नजर बचाते हुए बाहर निकल रहे हैं। सबसे पहले उनकी लड़की मुनियां की नजर रमेश पर पड़ी। वह अप-राधियों की तरह सहमकर खड़ी हो गई और सूखे हुए स्वर से बोली, "बाबा देखो बाबूजी खड़े हैं।"

सभी को मानो काठ मार गया। उस छोटी लड़की की इस एक बात से ही रमेश ने सब बातें अच्छी तरह समझ लीं। अगर भागने की जगह होती तो शायद वे स्वयं ही उस समय वहां से भाग जाते। लेकिन भागने का कोई रास्ता नहीं था, इसलिए वे स्वयं ही आगे बढ़ आए और हंसते हुए बोले, "मुनियां, ये सब चीजें किसके लिए ले जा रही है?"

मुनियां के पास जो छोटी-बड़ी बहुत-सी पोटलियां थीं, उनके बारे में वह कोई ठीक उत्तर न दे सकेगी, इस आशंका से दीनू ने स्वयं ही जरा-सूखी हंसी हंसकर कहा, "भइया, मुहल्ले में छोटी जाति के बच्चे भी तो हैं। यह बची-खुची झूठन ले जाऊंगा तो उन्हें थोड़ी-बहुत दे सकूंगा। लेकिन जो हो, भइया, आज मुझे मालूम हुआ कि क्यों देश-भर के लोग उन्हें मालकिन मां कहते हैं।"

रमेश कोई उत्तर न देकर उनके साथ फाटक तक चले आए और सहसा प्रश्न कर बैठे, "क्यों भट्टाचार्य जी, आप तो यहां का सब कुछ जानते हैं। आप बतला सकते हैं कि इस गांव में इतना ईर्ष्या-द्वेप क्यों है?"

दीनू ने अपने मुंह से कुछ आवाज निकाल कर और दो-एक बार

गरदन हिलाकर कहा, "अरे भइयागी, हम लोगों के इस कुंआपुर गांव में तो फिर भी बहुत खैरियत है। इधर कई दिन तक मुनियां के मामा के घर रहकर वहां का जो हाल देख आया है, वह मैं तुमसे क्या कहूं। वहां ब्राह्मणों और कायस्थों के मुश्किल से बीस घर होंगे; फिर भी गांव-भर में चार दल हैं। हरनाथ विश्वास ने सिर्फ इसी बात पर अपने सगे भानजे को जेल भेजकर छोड़ा कि उसने बाग में से दो-चार विलायती आमड़े तोड़ लिए थे। भइयाजी, सभी गांवों में ऐसा होता है। इसके सिवाय मामले-मुकदमों के मारे सब में सौ-सौ छेद हैं।—मुनियां, जरा हरिधन के हाथ से पोटली तो ले ले। वह थक गया होगा।"

रमेश ने फिर पूछा, "क्यों भट्टाचार्यजी, क्या इसका कोई प्रतिकार नहीं हो सकता?"

भट्टाचार्य ने एक ठंडी सांस लेकर कहा, "भइया, इसका प्रतिकार क्या हो सकता है? यह घोर कलयुग जो ठहरा! लेकिन फिर भी भइया जी, मैं एक बात कह सकता हूं। मुझे तो भिक्षा के लिए बहुत-सी जगहों में जाना पड़ता है और मुझ पर बहुत-से लोग अनुग्रह भी करते हैं। मैंने खूब देखा है कि आप सरीखे युवकों में दया-धर्म फिर भी है। अगर नहीं है तो सिर्फ इन साले बुड्ढों में। ये लोग जहां मौका पाते हैं वहां आदमी के गले पर पैर रखकर खड़े हो जाते हैं; और जब तक उसकी जीभ इस तरह बाहर न निकल आवे, तब तक उसकी जान नहीं छोड़ते।"

यह कहकर दीन ने ऐसे ढंग से अपनी जीभ बाहर निकाल कर दिखाई कि रमेश को हंसी आ गई। लेकिन दीनू उस हंसी में शामिल नहीं हुए और बोले, "भाइयाजी, हंसी की बात नहीं है, बिलकुल ठीक है। मैं भी अब बहुत बुड्ढा हो गया हूं; लेकिन—भइयाजी, आप तो अंधेरे में बहुत दूर बढ़ आए!"

रमेश ने कहा, "कोई चिन्ता नहीं भट्टाचार्यजी, आप कहते चलें।"

दीनू ने कहा, "भाइयाजी, मैं और क्या कहूं। हर गांव-देहात में यही हाल है। यह जो गोविन्द गांगुली है, इस साले के पाप की बात जबान पर लाऊं तो प्रायश्चित्त करना पड़े। क्षेन्ती बाम्हनी ने जो कुछ कहा वह झूठ थोड़े ही कहा था। लेकिन उससे सभी डरते हैं। जाल करने में, झूठी गवाही देने में, झूठा मुकदमा बनाने में उसका जोड़ नहीं है। लेकिन वेणी बाबू उसकी पीठ पर हैं, इसलिए किसी को उसके विरुद्ध एक बात

कहने का भी साहस नहीं होता। बल्कि उलटे यही औरों को लात से बाहर करता फिरता है।"

रमेश बहुत देर तक और कोई प्रश्न किए बिना चुपचाप दीनू के साथ-साथ चलते रहे। मारे कोध के उनका सारा शरीर जल रहा था। दीनू आप ही कहने लगे, "भइयाजी, आप मेरी बात याद रखिएगा, इस क्षेन्ती बाम्हनी का सहज में छुटकारा नहीं होगा। गोविन्द गांगुली और पराण हालदार, दो-दो बर्रों के छत्तों को छेड़ना क्या कोई मामूली बात है? लेकिन कुछ भी कहो भइयाजी, उस औरत में बड़ी हिम्मत है। और हिम्मत क्यों न हो? वह फरवी बेचकर अपना गुजारा करती है। सभी घरों में उसका जाना-आना है। सबकी सब बातों का पता रखती है। मैं कहे देता हूं कि उसके इस तरह पीछे पड़ जाने से इनकी बदनामी की हद हो जाएगी। भला आप ही बतलाइए कि अनाचार किस घर में नहीं है? वेणीबाबू को भी···"

रमेश इस भय से कि न जाने यह क्या कहेगा, बीच में रोककर कहा, "रहने दीजिए। बड़े भइया का जिक्र करने की जरूरत नहीं है।"

दीनू ने भी अप्रतिभ होकर कहा, "हां, रहने दो भइयाजी, मैं भी गरीव आदमी हूं। मुझे किसी की बात में पड़ने की क्या जरूरत। अगर कोई जाकर वेणी बाबू से कह दे तो वे मेरा घर ही जलवा देंगे।"

रमेश ने फिर रोककर पूछा, "क्या भट्टाचार्यजी, आपका घर क्या और भी दूर है?"

दीनू ने कहा, "नहीं भइया, ज्यादा दूर नहीं है। इस बांध के पास ही मेरी झोंपड़ी है अगर किसी दिन···"

"आऊंगा क्यों नहीं! जरूर आऊंगा। अभी तो कल सवेरे फिर आप मे भेंट होगी। लेकिन उसके बाद भी बीच-बीच में अपने चरणों की धूल दिया कीजिएगा।"

इतना कहकर रमेश वहां से लौट पड़े। दीनू भट्टाचार्य ने भी उन्हें अपने अन्तःकरण से आशीर्वाद दिया, "भइया, दीर्घजीवी हो। अपने पिता की तरह हो।" और तब वे लड़के-बच्चों को लिए हुए अपने घर की तरफ चले गए।

पांच

इस गांव में मोदी की एक ही दूकान मधुपाल की है जो नदी की तरफ जाने वाले रास्ते पर हाट के एक तरफ है। जब दस-बारह दिन बीत गए और वह अपने बाकी दस रुपये लेने नहीं आया, तब रमेश न जाने क्या सोचकर स्वयं ही एक दिन सवेरे उसकी दुकान पर जाने के लिए घर से निकल पड़े। मधुपाल ने बड़े ही आदर के साथ बरामदे में एक मोढ़ा रखकर उस पर छोटे बाबू को बैठाया। छोटे बाबू के आने का उद्देश्य सुनकर वह अवाक् हो गया। मधुपाल की इतनी उमर बीत गई भी, लेकिन आज तक उसने तो कभी अपनी आंखों से न देखा था और न सुना था कि कोई अपना बाकी रुपया चुकाने के लिए आप ही चलकर आता है! बातों में बहुत-से प्रसंग चले। मधु ने कहा, "भला बाबूजी, दुकान कैसे चल सकती है? दो आना, चार आना, एक रुपया, सवा रुपया कर-करके प्रायः पचास-साठ रुपये लोगों के यहां बाकी पड़ गए हैं। कह तो जाते हैं कि अभी दाम दिए जाते हैं लेकिन दो-दो महीने तक अदा नहीं होते।—कौन? बैनर्जी हैं क्या! प्रणाम। कहिए, कब आए?"

बैनर्जी के बाएं हाथ में एक लोटा था और उनके पैरों के नाखून और एड़ियों पर कीचड़ के दाग थे। कान पर जनेऊ चढ़ा हुआ था और दाहिने हाथ में अरवी के पत्ते में लपेटी हुई चार छोटी-छोटी चिंगड़ी मछलियां थीं। उन्होंने जोर से एक निःश्वास डालकर कहा, "कल रात, को आया हूं। मधु, जरा तमाखू तो पिलाओ।"

इतना कहकर बनर्जी ने लोटा हाथ से रख दिया, हाथ में की मछलियां भी एक तरफ रख दी और कहा, "मधु, तुमने इस लखिया धीवरिन की अक्किल देखी? उसने टप से मेरा हाथ पकड़ लिया। देखो, देखते-देखते कैसा जमाना बदल गया है! अब यह क्या एक पैसे की चिगड़ी है? भला ब्राह्मण को ठगकर यह बुढ़िया कितने दिन पेट भरेगी? इसका नाश नहीं हो जाएगा?"

मधु ने आश्चर्य प्रकट करते हुए कहा, "क्या उसने आपका हाथ पकड़ लिया?"

क्रुद्ध बैनर्जी ने एक बार चारों तरफ देखकर और उत्तेजित होकर

कहा, "सिर्फ ढाई पैसे उसके बाकी हैं। लेकिन क्या इसके लिए वह हाट-भर के सामने हमारा हाथ पकड़ लेगी? भला बताओ वहां कौन ऐसा होगा जिसने न देखा हो! मैंने मैदान से आकर नदी में लोटा मांजा, हाथ-पैर धोये और सोचा कि चलो, जरा हाट भी होता चलूं। वह एक दौरी में मछली लिए बैठी थी। पर मुझसे निःसंकोच कह उठी, "महाराज, अब कुछ नहीं है, जो थीं, सब बिक गई। लेकिन हमारी आंखों में भला धूल झोंक सकती है? ज्यों ही मैंने दौरी देखने के लिए उस पर का कपड़ा हटाया, त्यों ही उसने चट से मेरा हाथ पकड़ लिया। अरे तेरे पहले के ढाई पैसे ओर आज का यह एक पैसा, कुल साढ़े तीन पैसे लेकर क्या मैं गांव छोड़कर भाग जाऊंगा? क्यों मधु, क्या कहते हो?"

मधु ने भी हामी भरते हुए कहा, "अरे महाराज, भला ऐसा हो सकता है!"

बनर्जी ने कहा, "तब यही कहो न। इस गांव में भला कहीं शासन या न्याय रह गया है? नहीं तो उसके घर धोबी, हज्जाम सब का जाना बन्द करा दिया जाता और उसका छप्पर काटकर घर उजाड़ दिया जाता!"

अचानक रमेश की ओर देखकर पूछा, "मधु, यह बाबूजी कौन हैं?"

मधु ने गर्वपूर्वक कहा, "ये हमारे छोटे बाबूजी के लड़के हैं न। अभी उस दिन के दस रूपये बाकी थे। वही देने के लिए घर से चल कर यहां तक आए हैं।"

बैनर्जी ने मछली वाली का अभियोग भूलकर और आंखें फाड़कर देखते हुए कहा, "अरे रमेश भइया हैं, जीते रहो भइया! मैंने आते ही सुना कि आपने वह काम किया जिसे काम कहते हैं। इस तरह का खिलाना-पिलाना इस तरफ आज तक कभी हुआ ही नहीं। पर इस बात का बड़ा दुःख रहा कि मैं अपनी आंखों से न देख सका। दो-चार सालों के फेर में पड़ कर कलकत्ते नोकरी करने चला गया था, सो इस दुर्दशा को पहुंच गया। अरे राम-राम, वहां क्या कोई आदमी रह सकता है?"

रमेश चुपचाप बैनर्जी के मुंह की तरफ देखते रहे। लेकिन दूकान पर और जितने आदमी थे, वे सभी उनकी कलकत्ते वाली यात्रा का हाल सुनने के लिए बहुत ही उत्सुक हो उठे। तमाखू भर कर मधु ने हुक्का बैनर्जी के हाथ में देते हुए पूछा, "फिर क्या हुआ? कोई नौकरी

मिली?"

"मिलेगी क्यों नहीं! क्या मैंने कोदों देकर लिखना-पढ़ना सीखा है? लेकिन नौकरी मिलने से ही क्या होता है? वहां रह कौन सकता है! जैसा धुआं, वैसा ही कीचड़। अगर तुम घर से बाहर निकलो और गाड़ी-घोड़े के नीचे न दब जाओ और सही-सलामत घर लौट आओ, तो समझना कि तुम्हारे बाप ने बड़ा पुण्य किया था!"

मधु कभी कलकत्ते नहीं गया था। केवल एक बार गवाही देने के लिए मेदिनीपुर शहर अवश्य देख आया था। उसने बहुत ही चकित होकर कहा, "अरे, यह आप क्या कहते हैं!"

बैनर्जी ने कुछ हंस कर कहा, "जरा अपने रमेश बाबू से पूछो कि मैं सच कहता हूं या झूठ। नहीं मधु, अब चाहे मुझे यहां खाने तक को न मिले, यहां मैं अपने पेट पर हाथ रख यों पड़ा-पड़ा मर जाऊं तो अच्छा। लेकिन अब कोई परदेश जाने का नाम भी मेरे सामने न ले। अगर मैं कहूंगा तो तुम्हें विश्वास न होगा कि वहां सोआ, पालक, धनिया, मिर्च, अमड़ा तक खरीद-खरीद कर खाना पड़ता है। भला बताओ, तुम खरीद-कर खा सकोगे? इस एक ही महीने में बिना खाए बीमार चूहे की तरह हो गया हूं। दिन-रात पेट गड़गड़ करता है, कलेजा जलता रहता है, दिल घबराता रहता है। भाग कर जब यहां आया, तब कहीं जान में जान आई। नहीं भइया, नहीं, अपने गांव में रहकर जो कुछ मिलेगा, एक बार सांझ को खा लूंगा और वह भी नहीं मिलेगा तो अपने बाल-बच्चों को साथ लेकर मांग लूंगा। ब्राह्मण की औलाद के लिए इसमें कोई लज्जा की भी बात नहीं। लक्ष्मीमाई मेरे सिर-आंखों पर हैं, लेकिन कभी कोई परदेश न जाए!

जब बनर्जी की यह कहानी सुनकर सब लोग भय से अवाक् हो गए, तब वे उठकर वहां जा पहुंचे जहां दूकान पर तेल का बरतन रखा हुआ था और पल्ली उठाकर बरतन में से कोई छटांक भर तेल निकाल कर बायें हाथ की हथेली पर रखा। फिर उसमें से आधे के लगभग नाक और कानों के गढ़ों में डाला, बाकी आधा अपने सिर पर उलटकर मल लिया और तब कहा, "बहुत देर हो गई। अब नहाकर घर चलना चाहिए। मधु, एक पैसे का नमक तो दे दो। पैसा तीसरे पहर दे जाऊंगा।"

मधु यह कहता हुआ, "फिर वही तीसरे पहर?" अप्रसन्न मुख से

गाम देने के लिए उठा। बैनर्जी ने गर्दन बढ़ाकर देखा और विस्मय तथा अपगमता के भाव से कहा, "मधु, तुम लोगों को हो क्या गया है? यह तो मुंह पर थप्पड़ मार कर पैसा छीन लेना है। देखूं?"

इतना कहकर बनर्जी ने स्वयं ही आगे बढ़कर एक मुट्ठी नमक और भी उठा कर पुडिया में डालकर उसे झपट लिया। इसके बाद लोटा उठा-कर रमेश की ओर देखा और मुस्कराते हुए कहा, "भइयाजी, यह एक ही तो रास्ता है। चलिए, बात चीत करते चलेंगे।"

रमेश भी 'चलिए' कहकर उठ खड़े हुए। मधु ने कुछ ही दूर खड़े होकर करुण स्वर से कहा, "बैनर्जी महाराज, वह आटे का पांच आना पैसा क्या···"

बनर्जी बिगड़ पड़े, "क्या जी मधु, अब तो दोनों समय आना-जाना रहेगा, क्या तुम लोगों की आंखों में जरा भी लिहाज नहीं रह गया? जब उन सालों के फेर में पड़कर कलकत्ते आने-जाने में पांच रुपये पानी में वह गए, तभी तुम्हारे तगादा करने का समय हुआ? इसी को कहते हैं किसी का सर्वनाश और किसी का पूस मास। देखते हो भइया रमेश, इन लोगों का व्यवहार!"

मधु संचित-सा होकर दबी जबान से बोला, "बहुत दिनों का···"

"हां, बहुत दिनों का। अगर इस तरह तुम सभी मिलकर पीछे पड़ जाओगे तब तो फिर गांव में रहना ही मुश्किल हो जाएगा।"

इतना कहकर एक तरह से नाराज होकर बनर्जी अपना सामान लेकर चले गए।

रमेश वहां से लोटकर अपने मकान के दरवाजे पर पहंचे ही थे कि एक भले आदमी घबराकर अपने हाथ का हुक्का एक तरफ रखकर आगे बढ़े और उन्होंने झुककर प्रणाम किया। फिर उठकर कहा, "मेरा नाम वनमाली पाण्डे है। मैं आप लोगों के स्कूल का हेडमास्टर हूं। मैं दो बार आ चुका हूं। पर आपके दर्शन नहीं हुए। इसलिए···"

रमेश ने आदरपूर्वक उनसे कुर्सी पर बैठने के लिए कहा। लेकिन वह अदब-कायदे से खड़े ही रहे और बोले, "जी मैं तो आप लोगों का नौकर हूं।

एक तो उनकी अवस्था अधिक थी, और फिर वे एक विद्यालय के शिक्षक थे। उनके इस अधिक विनीत और कुण्ठित व्यवहार से रमेश के

मन में कुछ अश्रद्धा का भाव जाग्रत् हुआ। पर उन्होंने किसी प्रकार आसन ग्रहण करना स्वीकार न किया और खड़े ही खड़े अपना वक्तव्य सुनाना शुरू कर दिया। इस तरफ यही एक बहुत छोटा-सा स्कूल है। मुकर्जी और घोषाल के प्रयत्न से इसकी स्थापना हुई थी। इसमें तीस-चालीस लड़के पढ़ते हैं। कोई-कोई दो-दो और तीन-तीन कोस दूर से आते हैं। थोड़ी-बहुत सरकारी सहायता मिलती है। लेकिन फिर भी स्कूल चलना नहीं चाहता। रमेश को याद आया कि लड़कपन में मैंने भी कुछ दिनों तक इस स्कूल में पढ़ा था। पाण्डे जी ने बतलाया कि अगर छप्पर फिर से न छाया जाएगा तो अगली बरसात में कोई स्कूल के अन्दर नहीं बैठ सकेगा। लेकिन इसकी चिंता तो कुछ बाद में भी की जा सकती है। इस समय सबसे बढ़ कर चिंता की बात यह है कि इधर तीन महीने से किसी शिक्षक को तनखाह नहीं दी गई है। इसलिए अब कोई अपने घर का खाकर जंगल के भैंसे नहीं हांक सकता।

स्कूल की बात से रमेश बिलकुल सजग हो गए। वे हेडमास्टर साहब को अपने साथ लेकर बैठक में चले गए और वहां उनसे एक-एक करके सब हाल पूछने लगे। स्कूल में चार शिक्षक हैं। उन लोगों ने बहुत अधिक परिश्रम करके औसतन दो-दो लड़के हर साल माइनर परीक्षा में पास कराए हैं। उनके नाम और पते आदि पाण्डे जी इस तरह सुनागए, मानो कण्ठ कर रक्खे हों। लड़कों से जो फीस वसूल होती है, उससे नीचे के दो शिक्षकों की तनखाह का काम किसी तरह चल जाता है और सरकारी सहायता से और एक मास्टर का काम चल जाता है। और सिर्फ एक आदमी की तनखाह गांव के और आसपास के लोगों से चन्दा करके इकट्ठा की जाती है। यह चन्दा करने का भार भी मास्टरों पर ही है। इधर चार महीनों से घर-घर घूमने पर और एक-एक आदमी के यहां आठ-आठ और दस-दस फेरे लगाने पर भी वे सवा सात रुपये से अधिक वसूल नहीं कर सके हैं।

यह सुनकर रमेश स्तम्भित हो गए। वे सोचने लगे कि पांच-छ: गांव के बीच में यही एक स्कूल है और इन पांच-छ: गांवों में चार महीने तक घूमने पर वसूल हुए हैं सिर्फ सवा सात रुपये! रमेश ने पूछा, “आपकी तनखाह कितनी है?”

मास्टर साहब ने कहा, “रसीद तो छब्बीस रुपये की देनी पड़ती है,

लेकिन मिलते हैं सिर्फ तेरह रुपये पन्द्रह आने।"

रमेश की समझ में यह पहेली बिलकुल नहीं आई, इसलिए वे मास्टर साहब का मुंह देखने लगे। मास्टर साहब ने उनके मन का भाव समझ कर कहा, "सरकारी हुकुम ही ऐसा है, इसलिए छब्बीस रुपये की रसीद लिखकर स्कूलों के डिप्टी इंस्पेक्टर साहब को दिखलानी पड़ती है। नहीं तो सरकरी सहायता बन्द हो जाए! यह तो सभी जानते हैं। आप किसी भी विद्यार्थी से पूछ कर जान सकेंगे कि मैं झूठ नहीं कह रहा हूं।"

रमेश ने कुछ देर तक चुप रहने के बाद पूछा, "इससे विद्याथियों के सामने आपके सम्मान की हानि नहीं होती?"

मास्टर साहब लज्जित होकर बोले, "क्या करूं रमेश बाबू, वेणी बाबू तो इतना भी देने को राजी नहीं हैं।"

रमेश ने कहा, "मालूम होता है कि वही कर्त्ता -धर्त्ता है।"

मास्टर साहब को कुछ दुविधा तो जरूर हुई, लेकिन, वे 'नहीं' तो कर ही न सकते थे। इसलिए उन्होंने धीरे-धीरे बतलाया कि वह सेक्रेटरी तो हैं, लेकिन कभी एक पैसा भी अपने पास से खर्च नहीं करते। हां, यदु मुकर्जी की कन्या बिलकुल लक्ष्मी हैं। यदि उनकी कृपा न होती तो स्कूल कभी का बन्द हो गया होता। पहले तो उन्होंने आशा दिखाई थी कि वे इस साल अपने खर्च से छप्पर छवा देंगी। लेकिन फिर न जाने क्यों एकाएक उन्होंने हाथ खींच लिया और सारी सहायता बन्द कर दी।"

रमेश ने कुतूहलवश रमा के सम्बन्ध में और भी कई प्रश्न किए और तब अन्त में पूछा, "उसका एक भाई भी तो इस स्कूल में पढ़ता है?"

मास्टर साहब ने कहा, "वही यतीन न? हां, पढ़ता क्यों नहीं है।"

रमेश ने कहा, "अच्छा, अब आपका स्कूल का समय हो गया है। आज आप जाएं। मैं कल आपके स्कूल में आऊंगा।"

"जो आज्ञा।" कहकर हेड मास्टर साहब ने फिर एक बार रमेश को प्रणाम किया और जबरदस्ती उनके चरणों की धूल सिर से लगाकर चल दिया।

छः

विश्वेश्वरी की उस दिन की बात उसी दिन आस-पास के दस-पांच गांवों में फैल गई थी। वेणी स्वयं किसी के मुंह पर कोई कड़ी बात नहीं कह सकते थे, इसलिए जाकर वे मौसी को बुला लाए थे। सुनते हैं कि किसी जमाने में तक्षक नाग ने अपना दांत गड़ाकर पीपल का एक बहुत बड़ा वृक्ष जलाकर बिलकुल राख कर दिया था। यह मौसी भी उसी दिन सवेरे घर आकर जो विष उगल गईं, उससे विश्वेश्वरी का रक्त-मांस का शरीर, चाहे इसलिए कि वह काठ का नहीं था और चाहे इस-लिए कि उस जमाने में और इस जमाने में बहुत अन्तर हो गया है, जल कर राख नहीं हुआ। विश्वेश्वरी ने सारा अपमान चुपचाप सहन कर लिया, क्योंकि यह उनसे छुपा न था कि यह सब उनके पुत्र के द्वारा ही घटित हुआ था। वह सोचती थी कि अगर मैंने क्रोध में आकर एक बात का भी जवाब दिया तो इस स्त्री के मुंह से सबसे पहले मेरे लड़के की ही बात प्रकट हो जाएगी और शायद यह रमेश के कानों तक जा पहुंचेगी। इसी लज्जा के मारे विश्वेश्वरी उतनी देर तक बिलकुल काठ की तरह बैठी रहीं।

लेकिन गांव-देहात में कोई बात छिपी नहीं रहती। रमेश ने भी सुन ली। अपनी ताई के सम्बन्ध में आरम्भ से ही उनके मन में उत्कण्ठा थी, और उन्हें यह शंका भी थी कि मेरे कारण माता और पुत्र में कुछ कलह अवश्य होगी। लेकिन वेणी बाहर से एक आदमी को अपने घर में बुला-कर उससे अपनी मां का अपमान और निर्यातन करावेंगे, उन्हें यह बात बहत ही अनोखी और दुनिया से न्यारी जान पड़ी; और इसके बाद तुरन्त ही उनके क्रोध की अग्नि मानो उनका ब्रह्म-रन्ध्र भेदकर जलने लगी। सोचा कि मुझे इसी समय उस घर में पहुंचना चाहिए और वहां जो कुछ खरी-खोटी मुंह में आए, सब वेणी को सुना आना चाहिए, क्योंकि जो आदमी इस तरह अपनी माता का अपमान करा सकता है, उसका अपमान करते समय किसी बात का विचार करने की आवश्यकता नहीं है। लेकिन इसके बाद ही खयाल आया कि यह ठीक नहीं, क्योंकि इससे ताईजी के अपमान की मात्रा और बढ़ेगी ही, कुछ कम नहीं होगी। उस दिन दीनू से, कल

मास्टर साहब से रमा के सम्बन्ध की बातें सुनकर उसके प्रति उनके मन में श्रद्धा का कुछ भाव उत्पन्न हुआ था। तब उन्हें पूरा विश्वास हो गया कि इस तरह फैली हुई परिपूर्ण मूढ़ता और कदर्य क्षुद्रता में एक ताई जी के हृदय को छोड़कर बाकी सारा गांव ही अन्धकार में डूबा हुआ है, तब इस मुकर्जी के घर की तरफ देखकर ही उन्होंने प्रकाश का आभास पाया था, फिर चाहे वह आभास कितना ही तुच्छ और क्षुद्र क्यों न हो उससे उनके मन में बहुत आनन्द हुआ था। लेकिन आज फिर इस घटना से रमा के प्रति उनका सारा मन घृणा और वितृष्णा से भर गया। उनके मन में इसके विषय में तनिक भी सन्देह नहीं रह गया कि इन दोनों मौसी और बहनौतिन ने मिलकर वेणी का साथ दिया है और ताई जी के साथ यह अन्याय किया है। लेकिन बहुत कुछ सोचने पर भी उनकी समझ में यह न आया कि मैं इन दो स्त्रियों के विरुद्ध अथवा स्वयं वेणी को ही किस प्रकार अथवा क्या दण्ड दे सकूंगा।

इसी बीच में एक और घटना हो गई। कई जायदादें अभी तक ऐसी थी जो मुकर्जी और घोषाल वंश में बंटी नहीं थीं। आचार्यों के घर के पिछवाड़े गढ़ नाम का जो ताल था, वह भी इसी प्रकार दोनों की साझे की सम्पत्ति था। किसी समय वह बहुत बड़ा था, लेकिन मरम्मत और सफाई न होने के कारण पटता-पटता अब एक मामूली-सी गढ़ैया के रूप में रह गया था। अच्छी मछलियां न तो बाहर से लाकर छोड़ी जाती थीं और न उसमें थीं। आप-से-आप जो एक दो तरह की मामूली मछलियां पैदा होती थीं, वही होती थीं। भैरव हांफते-हांफते आ पहुंचे। बाहर चंडीमंडप के पास ही घर के कारिन्दे गोपाल सरकार बैठे हुए बही-खाता लिख रहे थे। भैरव ने घबराकर कहा, "सरकार महाशय, आपने अपने आदमी नहीं भेजे? गड़ की मछलियां पकड़ी जा रही हैं।"

सरकार ने कान पर कलम खोंसते हुए सिर उठाकर पूछा, "कौन पकड़वा रहा है?"

भैरव ने कहा, "और कौन पकड़वाएगा? वेणी बाबू का नौकर खड़ा है। मुकर्जी का पछैयां दरबान भी है। मैं अभी देखता आ रहा हूं। सिर्फ आपके यहां का ही आदमी नहीं है। जल्दी किसी को भेजिए।"

लेकिन गोपाल ने बिना कुछ भी चंचलता प्रकट किए कहा, "हमारे बाबूजी मांस-मछली नहीं खाते।"

भैरव ने कहा, "वह न खाएं तो इससे क्या होता है! लेकिन अपना हिस्सा तो लेना चाहिए।"

गोपाल ने कहा, "हम सब लोग तो जरूर चाहते हैं। और अगर बड़े बाबू जीते होते तो वह भी जरूर चाहते। लेकिन रमेश बाबू कुछ और ही तरह के आदमी हैं।"

जब इस बात पर गोपाल ने भैरव के मुख पर आश्चर्य का चिह्न देखा, तब उन्होंने हंसते हुए और कुछ चुटकी लेते हुए कहा, "आचार्यजी, यह तो सड़ी-सी दो-चार मछलियों की बात है। उस दिन हाट के उत्तर तरफ वाला वह बड़ा इमली का पेड़ काटा गया था। उन दोनों घरों ने उसे आपस में मिलकर बांट लिया और हम लोगों को उसमें से एक छिलका भी न मिला। मैं ने तुरन्त ही आकर बाबूजी को सब बातें बतलाई। वह किताब पढ़ रहे थे। उन्होंने सिर्फ एक बार जरा-सा सिर उठाकर देखा और कुछ मुस्कराकर फिर किताब पढ़ने लग गए। मैंने पूछा भी कि सरकार, क्या करना चाहिए। लेकिन हमारे रमेश बाबू को फिर जरा-सा सिर उठाने की भी फुरसत न मिली। जब मैंने कई बार जोर देकर कहा, तब उन्होंने किताब मोड़कर रख दी और एक बार उबासी लेकर कहा, 'लकड़ी के लिए कहते हो? क्या हमारे यहां इमली का और कोई पेड़ नहीं है?'—सुन लिया आपने? मैंने कहा भी कि है क्यों नहीं। लेकिन जो अपना वाजिब हिस्सा है, वह क्यों छोड़ा जाय और कौन इस तरह अपना हिस्सा छोड़ देता है? रमेश बाबू ने किताब और भी कुछ मोड़कर रख दी और कोई पांच मिनट तक चुप रहने के बाद कहा, 'यह तो ठीक है। लेकिन दो-चार तुच्छ लकड़ियों के लिए झगड़ा नहीं किया जाता।"

भैरव ने बहुत ही चकित होकर कहा, "अरे! आप यह क्या कह रहे हैं?"

गोपाल सरकार ने मुस्कराकर जरा सिर हिलाते हए कहा, "आचार्यजी, मैं जो कुछ कहता हूं मैंने उसी दिन सब समझ लिया, अब क्यों व्यर्थ बार-बार कहा जाए? इस छोटे घर की लक्ष्मी तो तारिणी घोषाल के साथ ही अन्तर्धान हो गई।"

भैरव ने कुछ देर तक चुप रहने के बाद कहा, "लेकिन वह ताल मेरे घर के पिछवाड़े है। इसलिए मुझे तो यहां आकर खबर करनी ही

चाहिए।"

गोपाल ने कहा, "तो फिर महाराज, अच्छी बात है। आप ही जाकर उन्हें जरा इसकी खबर कर दीजिए। दिन-रात किताबें पढ़ते रहने से और पट्टीदारों से इस तरह डरने से कहीं जमीन-जायदाद की रक्षा होती है। लेकिन वह भी इन की बातें सुनकर हंसती है। उस दिन उसने गोविन्द गांगुली को बुला कर कुछ हंसी उड़ाते हए कहा था—'आप जाकर रमेश बाबू से कह दीजिए कि वह सारी जायदाद हमारे हाथ सौंप दें और हमसे कुछ महीना ले लिया करें।' भला, इससे बढ़कर लज्जा की और कौन-सी बात हो सकती है?"

इतना कहकर गोपाल सरकार मारे क्रोध और दुःख के मुंह बिचका-कर फिर अपने काम में लग गए।

घर में कोई स्त्री तो थी ही नहीं। सब जगह खला दरबार था। भैरव ने अन्दर पहुंचकर देखा कि रमेश सामने वाले बरामदे में एक टूटी हुई आराम-कुर्सी पर लेटे हैं। रमेश को उनके कर्तव्य-पालन के लिए उत्तेजित करते हुए भैरव ने सम्पत्ति की रक्षा के संबंध में एक साधारण-सी भूमिका बांधकर ज्यों ही असल बात बतलाई, त्यों ही रमेश बन्दूक की गोली खाकर सोये हुए बाघ की तरह गरज कर बोले, "रोज-रोज हमारे साथ इसी तरह की चालबाजी हुआ करेगी भजुआ!"

उनका यह नितान्त अमावनीय और अप्रत्याशित उग्र माव देखकर भैरव धबरा गए और वे कुछ भी न समझ सके कि यह चालबाजी किस की है। भजुआ गोरखपुर जिले का रहने वाला रमेश का अत्यन्त बलवान् और विश्वासपात्र नौकर था। लाठी चलाने में वह रमेश का चेला था। रमेश ने लाठी चलाना आप भी सीखा था और अपना हाथ पक्का करने के लिए उन्होंने पह विद्या भजुआ को सिखाई थी। भजुआ के आते ही रमेश ने उसे कड़ा हुकुम सुनाया कि जाकर सब मछलियां छीन लाओ। और अगर कोई रोके तो उसे सिर के बाल पकड़कर घसीटते हुए यहां ले आओ। और अगर यह न हो सके तो कम से कम उसके दांतों का एक जबाड़ा तो जरूर ही तोड़ आओ।"

भजुआ तो यही चाहता था। वह अपनी तेल-पिलाई लाठी लाने के लिए चुपचाप अंदर चला गया। यह देखकर भैरव मारे डर के कांपने लगे। वह बंगाल के तेल-पानी के आदमी थे। चीख-पुकार और बक-झक से वे

बिलकुल नहीं डरते थे। लेकिन जब वह बलवान् पछैयां नौकर बिना कुछ कहे-सुने सिर्फ एक बार सिर हिलाकर चला गया तब मारे चिंता के उनका तालू तक सूख गया। उन्हें याद आ गया कि जो भौंकता नहीं है, वह जरूर काटता है। भैरव वास्तव में शुभ-चिंतक थे। इसलिए वह जतलाने आए थे कि अगर ठीक समय मौके पर पहुंचकर कुछ सकार-बकार और चीख-पुकार की जाएगी तो कुछ छोटी-मोटी मछलियां घर लाई जा सकेंगी। भैरव स्वयं भी इसमें सहायता करने की सोचकर आए थे। लेकिन कहां, कुछ भी तो नहीं हुआ। गाली-गलौज के रास्ते कोई गया ही नहीं। बस मालिक ने एक बार ललकार दिया और नौकर ने जबान तक नहीं हिलाई, वह सीधा लाठी लाने चला गया। भैरव ठहरे गरीब आदमी। फौजदारी में फंसने का उनमें साहस भी नहीं था और इच्छा भी नहीं थी। थोड़ी देर बाद भजुआ हाथ में एक लंबी और मोटी लाठी लिए निकला। पहले तो उसने वह लाठी माथे से लगाई और तव दूर से ही रमेश को नमस्कार करके वह चलने लगा। भैरव अचानक रोने लगे और रमेश के दोनों हाथ पकड़कर बोले, "अरे भज्जू, रुक जाओ। जाना मत।—भैया रमेश, माफ करो। मैं गरीब आदमी हूं। मेरी जान नहीं बचेगी।"

रमेश ने चिढ़कर अपने हाथ छुड़ा लिए। उनके आश्चर्य की सीमा रही। भजुआ लौट पड़ा और अवाक् होकर खड़ा हो गया। भैरव रूआंसी आवाज में कहने लगे, "भैया, यह बात छिपी नहीं रहेगी। अगर वेणी बाबू मुमसे बिगड़ गए तो फिर एक दिन को मैं जीता नहीं बचूंगा। मेरा घर-बार तक जला डाला जाएगा। तब ब्रह्मा और विष्णु भी आकर मेरी रक्षा नहीं कर सकेंगे।"

रमेश सिर नीचा करके स्तब्ध होकर बैठ गए। शोर सुनकर गोपाल सरकार अपना बही-खाता छोड़कर आ पहुंचे। उन्होंने धीरे से कहा, "हां भैया जी, इनका कहना ठीक है।"

लेकिन रमेश ने उनकी बात का कोई उत्तर न दिया। सिर्फ हाथ से उन्होंने भजुआ को अपने काम पर जाने का इशारा कर दिया और चुप-चाप अंदर चले गए। उनके हृदय में भैरव आचार्य का यह हद दर्जे का डर और उनके कातर वचन भीषण झंझा की तरह प्रवाहित होने लगे और इसे केवल अन्तर्यामी ने ही देखा।

सात

"क्यों रे यतीन, खेल रहा है। स्कूल नहीं जाएगा?"

"बहन, हमारे यहां आज और कल दो दिनों की छुट्टी है।"

मौसी ने यह सुनकर अपना कुत्सित मुख और भी विकृत करके कहा, "आग लगे ऐसे स्कूल में जहां महीने में पन्द्रह दिन छुट्टी हुआ करती है। फिर भी तुम उसके पीछे इतने रुपये खर्च करती हो! मैं होती तो आग लगा देती।"

इतना कहकर मौसी अपने काम से चली गई। जो लोग मौसी को सोलह आने मिथ्यावादिनी कहकर चारों तरफ उसकी बदनामी करते फिरते हैं, वे भूल करते हैं। वह इस तरह की एकाध सच बात भी कह सकती थी और आवश्यकता पड़ने पर दूसरों से कहने में भी पीछे हटने वाली नहीं थी। रमा ने अपने छोटे भाई को अपने पास खींच लिया और धीरे से पूछा, "क्यों रे यतीन, आज किस बात की छुट्टी है?"

यतीन्द्र अपनी बहन के साथ सटकर खड़ा हो गया और कहने लगा, "हमारे स्कूल के ऊपर नया छप्पर जो छाया जा रहा है! इसके बाद सफेदी भी होगी। न जाने कितनी किताबें आई हैं, चार-पांच कुसियां और टेवुल, एक अलमारी और एक बहुत बड़ी घड़ी आई है। बहन, एक दिन तुम भी चलकर देख आओ न।'

रमा ने बहुत ही चकित होकर कहा, "अरे तू क्या कह रहा है!"

यतीन्द्र ने कहा, "हां बहन, मैं बिलकुल ठीक कहता हूं। रमेश बाबू आए हैं न। वही सब कर रहे हैं।"

इसके आगे वह वालक अभी और भी कुछ कहना चाहता था कि सामने से मौसी को आते देखकर रमा उसे जल्दी से लेकर अपनी कोठरी के अंदर चली गई। उसने अपने छोटे भाई को बहत प्यार से अपने पास बैठाकर और उससे प्रश्न कर-करके रमेश और स्कूल के बारे में बहुत-सी बातें जान ली। यह भी सुना कि वे स्वयं भी नित्य आकर घण्टे-दो घण्टे पढ़ा जाते हैं। फिर अचानक पूछ बंठी, "क्यों यतीन्द्र, वह तुझे पहचानते है?"

बालक ने सिर हिलाकर कहा, "हां।"

"तू उन्हें क्या कहकर पुकारता है?"।

अब यतीन्द्र कुछ मुश्किल में पड़ गया। क्योंकि अभी तक इतनी अधिक घनिष्ठता का सौभाग्य और साहस उसे नहीं हुआ था। उनके स्कूल में आते ही दौर्दण्डप्रताप हेडमास्टर साहब भी जिस प्रकार चुपचाप अलग खड़े हो जाते थे, उसे देखकर छात्रों के भय और विस्मय की कोई सीमा नहीं रह जाती थी। पुकारना तो दूर, कोई हिम्मत करके उनके मुंह की ओर देख भी नहीं सकता था। लेकिन अपनी बड़ी बहन के सामने यह स्वीकार करना भी तो सहन नहीं था! लड़कों ने सुना था कि सब मास्टर उन्हें 'छोटे बाबू' कहते हैं। इसलिए उसने कुछ बुद्धि खर्च करके कहा, "हम सब उन्हें 'छोटे बाबू' कहते हैं।"

लेकिन उसके मुख का भाव देखकर कोई बात रमा के समझने से बाकी न रह गई। उसने अपने भाई को और भी अपनी गोद की तरफ खींचकर हंसते हुए कहा, "छोटे बाबू क्या होता है रे! वह तो तेरे भैया हौते हैं। जिस तरह वेणी बाबू को तू बड़े भैया कहकर पुकारता है, उसी तरह उन्हें 'छोटे भैया' कहकर क्यों नहीं बुलाता?"

बालक मारे विस्मय और आनन्द के चंचल होकर बोला, "वे हमारे भैया होते हैं? सत्र कहती हो बहन?"

'हां, भैया तो होते ही हैं।"

इतना कहकर रमा कुछ हंसी। लेकिन अब यतीन्द्र को रोक रखना मुश्किल हो गया। वह चाहता था कि जितनी जल्दी हो सके मैं यह खबर अपने सभी संगी-साधियों तक पहुंचा दूं। लेकिन स्कूल तो बंद है, दो दिन उसे जैसे-तैसे धैर्य धारण करना ही पड़ेगा। तो भी जो लड़के आस-पास रहते हैं, उन सबको खबर दिए बिना कैसे रहे। उसने फिर निकलने के लिए छटपटाकर कहा, "तो अव जाऊं बहन?"

लेकिन रमा ने यह कहकर उसे रोक रखा कि इस समय तू कहां जाएगा। जय पतीन्द्र जा न सका, तब कुछ देर तक तो अप्रसन्न मुख से चुप बैठा रह फिर पछा, "वह इतने दिनों तक कहां थे!"

रमा ने प्रेमपूर्ण स्वर में कहा, "इतने दिनों तक वे पढ़ने के लिए परदेश गए थे। बड़े हो जाओगे, तब तुम्हें भी इसी तरह पढ़ने के लिए परनेश जाकर रहना पड़ेगा। तुम मुझे छोड़कर अकेले परदेश में रह सकोगे यतीन?"

इतना कहकर रमा ने फिर अपने भाई को खींच कर गले से लगा लिया। बालक होने पर भी अपनी बहन के स्वर में एक प्रकार के परिवर्तन का अनुभव करके वह आश्चर्यपूर्वक उसके मुंह की ओर देखता रह गया। बात यह थी कि रमा यद्यपि अपने भाई को प्राणों से भी बढ़कर चाहती थी, तो भी उसकी बातों और व्यवहार में इस प्रकार का आवेग-उच्छ्वास पहले कभी प्रकट नहीं होता था।

यतीन्द्र ने पूछा, "क्यों बहन, छोटे भइया की सारी पढ़ाई पूरी हो गई है?"

रमा ने भी उसी प्रकार के स्नेहपूर्ण स्वर में उत्तर दिया, "हां, वह अपनी सारी पढ़ाई खतम करके आये हैं।"

यतीन्द्र ने फिर पूछा, "तुमने कैसे जाना?"

उत्तर में रमा ने सिर्फ एक ठण्डी सांस लेकर सिर हिला दिया। वास्तव में इस सम्बन्ध में वह अथवा गांव का और कोई आदमी कुछ भी नहीं जानता था। यह बात भी नहीं थी कि उसका अनुमान बिलकुल ठीक ही हो। लेकिन फिर भी किसी प्रकार उसे यह निश्चय मालूम हो गया था कि जो आदमी दूसरों के लड़कों को पढ़ाने-लिखाने के लिए इतनी छोटी अवस्था में ही इतना अधिक सचेत हो गया है, वह स्वयं किसी तरह मूर्ख नहीं हो सकता।

लेकिन यतीन्द्र ने इस बारे में कोई जिरह नहीं की। इसी बीच उसके मन में एक और प्रश्न उठा और उसने चट से पूछा, "क्यों बहन, छोटे भइया हमारे यहां क्यों नहीं आते? बड़े भइया तो रोज आते हैं।"

यह प्रश्न एक आकस्मिक तीव्र व्यथा के समान रमा के सारे शरीर में विद्युत के वेग से प्रवाहित हो गया। फिर भी उससे हंसकर कहा, "तुम उन्हें अपने घर बुलाकर नहीं ला सकते?'

"तो अभी चला जाऊं बहन?" इतना कहकर यतीन तुरन्त उठकर खड़ा हो गया।

"अरे तू भी निरा पगला है।' कहकर रमा ने अपने भय से व्याकुल दोनों हाथ बढ़ाकर उसे जोर से पकड़ लिया। उसने यह कहते हुए उसे प्राणपण से अपने कलेजे से चिपटा लिया, 'खबरदार यतीन्द्र, कभी ऐसा काम मत करना!"

यतीन्द्र यद्यपि अभी बालक था, फिर भी जब उसने स्पष्ट अनुभव

किया कि बहन का कलेजा धड़क रहा है, तब वह बहुत आश्चर्य से उसके मुख की ओर देख कर चुप हो गया। एक तो उसने पहले कभी बहन को ऐसा करते देखा नहीं था; तिस पर यह जानकर कि छोटे बाबू हमारे छोटे भइया हैं, तब उसके मन की गति पूर्ण रूप से किसी और ही तरफ हो गई थी, तब उसकी समझ में यह बात किसी तरह आई ही नहीं कि बहन क्यों उनसे इतना डरती है। इसी समय मौसी की तीक्ष्ण पुकार कानों में पड़ते ही यतीन्द्र को छोड़ कर रमा जल्दी से उठकर खड़ी हो गई। थोड़ी ही देर में मौसी आप आकर दरवाजे पर खड़ी हो गई और कहने लगी, मैं तो समझती थी कि रमा घाट पर नहाने गई है। आज एकादशी है, इस लिए क्या इतना दिन चढ़ आने पर भी माथे में तेल-जल नहीं पड़ेगा? मुंह सूखकर बिलकुल काला हो गया है।"

रमा ने कुछ जोर लगाकर हंसते हुए कहा, "मौसी, तुम जाओ। मैं अभी जाती हूं।"

"और कब जाओगी? बाहर आकर तो देखो, मछली का हिस्सा-बांट करने के लिए वेणी आया है।"

मछली का नाम सुनते ही यतीन्द्र वहां से भागा। रमा ने आंचल से इस तरह अपना मुंह पोंछ लिया कि मौसी को कुछ भी पता न चला और तब वह भी पीछे-पीछे चलकर बाहर आ पहुंची। आंगन में खूब कोला-हल मचा हुआ था। मछलियां कुछ कम नहीं पकड़ी गई थीं। एक बड़ा दौरा भरा हुआ था। उसका हिस्सा-बांट करने के लिए वेणी बाबू खुद ही आकर हाजिर हो गये थे। मुहल्ले के लड़की-लड़के साथ-साथ आकर चारों तरफ से घेरकर हल्ला मचा रहे थे।

इतने में किसी के खांसने का शब्द सुनाई पड़ा और उसके बाद ही धर्मदास लाठी टेकते हुए और यह कहते हुए आ पहुंचे, "वेणी, क्या आज मछलियां पकड़ी गई हैं?"

वेणी ने अप्रसन्नता से कहा, "ज्यादा कहां पकड़ी गई!" और फिर धीवर को पुकारकर कहा, "अब देर क्यों कर रहा है रे! जल्दी से दो हिस्सा कर डाल।"

धीवर हिस्से लगाने लगा। इतने में गोविन्द गांगुली यह कहते हुए वहां आ पहुंचे, "क्या हो रहा है रमा, इधर कई दिनों से आ नहीं सका। सोचा कि चलकर जरा बेटी की खबर लेता जाऊं।"

रमा ने मुस्करा कर कहा, "आइए।"

गांगुली यह कहते हुए आगे बढ़े, "अरे आज इतनी भीड़ क्यों लगी है?" और फिर अचानक मानो आश्चर्य प्रकट करते हुए बोले, "ओह, यह बात है! मछलियां तो कुछ कम नहीं पकड़ी गई। जान पड़ता है बड़े ताल में जाल डाला गया था?"

उनके इन सब प्रश्नों का उत्तर देना सभी ने व्यर्थ समझा और वे मछलियों के बंटवारे में लगे रहे। थोड़ी ही देर में वह निबट गया। वेणी ने अपने हिस्से की प्रायः सभी मछलियां एक दौरे में रखवाकर अपने नौकर के सिर पर उठवा दीं और धीवर को आंख से कुछ इशारा करके वहां से चलने का उपक्रम किया। लेकिन रमा को तो उतनी ज्यादा मछलियों की जरूरत थी नहीं, इसलिए उसके हिस्से में से सभी उपस्थित लोगों ने अपनी-अपनी योग्यता के अनुसार कुछ-कुछ मछलियां ले लीं और वे भी घर चलने का विचार करने लगे। इतने में सब लोगों ने बड़े आश्चर्य से देखा कि रमेश घोषाल का वही पछैयां नौकर अपने सिर के बराबर ऊंची लाठी हाथ में लिए आंगन के बीच में आकर खड़ा हो गया है। इस आदमी का चेहरा ही ऐसा भीषण था कि सबसे पहले उसी पर निगाह जा पड़ती थी; और एक बार पड़ने पर सदा याद रहती। गांव के छोटे-बड़े सभी उसे पहचान गये थे। यहां तक कि उसके सम्बन्ध में धीरे-धीरे अनेक प्रकार की अद्भुत बातें फैलानी शुरू कर दी थी। इतने आदमियों के बीच में उसने रमा को ही कैसे मालकिन समझकर पहचान लिया यह तो वही जाने पर उसने दूर से ही 'मांजी' कहकर एक लम्बा सलाम किया और पास आकर खड़ा हो गया। उसका चेहरा जैसा भी हो, कंठ स्वर सचमुच ही भयानक, अत्यन्त भारी और फटा हुआ था। उसने बंगला मिली हुई हिन्दी में संक्षेप में बतलाया कि मैं रमेश बाबू का नौकर हूं और मछलियों के तीन हिस्सों में से एक हिस्सा लेने आया हूं। चाहे विस्मय के प्रभाव के कारण हो और चाहे उसकी संगत प्रार्थना के विरुद्ध कोई उत्तर समझ में न आने के कारण ही हो, रमा सहसा उसकी बात का कोई उत्तर न दे सकी। भजुआ ने आश्चर्य से गरदन घुमाकर वेणी बाबू के नौकर से गंभीर गले से कहा, "अरे, अभी जाना मत।"

नौकर मारे डर के चार कदम पीछे लौटकर खड़ा हो गया। आधे मिनट तक किसी के मुंह से एक शब्द भी न निकला। उस समय वेणी

बाबू ने कुछ साहस किया। वह जहां खड़े थे, वहीं से बोले, "कैसा हिस्सा?"

भजुआ ने तुरंत ही उन्हें भी सलाम करके आदरपूर्वक कहा, "बाबूजी, मैंने आप में नहीं पूछा।"

मौसी ने बहुत दूर दालान में से कहा, "अरे बाप रे! तू क्या मारेगा"

भजुआ पहले तो थोड़ी देर तक मौसी की तरफ देखता रहा। इसके बाद उसके फटे गले की हंसी से सारा मकान गूंज गया। थोड़ी देर बाद हंसी रोककर और कुछ लज्जित होकर उसने फिर रमा की तरफ देखकर कहा, "मांजी?"

भजुआ की बातों और व्यवहार में अतिशय आदर के अन्दर भी मानो अवज्ञा छिपी हुई थी। यही कल्पना करके रमा मन-ही-मन चिढ़ गई थी। पूछा, "तुम्हारे बाबू क्या चाहते हैं?"

रमा की नाराजगी देखकर भजुआ मानो कुछ कुंठित हो गया। इसलिए उसने जहां तक हो सका, अपने कर्कश स्वर को कोमल करके अपनी प्रार्थना दोहरा दी। लेकिन अब क्या होता था। मछलियों का हिस्सा हो चुका था और वे ठिकाने भी लग चुकी थीं। इतने आदमियों के सामने वह हीन भी नहीं हो सकती थी। इसलिए उसने कटु कंठ से कहा, "तुम्हारे बाबू का इसमें कोई हिस्सा नहीं है। जाकर उनसे कह दो कि उन्हें जो कुछ करना हो, वह कर लें।"

"बहुत अच्छा मांजी।" कहकर भजुआ ने फिर एक लंबा सलाम किया, वेणी के नौकर से हाथ के इशारे से चले जाने के लिए कह दिया; और बिना कुछ कहे-सुने वह आप भी वहां से चलने लगा। जिस समय उसके व्यवहार से घर के सभी लोग अत्यन्त चकित हो रहे थे, उस समय वह अचानक फिर लौट पड़ा और रमा की ओर देखकर उसने अपनी हिन्दी और बंगला मिली हुई बोली में अपने कठोर कंठ स्वर के लिए क्षमा मांगी और कहा, "मांजी, लोगों की बातें सुनकर पहले बाबूजी ने मुझे ताल पर से मछलियां छीन लाने का हुक्म दिया था। हमारे बाबूजी मांस-मछली छूते भी नहीं और मैं भी यह सब कुछ नहीं खाता। लेकिन···" इतना कहकर उसने अपने प्रशस्त वक्षस्थल पर हाथ रखकर कहा, "बाबूजी के हुक्म से आज ताल के किनारे ही शायद यह जान चली

जाती। लेकिन रामजी ने बड़ी खैरियत कर दी कि बाबूजी का गुस्सा ठंडा हो गया! उन्होंने मुझे बुलाकर कहा, "भजुआ, जा, मांजी से पूछ आ कि इस ताल में हमारा भी हिस्सा है या नहीं।"

इसके बाद उसने बहुत ही आदरपूर्वक लाठी सहित अपने दोनों हाथ उठाकर मस्तक से लगाए और रमा को नमस्कार करते हुए कहा, "बाबूजी ने कह दिया कि भजुआ, और कोई चाहे जो कहे, पर मैं निश्चय जानता हूं कि मांजी जबान से कभी झूठी बात नहीं निकलेगी—वह कभी पराई चीज नहीं छूएगीं।"

इतना कहकर वह हार्दिक सम्मानपूर्वक बार-बार नमस्कार करता हुआ चल दिया।

उसके जाते ही वेणी ने उछलकर औरतों की तरह महीन आवाज से कहा, "बस इसी तरह वह अपनी संपत्ति की रक्षा करेगा! मैं तुम लोगों के सामने प्रतिज्ञा करता हूं कि आज से तालाब का एक घोंघा भी उसके हाथ न लगने दूंगा। समझ गई न रमा!"

इतना कहकर वेणी मारे प्रसन्नता के फूलकर ही-ही-ही करके हंसने लगे। लेकिन रमा के कानों में उनके एक शब्द ने भी प्रवेश न किया। बार-बार उसके कानों में भजुआ के यही शब्द लाखों तालियों की एकत्र तड़तड़ाहट के समान गूंज रहे थे कि 'मांजी की जबान से कभी झूठ बात न निकलेगी' और उसके दिमाग को परेशान कर रहे थे। उसका गोरा-गोरा मुख क्षण-भर के लिए लाल होकर उसके बाद तुरंत ही इतना सफेद हो गया कि मालूम होता था कि उसमें कहीं एक बूंद भी रक्त नहीं है। उस समय उसे केवल इतना ही ज्ञान रह गया था कि मेरे इस चेहरे पर किसी की आंख न पड़े। इसीलिए उसने अपने सिर पर का आंचल कुछ और आगे खींच लिया और जल्दी से अदृश्य हो गई।

आठ

"ताईजी!"

"कौन? रमेश! आओ बेटा, अंदर चले आओ।"

विश्वेश्वरी ने जल्दी से एक चटाई बिछा दी। घर में पैर रखते ही

रमेश चौंक पड़े, क्योंकि, ताईजी के पास जो स्त्री बैठी हुई थी, उसका मुंह यद्यपि उन्हें दिखाई नहीं दिया, तो भी उन्होंने समझ लिया कि यह रमा है। वे जल उठे कि ये लोग मौसी को बीच में डालकर अपमान करने में भी कमी नहीं करते। इस तरह नितान्त निर्लज्जों की तरह एकात में पास आकर भी बैठते हैं। उधर रमेश के अचानक आ जाने से रमा भी कुछ मामूली संकट में नहीं पड़ी। इसका कारण यही नहीं था कि वह इस गांव की लड़की थी। पर रमेश के साथ उसका संबंध ही कुछ इस प्रकार का था कि नितान्त अपरिचिता की तरह घूंघट करने में भी उसे लज्जा आती थी और बिना घूंघट के भी वह चैन नहीं पाती थी। इसके सिवा उस दिन मछलियों के बारे में वह झगड़ा हो गया था! इसीलिए सब बातों का बचाव करते हुए, जहां तक हो सकता था, वह कुछ घूम-कर बैठी थी। रमेश ने फिर उसकी तरफ नहीं देखा और कोठरी में और भी कोई है इसकी जरा भी परवाह न करके आराम से चटाई पर बैठकर कहा, "ताईजी!"

ताईजी ने कहा, "क्यों रमेश, अचानक इस दो-पहर के समय कैसे आ गए?"

रमेश ने कहा, "अगर दोपहर को न आऊं तो फिर और किसी समय तुम्हारे पास बैठने का मौका ही नहीं मिलता। तुम्हें काम भी तो कम नहीं रहते!"

ताईजी इस बात का कोई प्रतिवाद न करके जरा हंसकर रह गई। रमेश ने मुस्कराते हुए कहा, "बहुत दिन हुए, जब मैं बहुत छोटा था, तब एक बार आकर तुमसे विदा लेकर गया था। अब आज फिर उसी तरह विदा होने आया हूं। और ताईजी, यह शायद मेरी आखिरी विदाई होगी।"

यद्यपि रमेश के मुंह पर कुछ मुस्कराहट थी, फिर भी उनके स्वर से उनके भाराकान्त हृदय का एक ऐसा गंभीर अवसाद प्रकट हुआ कि दोनों ही सुननेवालियां विस्मय और व्यथा से चौंक पड़ी!"

"तुम जुग-जुग जियो बेटा। यह कैसी बात कह रहे हो!"

कहते-कहते विश्वेश्वरी की दोनों आंखें छलछला आई। रमेश केवल मुस्कराकर रह गए। विश्वेश्वरी ने स्नेहपूर्ण स्वर से पूछा, "क्यों बेटा, क्या यहां शरीर ठीक नहीं रहता?"

रमेश ने अपने हृष्ट-पुष्ट और अत्यन्त बलवान् शरीर की ओर एक-दो बार देखकर कहा, "ताईजी, यह पश्चिम का दाल-रोटी का पला हुआ शरीर है। भला यह क्या इतनी जल्दी खराब हो सकता है? नहीं, मेरा शरीर तो खूब अच्छा है। लेकिन अब यहां मुझसे क्षण-भर भी नहीं रहा जाता। रह-रहकर मेरा दम-सा निकलने लगता है।"

जब विश्वेश्वरी को यह मालूम हो गया कि शारीर अच्छा रहता है, तब उसने निश्चिन्त होकर हंसते हुए पूछा, "यह तो तुम्हारा जन्म-स्थान है। फिर यहां तुमसे क्यों नहीं रहा जाता?"।

रमेश ने सिर हिलाकर कहा; "यह मैं नहीं कहना चाहता। मैं समझता हूं कि तुम अवश्य ही सब जानती हो।"

विश्वेश्वरी ने थोड़ी देर चुप रहने के बाद गंभीर होकर कहा, "सब नहीं, फिर भी बहुत कुछ जानती हूं। लेकिन रमेश, इसीलिए तो कहती हूं कि और कहीं जाने से तुम्हारा काम नहीं चलेगा।"

रमेश ने कहा, "क्यों ताईजी, क्यों न चलेगा? कोई तो यहां मुझे चाहता नहीं।"

ताईजी ने कहा, "कोई चाहता नहीं, इसीलिए तो मैं तुम्हें कहीं भागने नहीं दूंगी। अभी जो तुम अपने दाल-रोटी से पले इस शरीर की बड़ाई कर रहे थे, सो क्या वह यहां से भाग जाने के लिए है?"

रमेश चुप रहे। आज क्यों उनका सारा हदय इस गांव के प्रति विद्रोह की आग से जल रहा था? इस का एक विशेष कारण था। गांव से जो रास्ता सीधा स्टेशन को जाता था, वह आठ-दस बरस पहले एक जगह बरसाती पानी के बहाव के कारण टूट गया था। तब से वह गढ़ा क्रम से और भी बड़ा और गहरा होता गया। वहां अक्सर पानी जम जाता है और उसे पार करने में सभी लोगों को दुर्भावना में पड़ना पड़ता है। और दिनों में तो किसी तरह संभाल-संभाल के पैर रखते हुए, बहुत सावधानी से लोग पार भी हो जाते है लेकिन बरसात में तो कष्ट की सीमा नहीं रहती। किसी-किसी साल दो-चार बांस डालकर और किसी-किसी साल तो ताड़ का टूटा हुआ डोंगा औंधा डालकर लोग उसकी सहायता से जैसे-तैसे गिरते-पड़ते और हाथ-पैर तोड़ते हुए उस पार पहुंचा करते हैं। लेकिन इतना अधिक कष्ट होने पर भी आज तक गांव वालों ने उसे ठीक करने का कोई प्रयत्न नहीं किया। मरम्मत करने में कुछ

रुपया खर्च होता है। यह रुपया-पैसा रमेश ने अपने पास से न देकर चंदा करने की चेष्टा की और सबके लिए आठ-दस दिन तक परिश्रम भी किया, लेकिन आठ-दस पैसे भी वे किसी से वसूल नहीं कर सके। सिर्फ यही नहीं, आज सवेरे जब वह टहल कर लौट रहे थे, तब रास्ते में एक जगह सुनार की दुकान के अन्दर कुछ आदमियों को उन्होंने इसी बारे में बातें करते देखा। बाहर खड़े होकर सुनने पर उन्हें मालूम हुआ कि एक आदमी किसी दूसरे से हंसकर कह रहा है, "तुम लोग एक पैसा भी मत देना। देखते नहीं हो कि उन्हें आप ही मरम्मत की सबसे ज्यादा गरज है। अगर तुम लोग नहीं दोगे तो देख लेना, वह आप ही अपने पास से मरम्मत करा देंगे। उन्हें जूता मचमचाते हुए चलना है न! और फिर जब इतने दिनों तक वह यहां नहीं थे, तब क्या हम लोगों का स्टेशन आना-जाना रुका हुआ था?"

इस पर एक और आदमी ने कहा, "अरे, जरा सबर करो भाई। चैटर्जी कह रहे थे कि रमेश की पीठ पर जरा-सा हाथ फेरकर उनसे शीतला जी का मंदिर ठीक करा लिया जाएगा। बस जहां जरा-सी उनकी खुशामद की और उन्हें बाबू-बाबू कहा कि सब काम बन गया।"

बस यही दोनों बातें आज सवेरे से ही रमेश को आग की तरह जला रही थीं। ताईजी ने भी ठीक उसी स्थान पर आघात किया। उन्होंने पूछा, "तुम जो वह सड़क ठीक कराना चाहते थे, उसका क्या हुआ?"

रमेश ने चिढ़कर कहा, "अब वह सड़क ठीक नहीं होगी। कोई एक पैसा भी चन्दा न देगा।"

विश्वेश्वरी ने हंसकर कहा, "नहीं देगा, कह देने से कैसे काम चलेगा? तुम्हें तो अपने बाबूजी से रुपए मिले हैं बेटा। ये थोड़े-से रुपए तो तुम खुद ही दे सकते हो।"

रमेश ने एकदम से आग होकर कहा, "मैं क्यों देने लगा? मुझे तो इसी बात का बहुत दुख हो रहा है कि मैंने बहुत-से रुपए बिना समझे-बूझे इन लोगों के स्कूल के लिए क्यों खरच कर डाले! इस गांव के किसी आदमी के लिए कुछ भी नहीं करना चाहिए।"

फिर एक बार रमा की तरफ तिरछी नजर से देखकर कहा, "इन लोगों को अगर कुछ दान दिया जाय तो ये देने वाले को बेवकूफ समझते हैं। अगर कोई इनकी भलाई करे तो ये लोग समझते हैं कि वह अपनी

गरज से करता है। इन्हें तो क्षमा करना भी महापाप है। सोचते हैं कि डरकर पीछे हट गया!"

ताई जी खूब हंस पड़ी, लेकिन रमा की आंखें और मुख एक दम से लाल हो गए। रमेश ने नाराज होकर पूछा, "क्यों ताईजी, तुम हंसी क्यों?"

ताईजी ने कहा, "बेटा, मैं हंसुं न तो और क्या करूं? (फिर एक ठण्डी सांस लेकर) लेकिन मैं तो कहूंगी कि यहां ही तुम्हारे रहने की सबसे ज्यादा जरूरत है। रमेश, यदि तुम नाराज होकर अपनी जन्मभूमि छोड़-कर चले जाना चाहते हो, तो मैं तुम्हीं से पूछती हूं कि क्या ये लोग इस योग्य हैं कि तुम इन पर नाराज होओ?" फिर कुछ ठहर कर वे मानो आप-ही-आप कहने लगी, "रमेश, अगर तुम जानते होते कि ये लोग कितने गरीब और कितने दुर्बल हैं, तो इनके ऊपर क्रोध करने में तुम्हें आप ही लज्जा आती। भइया, जब भगवान ने दया करके तुम्हें यहां भेज दिया है। तब तुम इन्हीं लोगों के बीच में रहो।"

रमेश ने कहा, "लेकिन ताईजी, ये लोग मुझे चाहते जो नहीं हैं।"

ताईजी ने कहा, "तब इतने से ही क्या तुम्हारी समझ में नहीं आता कि ये लोग तुम्हारे ऊपर क्रोध करने और रूठने में कितने अयोग्य हैं? और फिर सिर्फ यहीं क्यों, तुम चाहे जिस गांव में घूम आओ, सब जगह एक-सा ही हाल देखोगे।" इसके बाद उन्होंने सहसा रमा की ओर देखकर कहा, "और क्यों बेटी, तुम तब से ही इस तरह सिर झुकाए क्यों बैठी हो?—क्यों रमेश, तुम दोनों भाई-बहनों में क्या बातचीत नहीं होती? बेटी, ऐसा मत करो। इसके बाप के साथ तुम लोगों का जो लड़ाई-झगड़ा था, वह तो उनकी मृत्यु के साथ ही खतम हो गया। उसे लेकर अब तुम लोग आपस में मन-मुटाव रखोगे तो काम नहीं चलेगा।"

रमा ने सिर नीचा किए हुए धीरे से कहा, "ताईजी, मैं तो कुछ भी मन-मुटाव नहीं रखना चाहती। रमेश भइया···"

अकस्मात् रमा का कोमल स्वर रमेश के गम्भीर और उत्तप्त स्वर से दब गया। वह उठकर खड़े हो गए और बोले, "ताईजी, तुम इस बीच में मत पड़ो। उस दिन इनकी मौसी के हाथों से बड़ी मुश्किलों से जान बची थी। आज कहीं ये फिर जाकर उन्हें भेज दें तो वह आकर तुम्हें चबा-खाए बिना घर न लौटेंगी।"

इसके बाद बिना किसी वाद-प्रतिवाद की प्रतीक्षा किए वे जल्दी से बाहर निकल गए।

विश्वेश्वरी ने पुकार कर कहा, "जाओ मत रमेश, जरा बात सुन जाओ।"

रमेश ने दरवाजे के बाहर से ही कहा, "नहीं ताईजी, जो लोग मारे अहंकार के तुम्हें भी पैरों तले रौंदते जाते हैं, उनकी तरफ से तुम कुछ भी मत कहो।"

इतना कहकर विश्वेश्वरी के दोबारा अनुरोध करने के पहले हो वह वहां से चल दिए। रमा विह्वल की तरह कुछ देर तक विश्वेश्वरी के मुख की ओर देखती रही और फिर रो पड़ी। उसने कहा, "ताईजी, आखिर यह कलंक मुझ पर क्यों मढ़ा जा रहा है? क्या मैं मौसी को सिखला देती हूं या उनकी बातों के लिए मैं जिम्मेदार हूं?"

ताईजी ने उसका हाथ पकड़कर अपने हाथ में ले लिया और स्नेह-पूर्वक अपने पास खींच कर कहा, "यह तो ठीक है कि सिखलाती नहीं हो। लेकिन बेटी, मौसी की बातों के लिए तुम्हें कुछ जिम्मेदार तो होना ही होगा।"

रमा ने दूसरे हाथ से अपनी आंखें पोंछते-पोंछते रुद्ध अभिमान से गजी के साथ अस्वीकृत करते हुए कहा, "मैं जिम्मेदार क्यों होने लगी? कभी नहीं। ताईजी, मैं तो इस बारे में कुछ भी नहीं जानती। तब फिर वे क्यों मुझ पर झूठा दोष लगा कर अपमान कर गए?"

विश्वेश्वरी ने इसे लेकर और तर्क-वितर्क नहीं किया और धीरता से कहा, "बेटी, सब लोग अन्दर का हाल तो जान नहीं सकते। लेकिन यह बात मैं तुम्हें निश्चयपूर्वक बतला देती हूं कि तुम्हारा अपमान करने की इच्छा उसे कभी नहीं हो सकती। तुम तो जानती नहीं बेटी, पर गोपाल सरकार के मुंह से मुझे पता चला है कि वह तुम पर कितनी अधिक श्रद्धा और कितना अधिक विश्वास रखता है। उस दिन इमली का पेड़ कटवा कर जब तुम दोनों ने आपस में बांट लिया, तब उसने किसी के भी कहने पर ध्यान नहीं दिया कि उसमें उसका भी हिस्सा था। सब लोगों के सामने उसने हंसकर कह दिया था कि चिन्ता की कोई बात नहीं है। जब रमा मौजद है, तब मेरा वाजिब हिस्सा मुझे जरूर मिल जाएगा। वह कभी पराई चीज हजम नहीं करेगी। बेटी, मैं बहुत अच्छी तरह जानती हूं कि

इतने लड़ाई-झगड़े के बाद भी तुम पर उसका पहले की ही तरह विश्वास बना हुआ था। अगर उस दिन तालाब की मछलियों···"

इतना कहकर विश्वेश्वरी अचानक रुक गईं और उन्होंने थोड़ी देर तक टक लगाकर रमा के सूखे हुए मुख की ओर देखकर कहा, "बेटी रमा, आज मैं तुमसे रक बात कहती हूं। जमीन-जायदाद की रक्षा का मूल्य चाहे जितना अधिक क्यों न हो, लेकिन इस रमेश के प्राणों का मूल्य उससे कहीं अधिक है। इसलिए किसी की बातों में आकर, किसी भी वस्तु के लोभ में पड़कर, चारों तरफ से आघात कर-करके बेटी, उसे नष्ट न कर डालना। मैं तुमसे निश्चित रूप से कहती हूं कि इससे देश की जितनी हानि होगी, उसकी फिर और किसी तरह से पूर्ति न हो सकेगी।"

रमा चुपचाप बैठी रही। उसने एक भी बात का प्रतिवाद न किया। विश्वेश्वरी भी फिर कुछ न बोलीं। थोड़ी देर बाद रमा ने अस्पष्ट कोमल स्वर में कहा, "ताईजी, बहुत देर हो गई। अब मैं घर जाती हूं।"

इतना कहकर और ताईजी को प्रणाम करके वह वहां से चली गई।

नौ

ताई जी के यहां से रमेश चाहे कितने ही नाराज होकर क्यों न चले "आए हों, परन्तु घर पहुंचते-पहुंचते उनका सारा उत्ताप मानो जल हो गया। वह रह-रह अपने मन में सोचने लगे—यह सीधी-सी बात न समझने के कारण मैं कितना कष्ट पा रहा था! वास्तव में क्रोध किसके ऊपर करूं? जो इतने अधिक संकीर्ण रूप से स्वार्थपर हैं कि आंखें खोलकर यह भी नहीं देख सकते कि हमारा वास्तविक मंगल किस बात में है, शिक्षा के अभाव के कारण इतने अन्धे हैं कि अपने पड़ोसियों के बल का नाश करने को ही अपने बल-संचय का सबसे श्रेष्ठ उपाय समझते हैं, भलाई करते देख कर भी संशय से कंटकित हो जाते हैं, उन लोगों के ऊपर क्रोध करने या चिढ़ने से बढ़कर भ्रम भला और क्या हो सकता है? उन्हें याद आया कि देहातों से बहुत दूर, शहर में रहकर, किताबें पढ़कर, लोगों से सुन कर और कल्पनाएं करके मैंने न जाने कितनी बार सोचा है कि हमारी बंगाली जाति के पास चाहे और कुछ भी न हो, पर एकान्त में

बसे हुए गांवों की वह शान्ति और स्वच्छन्दता तो है जो बहुजनाकीर्ण शहरों में नहीं है। बहुत थोड़े में सन्तुष्ट रहनेवाले ये गांवों के निवासी सहानुभूति से पिघल जाते हैं; एक आदमी के ऊपर दुःख पड़ता है तो दूसरा आदमी अपनी छाती लगा देता है; और अगर एक आदमी कुछ सुखी होता है तो दूसरा उसके यहां बिना बुलाए ही पहुंच कर आनन्द मनाने लगता है। सिर्फ वहीं और उन्हीं सब हृदयों में बंगालियों का वास्तविक ऐश्वर्य अक्षय्य हो रहा है। लेकिन हाय रे, वह मेरी कितनी बड़ी भ्रान्ति थी! आपस का इतना अधिक विरोध और दूसरों के प्रति ईर्ष्या का इतना अधिक भाव तो मुझे शहरों में भी नहीं दिखाई दिया। आज उस बात का स्मरण करके मानो उनके सारे शरीर पर असंख्य सरीसृप चलते-फिरते-से जान पड़ने लगे। नगर के सजीव चंचल मार्ग पर जब कभी पाप का कोई निह्न उन्हें दिखाई पड़ गया है, तभी उन्होंने सोचा है कि अगर मैं किसी तरह अपनी जन्मभूमि वाले छोटे-से गांव में पहुंच जाऊं तो ये सब दृश्य देखने से सदा के लिए बच जाऊं। वह समझते थे कि वहां पर संसार में जो सबसे बड़ा है, वह धर्म है, और सामाजिक चरित्र भी आज वहीं अक्षुण्ण होकर विराज रहा है। परन्तु हे भगवान्, कहां है वह चरित्र? और कहां है वह जीता-जागता धर्म हमारे इन सारे प्राचीन एकान्त ग्रामों में? और यदि तुमने धर्म के प्राण ही खींच लिए हैं, तो फिर उसका मृत शरीर क्यों इस प्रकार डाल रक्खा है? धर्म के इसी विवर्ण और विकृत शव को इस अभागे ग्राम्य समाज ने वास्तविक धर्म समझ कर खूब कसकर पकड़ रखा है और उसी की विषाक्त और दुर्गन्धमय फिसलन पर दिन-रात फिसलता हुआ यह अधःपतन की ओर बढ़ता जा रहा है। और सबसे बढ़कर मर्म पर आघात करने वाले परिहास की बात यह है कि शहर वालों के प्रति ये लोग यह समझ कर हद से ज्यादा अवज्ञा और अश्रद्धा का भाव रखते हैं कि उनमें जाति-धर्म नहीं रह गया है!

रमेश ने अपने घर के अन्दर पैर रखते ही देखा कि आंगन में एक तरफ जो एक प्रौढ़ा स्त्री ग्यारह-बारह बरस के एक लड़के को लिए हुए सिकुड़ी हुई बैठी थी, वह उठकर खड़ी हो गई। बिना कोई बात जाने सिर्फ उस लड़के का मुंह देखकर ही रमेश को अन्दर से मानो रुलाई आने लगी। गोपाल सरकार चण्डी-मण्डप वाले बरामदे में बैठे हुए कुछ लिख-पढ़ रहे थे। उन्होंने आकर कहा, "यह दक्षिण पाड़े (मुहल्ला) के द्वारिका

पण्डित का लड़का है। आपके पास कुछ भिक्षा मांगने के लिए आया है।"

भिक्षा का नाम सुनते ही रमेश ने जलकर कहा, "क्या मैं सिर्फ भिक्षा देने के लिए ही घर आया हूं? क्या गांव में और लोग नहीं हैं?"

गोपाल सरकार ने कुछ अप्रतिभ होकर कहा, "हां बाबूजी, यह बात तो ठीक है। पर बड़े बाबू के समय यहां से कोई खाली हाथ नहीं लौटता था। इसलिए लोग लाचारी की हालत में यहां दौड़ आते हैं।" फिर लड़के की तरफ देख कर उस प्रौढ़ स्त्री से कहा, "कामिनी मां, लोगों का दोष भी तो कुछ कम नहीं है। जब वह जीता था तब तो इन लोगों ने उसका प्रायश्चित्त नहीं कराया और अब जब मुरदा नहीं उठ रहा है, तब रुपये के लिए दौड़ते फिरते हैं। क्या इनके घर थाली-लोटा भी नहीं हैं।"

कामिनी की मां जाति की सद्‌गोप थी और उस लड़के की पड़ोसिन। उसने सिर हिलाकर कहा, "भैया, विश्वास न हो तो आप चलकर देख लो। अगर घर में कुछ भी होता तो क्या मैं इसके मरे हुए बाप को घर में छोड़ कर इसे भीख मंगाने के लिए लाती? तुमने आंखों से नहीं देखा है, पर सुना तो सब है? मेरे पास जो कुछ था, इन छः महीनों में इन्हीं लोगों के लिए खर्च कर डाला है। सोचती थी कि कहीं पड़ोस में ब्राह्मण के बच्चे अन्न बिना भूखों न मर जाएं!"

अब मानो रमेश इस सम्बन्ध की बहुत-सी बातों का अनुमान कर सके। गोपाल सरकार ने समझाते हुए कहा, "इस लड़के के बाप द्वारिका चक्रवर्ती छः महीने से दमे की बीमारी के मारे खाट पर पड़े थे। आज सवेरे वह मर गए। उनका[1] प्रायश्चित नहीं हुआ था, इस लिए कोई उनकी लाश नहीं छूना चाहता। इस समय वह करना बहुत आवश्यक है। कामिनी की मां छः महीने से बराबर इस गरीब ब्राह्मण परिवार की सहायता करती आ रही है और इसी में वह अपना सर्वस्व लगा चुकी है। अब उसके पास भी कुछ बच नहीं रहा है। इसीलिए वह इस लड़के को लेकर आपके पास आई है।"

रमेश ने कुछ देर तक चुप रह कर पूछा, "अब तो दो बज रहे हैं। अगर प्रायश्चित्त न हो तो क्या मुरदा पड़ा ही रहेगा?"

---

1. बंगाल में दमे आदि कई रोगों के रोगियों को प्रायश्चित कराने की प्रथा है।—अनुवादक

सरकार ने हंसकर कहा, "बाबूजी, और उपाय ही क्या है! शास्त्र के विरुद्ध काम तो हो ही नहीं सकता। और फिर इसमें गांव के लोगों को ही क्या दोष दिया जा सकता है। जो हो, मुरदा पड़ा नहीं रहेगा; जिस तरह से हो इन लोगों का काम करना ही पड़ेगा। इसीलिए तो भीख, हां, कामिनी की मां, और कहीं भी गई थीं?"

लड़के ने मुट्ठी खोलकर एक चवन्नी और चार पैसे दिखला दिए। कामिनी की मां ने कहा, "चवन्नी तो मुकर्जी के यहां से मिली है और चार पैसे हालदार ने दिए हैं। लेकिन नौ चवन्नियों से कम में तो काम चल ही नहीं सकता। इसीलिए बाबूजी अगर···"

रमेश ने जल्दी से कहा, "अच्छा, तुम लोग घर जाओ। अब और कहीं जाने की जरूरत नहीं। मैं अभी सब इन्तजाम करके आदमी भेजता हूं।"

रमेश ने उन लोगों को विदा करके गोपाल सरकार के मुख की ओर बहुत ही व्यथित दृष्टि से देखकर पूछा, "आप जानते हैं कि इस गांव में इस तरह के और कितने गरीब घर हैं?"

सरकार ने कहा, "दो ही तीन घर हैं, ज्यादा नहीं हैं। इन लोगों के यहां भी खाने-पहनने की कमी नहीं थी। लेकिन एक पेड़ के मामले में द्वारिका चक्रवर्ती और सनातन हाजरा में खुब मुकदमेबाजी हुई, जिसमें पांच बरस हुए, दोनों ही घर तबाह हो गए।" इसके बाद उन्होंने गला कुछ धीमा करके कहा, "बाबूजी, यहां तक नौबत न आती। लेकिन हमारे बड़े बाबू और गोविन्द गांगुली ने दोनों आदमियों को बढ़ावा दे-देकर यह हालत कर दी।

रमेश ने कहा, "इसके बाद हमारे बड़े बाबू के यहां ही दोनों आदमियों के पास जो कुछ था, सब रेहन हो गया। अभी परसाल उन्होंने असल और सूद सब मिलाकर इनका जो कुछ था, वह सब खरीद लिया। पर धन्य है इस बेचारी कामिनी की मां को। इसने ऐसी विपत्ति के समय उस ब्राह्मणी की जो सहायता की, वह कहीं देखने में नहीं आती।"

रमेश एक लम्बी सांस छोड़कर चुप हो गए। थोड़ी देर बाद उन्होंने गोपाल सरकार को वहां का सब बन्दोवस्त करने के लिए भेज दिया और मन ही मन कहा, "ताईजी, आपकी आज्ञा ही मैं शिरोधार्य करता हूं। अगर यहां मर भी जाऊं तो अच्छा। लेकिन इस अभागे गांव को छोड़कर

अब कहीं नहीं जाऊंगा।"

दस

कोई तीन महीने के बाद एक दिन सवेरे के समय रमेश का तारकेश्वर के उस तालाब की सीढ़ियों पर, जिसे दूध सागर कहते हैं, एक स्त्री से अचानक आमना-सामना हो गया। थोड़ी देर के लिए वे ऐसे अभिभूत हो गए और उनके खुले हुए मुख की ओर ऐसी अभद्रता से टक लगा कर खड़े देखते रह गए कि उन्हें खयाल ही न रहा कि मुझे रास्ता छोड़कर हट जाना चाहिए। उस स्त्री की अवस्था शायद बीस वर्ष से अधिक न होगी। वह स्नान करके ऊपर आ रही थी और जल्दी से हाथ का जल से भरा हुआ घड़ा जमीन पर रखकर गीली धोती के नीचे दोनों बांहें छाती के ऊपर समेटकर सिर नीचा करके उसने कोमल स्वर में पूछा, "आप यहां कैसे?"

रमेश के आश्चर्य की सीमा न रही। लेकिन, उनकी विह्वलता अब दूर हो गई। एक तरफ हटकर उन्होंने पूछा, "क्या आप मुझे पहचानती हैं?"

उस स्त्री ने कहा, "हां, पहचानती हूं। आप यहां कब आए?"

रमेश ने कहा, "आज ही सवेरे मामा के घर से औरतों के आने की बात थी। लेकिन वह लोग आईं नहीं।"

स्त्री ने पूछा, "यहां कहां ठहरे हैं?"

रमेश ने कहा, "कहीं नहीं। मैं पहले कभी यहां आया नहीं। लेकिन आज के दिन तो जैसे-तैसे उनकी प्रतीक्षा में कहीं रहना ही पड़ेगा और इसलिए कहीं न कहीं कोई स्थान ढूंढ़ लूंगा।"

"साथ में नौकर तो है न?"

"नहीं, मैं अकेला ही आया हूं।"

"अच्छी बात है।" कहकर ज्यों ही उस स्त्री ने हंसकर सिर उठाया, त्यों ही फिर दोनों की आंखें चार हो गईं। लेकिन उस स्त्री ने फिर तुरन्त ही आंखें नीची कर ली और मन ही मन कुछ इधर-उधर करके अन्त में कहा, "अच्छा, तो फिर आप मेरे साथ आइए।"

यह कह कर स्त्री ने अपना घड़ा उठा लिया और वह चलने को तैयार हो गई। रमेश बहुत ही संकट में पड़े। बोले, "मैं चल तो सकता हूं, क्योंकि इसमें अगर कोई दोष होता तो आप मुझसे चलने के लिए कहती ही नहीं। और यह बात भी नहीं है कि मैं आपको पहचानता न होऊं। लेकिन फिर भी मुझे याद नहीं आता कि आप कौन हैं। आप अपना परिचय दें।"

"अच्छा, तो आप थोड़ी देर यहीं ठहरें। मैं पूजा कर लूं। रास्ते में चलते चलते अपना परिचय दूंगी।"

इतना कहकर वह स्त्री मन्दिर की तरफ चली गई। रमेश मुग्ध की मराह देखते रह गए। वह सोचने लगे कि कैसी विकट और उद्दाम योवन-श्री इसकी गीली धोती को भेदकर बाहर निकलना चाहती थी। उसका मुख, गठन और चलने का ढंग सब कुछ रमेश के लिए परिचित था। लेकिन उनकी स्मृति के जो किवाड़ इधर बहुत दिनों से बन्द थे, वह किसी तरह खुलते ही न थे और उसका परिचय होने ही नहीं देते थे। कोई आध घंटे बाद जब वह पूजा करके बाहर आई, तब रमेश ने फिर एक बार उसका मुख देखा। लेकिन अब भी वे पहले की ही तरह अपरिचय के दुर्भद्य प्राचीर के बाहर ही खड़े रहे। रास्ते में चलते समय रमेश ने पूछा, "क्या आपके साथ आपका कोई आत्मीय नहीं?"

स्त्री ने उत्तर दिया, "नहीं, दासी है। वह घर पर काम कर रही है। मैं अक्सर यहां आया करती हूं। यहां का सब कुछ परिचित है।"

रमेश ने पूछा, "लेकिन आप मुझे अपने साथ क्यों ले चल रही हैं?"

कुछ देर तक चुपचाप और आगे बढ़ने के बाद उसने कहा, "यों आपको खाने-पीने का बहुत कष्ट होगा। मैं रमा हूं।"

रमा ने सामने बैठकर रमेश को भोजन कराया और पान खिलाया। फिर उनके विश्राम करने के लिए अपने हाथ से एक दरी बिछाकर वह दूसरे कमरे में चली गई। रमेश उस दरी पर आंखें बन्द करके पड़ गए। उन्हें खयाल आया कि मेरा यह तेईस वर्ष का जीवन इस एक ही वेला में एकदम से बदल गया है। लड़कपन से अब तक का सारा जीवन् उन्होंने विदेश में दूसरों के आश्रय में बिताया है। वह जानते ही न थे कि खाने-पीने में सिवाय भूख मिटाने के और भी कोई बात किसी भी अवस्था में हो सकती है। इसीलिए आज की इस अचिन्तनीय परितृप्ति से उनका

सारा मन विस्मय और माधुर्य में बिलकुल डूब गया। रमा यहां उनके खाने-पीने के लिए कुछ भी संग्रह न कर सकी थी। इसलिए उसे बड़ी चिन्ता थी कि कहीं ऐसा न हो कि इनका पेट न भरे और पराए के निकट मेरी निन्दा हो। हाय रे पराए! और हाय री उनकी निन्दा! यह पेट न भरने की चिन्ता उसकी खुद की कितनी अपनी थी, और उसने अपने अंतःकरण के अंतरतम गह्वर से अकस्मात् जागृत होकर उसकी सारी दुविधाएं और सारे संकोच जबरदस्ती छीन कर कैसे उसे रमेश के खाने के स्थान पर रख दिया था, इस बात को आज वह अपने-आप से किस तरह छिपा रखे! आज तो लज्जा की कोई बाधा उसे दूर न रख सकी। भोजन की स्वल्पता की यह त्रुटि केवल यत्न से ही पूरी करने के लिए वह उनके सामने आकर बैठी। भोजन के निर्विघ्न समाप्त हो जाने पर गम्भीर परि-तृप्ति का जो निःश्वास रमा के अन्तःकरण से निकला वह स्वयं रमेश के निःश्वास से कितना बढ़कर था, यह बात चाहे और किसी को न मालूम हुई हो, परन्तु जो सब कुछ जानते हैं, उनसे तो छिपी न रही।

रमेश को दिन के समय सोने की आदत नहीं थी। उनके सामने जो छोटी खिड़की थी, उसके बाहर नव वर्षा के धूसर श्यामल मेघ दोपहर के आकाश में भर उठे थे। अध खुली आंखों से वह वही देख रहे थे। उनकी जो रिश्तेदार स्त्रियां आने वाली थी, उनके आने या न आने का उन्हें इस समय कोई खयाल ही नहीं था। अचानक रमा का कोमल स्वर उनके कानों में सुनाई दिया। वह दरवाजे के बाहर खड़ी होकर कह रही थी, "आज जब आपको घर नहीं जाना है, तो फिर यहीं क्यों न रहें?"

रमेश जल्दी से उठकर बैठ गए और बोले, "लेकिन जिनका यह मकान है उन्हें तो मैं अभी तक देख ही नहीं सका। जब तक वे न कहें तब तक कैसे रहा जा सकता है?"

रमा ने वहीं से खड़े-खड़े उत्तर दिया, "वे ही ठहरने के लिए कहते हैं। यह मकान मेरा ही है।"

रमेश ने चकित होकर पूछा, "यहां मकान क्यों ले रखा है?"

रमा ने कहा, "यह स्थान मुझे बहुत अच्छा लगता है। मैं अक्सर आया करती हूं। अवश्य ही आजकल यहां कोई नहीं है। पर समय-समय पर यहां पैर फैलाने को भी जगह नहीं रह जाती।"

रमेश ने कहा, "तो वैसे समय न आया करो।"

रमा मुस्कराकर चुप रह गई।

"मैं समझता हूं कि तारकनाथ बाबा पर तुम्हारी बहुत भक्ति है। है न?"

"भला मुझसे वैसी भक्ति कहां हो सकती है! लेकिन जब तक जीती हूं चेष्टा तो करनी ही चाहिए।"

रमेश ने फिर कोई प्रश्न नहीं किया। रमा वहीं चौखट के साथ सटकर बैठ गई और दूसरी बात छेड़ दी। पूछा, "रात को आप क्या खाते हैं?"

रमेश ने हंसते हुए कहा, "जो कुछ मिल जाता है, वही खा लेता हूं। खाने को बैठने के क्षण-भर पहले तक भी मैं खाने के संबंध में कोई विचार नहीं करता। अपने रसोइया की विवेचना पर ही मुझे संतुष्ट रहना पड़ता है।"

रमा ने पूछा, "आखिर इतना वैराग्य क्यों?"

रमेश की समझ में नहीं आया कि इस में मेरा छिपा हुआ उपहास है या रमा ने साधारण हंसी की है। उसने संक्षेप में उत्तर दिया, "नहीं, यह केवल आलस्य है।"

रमा ने कहा, "लेकिन दूसरों के काम में आपको कभी आलस्य करते हुए नहीं देखती।"

रमेश ने कहा, "उसका कारण है। दूसरों के काम में आलस्य किया जाय तो उसके लिए भगवान के सामने जवाब देना पड़ता है। संभव है, अपने कामों में भी देना पड़ता हो, पर निश्चय ही उतना तो नहीं देना पड़ता होगा।"

रमा ने कुछ देर तक चुप रहने के बाद कहा, "आपके पास रुपया है, इसीलिए आप दूसरों के कामों में मन लगा सकते हैं। लेकिन जिन लोगों के पास नहीं है?"

रमेश ने कहा, "रमा, मैं उन लोगों की बात नहीं जानता। क्योंकि रुपया होने का भी कोई परिणाम नहीं है और मन लगाने की भी कोई निश्चय नाप-तौल नहीं है। रुपये होने या न होने का हिसाब भी वही जानते हैं जिन्होंने इह-काल और पर-काल का भार ले रखा है।"

रमा ने थोड़ी देर तक चुप रहने के बाद कहा, "लेकिन अभी आपकी वह उमर तो आई ही नहीं जिसमें पर-काल की चिन्ता की जाती है। आप

मुझसे सिर्फ तीन ही बरस तो बड़े हैं!"

रमेश ने हंसकर कहा, "तो इसका मतलब यह हुआ कि तुम्हारी उमर तो और भी अभी पर-काल की चिन्ता करने के योग्य नहीं हुई है। भगवान ऐसा ही करें। तुम दीर्घजीवी होओ। लेकिन अपने बारे में मैंने कभी यह नहीं सोचा कि आज का दिन ही मेरा अन्तिम दिन नहीं है।"

रमेश की इस बात में जो थोड़ा-सा छिपा हुआ आघात था, वह शायद व्यर्थ नहीं गया। रमा ने कुछ देर तक स्थिर रहकर सहसा पूछा, "आपको सन्ध्या-पूजा करते देखा नहीं। मन्दिर में क्या है, क्या नहीं, यह न देखा तो न सही। लेकिन भोजन के लिए बैठते समय आ चमन करना भी क्या भूल गए?"

रमेश ने मन ही मन हंसकर कहा, "भूला तो नहीं हूं, पर समझता हूं कि अगर भूल भी जाऊं तो कोई हर्जा नहीं। ···लेकिन आखिर यह क्या पूछती हो?"

रमा ने कहा, "आपको पर-काल की चिन्ता बहुत अधिक है न, इसी से पूछती हूं।"

रमेश ने इसका कोई उत्तर नहीं दिया। इसके बाद कुछ देर तक दोनों ही चुप रहे। फिर रमा ने धीरे-धीरे कहा, "देखिए, मुझे दीर्घजीवी होने के लिए कहना शाप देने के बराबर है। हम हिन्दुओं के घर में कभी किसी विधवा के लिए उनका कोई आत्मीय दीर्घजीवी होने की कामना नहीं करता।" थोड़ी देर तक चुप रहने के बाद फिर कहा, "यह बात तो सत्य नहीं है कि मैं मरने के लिए बिलकुल पैर बढ़ाए खड़ी हूं, लेकिन अधिक दिनों तक जीते रहने का खयाल आने से भी मुझे भय लगता है। लेकिन आप के बारे में तो यह बात है नहीं। आप से जोर देकर कोई बात कहना तो मेरे लिए ढिठाई है। लेकिन संसार में प्रवेश करने पर जब दूसरों के लिए माथा-पच्ची करना स्वयं आपको ही बिलकुल लड़कपन जान पड़े, तब आप मेरी यह बात याद कीजिएगा।"

इसके उत्तर में रमेश ने सिर्फ एक निःश्वास छोड़ दिया। थोड़ी देर बाद उन्होंने रमा की ही तरह धीरे-धीरे कहा, "लेकिन, मैं तुमसे खूब याद करके कहता हूं कि इस समय तो यह बात मुझे किसी तरह भी याद नहीं आती। रमा, मैं तो तुम्हारा कोई नहीं हूं, बल्कि तुम्हारे रास्ते का कांटा हूं। तो भी सिर्फ एक पड़ोसी के नाते आज तुमने मेरी जितनी खातिर की

है, उतनी खातिर संसार में प्रवेश करके जो लोग अपने आदमी से नित्य पाते हैं, मैं समझता हूं कि वे दूसरों के दुःख और कष्ट देखकर पागल होकर दौड़ पड़ते होंगे। अभी मैं अकेला बैठा-बैठा चुपचाप यही सोच रहा था कि तुमने मेरा जीवन एक ही बार में आदि से अन्त तक बदल दिया। आज तक किसी ने मुझसे इस तरह खाने के लिए नहीं कहा और न कभी किसी ने आज तक मुझे इतने आदर-प्रेम से खिलाया ही। रमा, आज पहले-पहल मुझे तुम्हारे निकट यह मालूम हुआ कि खाने में भी इतना आनन्द है!"

यह बात सुनकर रमा का सारा शरीर रोमांचित होकर बार-बार सिहर उठा। लेकिन उसने तुरन्त ही स्थिर होकर कहा, "लेकिन इसे भूलने में आपको अधिक दिन नहीं लगेंगे। और फिर कभी याद भी आएगा, तो बहुत ही तुच्छ रूप में।"

रमेश ने कोई उत्तर नहीं दिया। रमा ने कहा, "घर जाकर यदि आप निन्दा न करें, तो इसे ही मैं अपना भाग्य समझूंगी।"

रमेश ने फिर एक निःश्वास डालकर धीरे-धीरे कहा, "नहीं रमा, निन्दा नहीं करूंगा और तारीफ भी नहीं करता फिरूंगा। मेरा आज का दिन निन्दा और तारीफ दोनों के बाहर है।"

रमा ने कोई उत्तर नहीं दिया। पहले तो वह थोड़ी देर तक चुपचाप बैठी रही और तब उठकर अपने कमरे में चली गई। वहां उस निर्जन स्थान में उसकी आंखों से बड़ी-बड़ी बूंदें गिरने लगीं।

ग्यारह

दो दिन लगातार पानी बरसने के बाद आज तीसरे पहर आसमान कुछ साफ हुआ था। चंडीमंडप में गोपाल सरकार के साथ बैठकर रमेश अपनी जमींदारी का हिसाब-किताब देख रहे थे। अचानक कोई बीस खेतिहर रोते हुए आकर कहने लगे—"छोटे बाबू, इस बार हमें बचा लीजिए। अगर आपने नहीं बचाया तो हम लोगों को अपने बाल-बच्चों का हाथ पकड़ कर गली-गली भीख मांगनी पड़ेगी।"

रमेश ने अवाक् होकर पूछा, "बात क्या है?"

खेतिहारों ने कहा, "हम लोगों की सौ बीघे जमीन पानी में डूब गई।

अगर पानी नहीं निकाला जाएगा तो सारा धान नष्ट हो जाएगा बाबू। गांव का एक भी घर भूखे मरे बिना न रहेगा।"

रमेश कुछ समझे नहीं। गोपाल सरकार ने उन लोगों से एक-दो प्रश्न करके सारी बातें रमेश को समझा दी। इस सौ बीघे कृषि क्षेत्र का ही सारे गांव को भरोसा है। सभी खेतिहरों की कुछ न कुछ जमीन उसमें है। उसके पूरब में बहुत बड़ा सरकारी बांध हैं और कुछ पच्छिम तथा उत्तर की तरफ ऊंचा गांव है। सिर्फ दक्षिण की तरफ गोपाल और मुकर्जी का बांध है। उसी तरफ से जल निकाला जा सकता है, लेकिन उस बांध से लगा हुआ एक तालाब-सा है। उसमें से हर साल कोई दो सौ रुपये की मछलियां निकाली जाकर बेची जाती हैं। इस लिए जमींदार वेणी बाबू ने वहां कड़ा पहरा लगा रखा है। ये सब लोग आज सबेरे से ही उनके यहां धरना देकर बैठे थे। अभी-अभी वहां से उठकर रोते-रोते यहां आए है" रमेश ने और कुछ सुनने की अपेक्षा न की, वे जल्दी उठकर चल पड़े। जब वह वेणी के यहां पहुंचे तब सन्ध्या हो चुकी थी। वेणी बाबू एक तकिए के सहारे बैठे हुए तमाखू पी रहे थे। उसके पास ही हालदार बैठे थे। शायद इसी बारे में बातचीत हो रही थी।

रमेश ने बिना कोई भूमिका बांधे कहा, "तालाब का बांध रोक रखने से तो अब काम नहीं चलेगा। इसी समय उसे तोड़ देना होगा।"

वेणी ने हुक्का हालदार के हाथ में दे दिया और सिर उठाकर पूछा, "कौन-सा बांध?"

रमेश उत्तेजित होकर तो आए ही थे। उन्होंने क्रुद्ध होकर कहा, "बड़े भइया, तालाब के बांध और कितने हैं? वह बांध अगर न काटा जाएगा तो सारा धान सड़ जाएगा। आप पानी निकाल देने की आज्ञा दे दीजिए।"

वेणी ने कहा, "तुम्हें यह भी खबर है कि उस पानी के साथ ही दो-तीन सौ रुपये की मछलियां भी निकल जाएंगी? ये रुपये कौन देगा? किसान देंगे या तुम?"

रमेश ने क्रोध रोककर कहा, "किसान लोग गरीब हैं। वे तो दे ही नहीं सकते, रह गया मैं, सो मैं क्यों दूं, यह समझ में नहीं आता।"

वेणी ने उत्तर दिया, "तो फिर मेरी समझ में भी यह नहीं आता कि भाग मैं ही अपना नुकसान क्यों करूं?" इसके बाद उन्होंने हालदार की

तरफ देख कर कहा, "चाचा, बस इसीतरह हमारे भाई जमींदारी की रक्षा करेंगे। रमेश, वे सब हरामजादे आज सवेरे से ही यहां पड़े-पड़े रो रहे थे। मैं सब जानता हूं। क्या तुम्हारे यहां कोई दरबान नहीं था? या उसके पैरों में चमरौधा जूता नहीं था? जाओ, घर जाकर इसका इंतजाम करो। पानी आप से आप निकल जाएगा।"

वेणी बाबू इतना कहकर और हालदार के साथ मिलकर ही-ही करके अपने इस मजाक पर ही हंसने लगे। रमेश से अब सहा नहीं गया। लेकिन फिर भी उन्होंने बहुत कठिनता से अपने-आप को रोककर विनीत भाव से कहा, "बड़े भइया, आप जरा अच्छी तरह समझ लें। अगर हम तीनों घर अपने दो सौ रुपयों का नुकसान बचाएंगे तो इन गरीबों का साल-भर का अनाज मारा जाएगा और इस तरह उनका पांच-सात हजार रुपयों का नुकसान हो जाएगा।"

वेणी ने हाथ पलटकर कहा, "होगा, तो हुआ करे। चाहे उनका पांच हजार का नुकसान हो और चाहे पचास हजार का। मेरा सारा सदर खोदने से भी तो दो पैसे बाहर निकलेंगे नहीं, फिर मैं उन सालों के लिए दो सौ रुपयों का नुकसान कर दूं?"

रमेश ने अन्तिम चेष्टा करते हुए कहा, "आखिर ये लोग साल भर खाएंगे क्या?"

रमेश ने मानो यह कोई बहुत बड़ी हंसी की बात कही हो, इस तरह वेणी बाबू ने एक बार इधर-उधर हिल-डुलकर, सिर हिलाकर, हंसकर, थक कर और अन्त में स्थिर होकर कहा, "खाएंगे क्या? देख लेना, सब साले हमारे ही पास अपनी जमीन रेहन रखकर रुपये उधार लेने के लिए दौड़े आएंगे। भाई, जरा अपना दिमाग ठंडा करके काम करो। बड़े-बूढ़े इसी तरह से तो जोड़-बटोरकर यह एकाध जूठा टुकड़ा हम लोगों के लिए छोड़ गए। और यही हम लोगों को बढ़ाकर, संभालकर, खा-पीकर फिर अपने बाल-बच्चों के लिए छोड़ जाना होगा। पूछते हो, वह खाएंगे क्या? खाएंगे उधार लेकर। नहीं तो ये साले छोटी जात के क्यों कहलाते?"

मारे घृणा, लज्जा, क्रोध और क्षोभ के रमेश का मुंह और आंखें लाल हो गई। लेकिन फिर भी उन्होंने अपना स्वर शान्त रखकर कहा, "जब आपने निश्चय ही कर लिया है कि इन लोगों के लिए कुछ भी नहीं करेंगे, तो फिर यहां खड़े रहकर तर्क करने से कोई लाभ नहीं। मैं अब

रमा के पास जाता हूं। अगर वह मान गई तो फिर अकेले आपके न मानने से कुछ न होगा।"

वेणी का मुख गंभीर हो गया। उन्होने कहा, "अच्छी बात है। जाकर देख लो। उसकी राय मुझसे भिन्न नहीं है। भाई, वह साधारण लड़की नहीं है। उसे भुलाना सहज नहीं है। और तुम तो अभी लड़के हो, तुम्हारे बाप तक को उसने नाकों चने चबाकर छोड़ा था।—क्यों चाचा?"

चाचा के मतामत के लिए रमेश के मन में कोई कुतूहल नहीं था; और वेणी की उस अत्यन्त अपमानजनक बात का उत्तर देने की भी उनकी प्रवृत्ति नहीं हुई। वे उत्तर दिए बिना ही बाहर निकल गए।

रमा ने तुलसी के चौरे के आगे दीपक जलाकर और प्रणाम करके सिर उठाया ही था कि वह मारे आश्चर्य के अवाक् हो गई। ठीक सामने रमेश खड़े हुए थे। वह अपने सिर पर का आंचल अपने गले में लपेटे हुए थी। ऐसा मालूम हुआ कि उसने मानो अभी रमेश को ही प्रणाम करके सिर उठाया हो। उस समय रमेश को क्रोध की उत्तेजना और उत्कंठा के कारण यह स्मरण नहीं रह गया था कि उस दिन मौसी ने यहां आने से मना कर दिया था। इसलिए वे सीधे अन्दर जा पहुंचे थे और रमा को उस अवस्था में देखकर चुपचाप खड़े प्रतीक्षा कर रहे थे। दोनों की यह कोई महीने भर बाद भेंट हुई थी।

रमेश ने कहा, "निश्चय ही तुम सब बातें सुन चुकी होंगी। मैं बांध का पानी बाहर निकाल देने के लिए तुम्हारी स्वीकृति लेने आया हूं।"

अब रमा का आश्चर्य दूर हो गया। उसने सिर पर आंचल खींचकर कहा, "भला यह कैसे होगा? और फिर बड़े भइया की राय नहीं है।"

"जानता हूं, नहीं है, परंतु अकेले उनकी राय न होने से कुछ नहीं हो सकता।"

रमा ने कुछ देर तक सोचकर कहां, "यह तो ठीक है कि बांध का पानी निकाल दिया जाना चाहिए। लेकिन मछलियों को रोक रखने का क्या उपाय होगा?"

रमेश ने कहा, "इतने पानी में कोई उपाय नहीं हो सकता। इस साल रुपयों का जो नुकसान होगा, वह हम लोगों को सहना ही पड़ेगा। नहीं तो सारा गांव मारा जाएगा।"

रमा चुप रही। रमेश ने फिर कहा, "तो फिर तुम मंजूरी देती हो

न?"

रमा ने कोमल स्वर से कहा, "नहीं। मैं इतने रुपयों का नुकसान नहीं कर सकूंगी।"

रमेश मारे आश्चर्य के हतबुद्धि हो गए। वह कभी ऐसे उत्तर की आशा नहीं रखते थे। बल्कि न जाने किस तरह मन में यह निश्चित धारणा हो चुकी थी कि मेरे अनुरोध करने पर रमा किसी तरह इनकार न कर सकेगी। शायद रमा ने बिना सिर उठाये ही रमेश के मन की अवस्था का अनुभव किया। उसने कहा, "इसके सिवा यह सारी संपत्ति मेरे भाई की है। मैं तो केवल अभिभाविका हूं।"

रमेश ने कहा, "नहीं। उसमें आधा हिस्सा तुम्हारा भी है।"

रमा ने कहा, "खाली नाम के लिए। बाबूजी निश्चय जानते थे कि सारी संपत्ति अन्त में यतीन्द्र को ही मिलेगी। इसी लिए वे आधी संपत्ति मेरे नाम लिख गए हैं।"

फिर भी रमेश ने विनीत स्वर में कहा, "रमा ये, कितने-से रुपये हैं? इस तरफ तुम्हारी अवस्था सभी लोगों से अच्छी गिनी जाती है। तुम्हारे लिए यह नुकसान ही नहीं है। मैं तुमसे प्रार्थना करता हूं रमा, इसके लिए तुम इतने लोगों को भूखों मत मारो। मैं तुमसे बिल्कुल ठीक कहता हूं कि मैंने स्वप्न में भी यह नहीं सोचा है कि तुम इतनी निष्ठुर हो सकती हो।"

रमा ने उसी प्रकार कोमल भाव से उत्तर दिया, "अपना नुकसान नहीं कर सकती हूं, इसके लिए अगर मैं निष्ठुर हूं तो निष्ठुर ही सही। आपको यदि इतनी ही दया है तो आप ही वह नुकसान पूरा कर दीजिए न?"

उसके इस कोमल स्वर में उपहास की कल्पना करके रमेश जल उठे और बोले, "आदमी खरा है कि नहीं, यह रुपये के संपर्क में आने पर ही पहिचाना जाता है। इस जगह प्रतारणा नहीं चलती, इसलिए यहां मनुष्य का वास्तविक रूप प्रकट हो जाता है। आज तुम्हारा भी वही रूप प्रकट हो गया लेकिन मैंने कभी तुम्हें ऐसा नहीं सोचा था। सदा से यही सोचता आया हूं कि तुम इसकी अपेक्षा ऊंची, बहुत ही ऊंची हो। लेकिन तुम वह नहीं हो। तुम्हें निष्ठुर कहना भी भूल है। तुम बहुत ही छोटी हो।"

असह्य विस्मय से आंखें फाड़कर रमा ने कहा, "मैं क्या हूं?"

रमेश ने कहा, "तुम अत्यन्त हीन और नीच हो। मैं कितना अधिक व्याकुल हो उठा हूं, यह तुमने जान लिया है। इसीलिए तुमने मुझसे नुकसान पूरा करने के लिए कहा। बड़े भइया भी अपने मुंह से यह बात नहीं कह सके। जो बात पुरुष होने पर भी उनके मुंह से नहीं निकल सकी, स्त्री होने पर भी तुम्हें उसे कहने में संकोच नहीं हुआ। मैं इससे भी कहीं ज्यादा नुकसान पूरा कर सकता हूं। लेकिन रमा, आज मैं एक बात तुमसे कहे जाता हूं। संसार में जितने पाप हैं, उन सबसे बढ़कर पाप मनुष्य की दया के ऊपर अत्याचार करना है। आज तुमने वही करके मुझसे रुपये वसूल करने की चेष्टा की है।"

रमा विह्वल हत-बुद्धि की तरह आंखें फाड़े देखती रह गई। उसके मुंह से एक बात भी न निकली। रमेश ने फिर उसी प्रकार शान्त परन्तु दृढ़ स्वर से कहा, "यह ठीक है कि तुमसे यह बात छिपी नहीं है कि मेरी दुर्बलता किस जगह है। लेकिन मैं कहे जाता हूं कि उस जगह मसलने से अब एक बूंद भी रस नहीं पा सकोगी। इसी के साथ तुम्हें यह भी बतलाये जाता हूं कि मैं क्या करूंगा। मैं अभी जाकर जबरदस्ती बांध तोड़ दूंगा। तुम लोगों से हो सके, तो रोकने की कोशिश कर देखो।"

रमेश को यह कहकर चले जाते देख रमा ने पुकारा और कहा, "मेरे ही घर में खड़े होकर आपने मेरा जो इतना अपमान किया, उसका मैं कोई उत्तर नहीं देना चाहती। लेकिन आप यह काम किसी तरह भी करने की चेष्टा न करें।"

रमेश ने पूछा, "क्यों?"

रमा ने कहा, "कारण आपके इतना अधिक अपमान करने पर भी आपके साथ झगड़ा करने की मेरी इच्छा नहीं है।"

यह बात कहते समय रमा के चेहरे का रंग कैसा अस्वभाविक रूप से पीला पड़ गया और बात कहते-कहते किस तरह उसके होंठ कांप उठे, उसे संध्या का अंधकार होने पर भी रमेश ने देख लिया। लेकिन उस समय रमेश के पास न तो मनोविज्ञान की आलोचना करने को अवकाश था और न ऐसा करने की उस समय उनकी प्रवृत्ति ही थी। इसलिए उन्होंने तुरंत उत्तर दिया, "लड़ाई-झगड़ा मैं भी नहीं करना चाहता। लेकिन अब मेरे निकट तुम्हारी इस सद्‌भावना का कोई मूल्य भी नहीं रह गया है। जो हो, वागिवतंडा की आवश्यकता नहीं है। मैं जाता हूं।"

मौसी ऊपर ठाकुरजी वाली कोठरी में थी, इन सब बातों का उसे कुछ भी पता नहीं चला। नीचे आकर उसने देखा कि रमा अपने साथ दासी को लेकर बाहर जा रही है। उसने आश्चर्य से पूछा, "रमा, इस कीचड़-पानी में रात के समय कहां जा रही हो?"

रमा ने क़हा, "मौसी, जरा मैं बड़े भइया के यहां जाती हूं।"

दासी ने कहा, "मौसी,अब तो रास्ते में कीचड़ का कहीं नाम भी नहीं है। छोटे बाबू ने ऐसा बढ़िया रास्ता बनवा दिया है कि अगर सेन्दुर भी गिर पड़े तो उठा लिया जाय। भगवान उन्हें जीता रखे, सांपों से गरीबों-दुखियों की जानों की रक्षा हुई।

उस समय रात के करीब ग्यारह बज गए थे। वेणी के चण्डीमण्डप से बहुत-से लोगों के दबे हुए गले की आवाज आ रही थी। आकाश से बहुत से बादल छंट गए थे और त्रयोदशी की चांदनी आकर बरामदे पर पड़ रही थी। वहीं एक खम्भे के सहारे भीषण आकृति वाला एक प्रौढ़ मुसलमान आंखें बंद किए हुए बैठा था। उसके सारे मुंह पर ताजा खून जमा हुआ था। उसके शरीर के कपड़े भी खुन से तर थे। लेकिन यहः चुपचाप था। वेणी बहुत ही दबे हुए स्वर से अनुनय कर रहे थे—"अकबर, मेरी बात मानो। थाने चले चलो। अगर मैं सात बरस के लिए उसे जेल न भेज दूं तो घोषाल वंश का लड़का नहीं। (पीछे की तरफ देखकर) रमा, एक बार तुम भी कहो न। चुप क्यों हो?"

लेकिन रमा ज्यों की त्यों काट की तरह बैठी रही। अब अकबर-अली आंखें खोलकर जरा तनकर बैठ गया और बोला, "शाबाश! जरूर छोटे बाबू ने अपनी मां का दूध पिया है लाठी चलाना खूब जानते हैं!"

वेणी ने कुछ घबराकर और कुछ क्रुद्ध होकर कहा, "अकबर, यही बात कहने के लिए तो मैं तुम्हें समझा रहा हूं। किस की लाठी की चोट से तुम जख्मी हुए? उसी लौंड़े की लाठी से या उसके पछैयां नौकर की लाठी से?"

अकबर के होंठों पर कुछ मुस्कराहट आ गई। उसने कहा, "उस ठिगने पछैयां की लाठी से? बड़े बाबू, वह साला लाठी चलाना क्या जाने! क्यों गौहर, तुम्हारी तो पहली ही चोट से वह बैठ गया था न?"

अकबर के दोनों लड़के थोड़ी दूर पर बिलकुल सिमटे हुए बैठे थे। वे भी घायल हुए थे। गौहर ने सिर्फ सिर हिलाकर हुंकारी भर दी, मुंह से कुछ नहीं कहा। अकबर कहने लगा, "अगर मेरे हाथ की चोट बैठती तो वह साला जीता भी न बचता। वह तो गौहर की लाठी से ही 'बाप रे बाप' कहके बैठ गया बड़े बाबू!"

रमा उठकर उन लोगों के पास आ खड़ी हुई। अकबर उन लोगों के पीरपुर गांव की प्रजा था। पिछले दिनों लाठी के जोर से उसने इन लोगों का बहुत-सी जायदाद पर कब्जा करा दिया था। इसीलिए आज संध्या के बाद मारे क्रोध और अभिमान के पागल होकर रमा ने उसे बुलवा भेजा था और बांध पर पहरा देने के लिए भेज दिया था। उसने एक बार अच्छी तरह देख लेना चाहा था कि रमेश उस पछैयां नौकर के बल पर क्या करते हैं। लेकिन उसने स्वप्न में भी कल्पना नहीं की थी कि वे स्वयं कितने जबर्दस्त लठैत हैं।

अकबर ने रमा की तरफ देख कर कहा, "मालकिन, उस समय छोटे बाबू ने उस साले की लाठी उठा ली और वह आप जाकर बांध को रोक-कर खड़े हो गए। हम तीनों बाप-बेटे मिलकर भी उन्हें वहां से न हटा सके। अंधेरे में उनकी आंखें बाप की तरह चमकने लगीं। उन्होंने कहा, 'अकबर' तुम बुड्डे अदमी हो। हट जाओ। अगर बांध नहीं काटा जाएगा तो सारे गांव के आदमी भूखों मर जाएंगे, इसलिए वह जरूर काटा जाएगा। अपने गांव में तुम लोगों की भी तो जमीन है। अब तुम्हीं समझ देखो कि अगर तुम्हारा सब कुछ बरबाद हो जाए तो तुम्हें कैसा लगेगा?' मैंने सलाम करके कहा, 'छोटे बाबू, अल्लाह कसम, तुम एक बार बीच में से हट जाओ। तुम्हारी आड़ में होकर मुंह पर कपड़ा लपेटे जो लोग धड़ाधड़ कुदाल चला रहे हैं, मैं उन लोगों के सिर तोड़ दूं।"

वेणी अपना क्रोध न संभाल सकने के कारण बीच में ही चिल्लाकर बोले, 'बेईमान साला, उसको सलाम बजा कर आया है और यहां शेखी मार रहा है।"

तीनों बाप-बेटों ने एक साथ हाथ उठा लिए। अकबर ने कर्कश स्वर से कहा, "खबरदार बड़े बाबू , बेईमान मत कहना। हम लोग मुसलमान हैं। सब कुछ सह सकते हैं पर यह बात नहीं सहेंगे।"

इसके बाद अकबर ने अपने हाथ से सिर पर का कुछ रक्त पोंछकर

और रमा की तरफ देखकर कहा, "मालकिन, यह बेईमान कहते हैं! बड़े बाबू यहां घर में बैठे हुए बेईमान कहते हैं, अगर वहां अपनी आंखों से देखते, तो इन्हें मालूम होता कि छोटे बाबू क्या चीज है।"

वेणी बाबू ने मुंह बिगाड़कर कहा, "तो, थाने पर चलकर यही बतला आओ न कि छोटे बाबू क्या चीज है! बस कह देना कि हम बांध पर पहरा दे रहे थे। छोटे बाबू चढ़ आए और हमें मारा।"

अकबर ने दांतों से जी दबाकर कहा, "तोबा-तोबा! बड़े बाबू, आप दिन को रात बताने के लिए कहते हैं?"

वेणी ने कहा, "अच्छा, तो फिर और कोई बात कह देना। आज जाकर पहले अपने घाव तो दिखला आओ। कल वारंट निकलवा कर उसे हवालात में बन्द करा दूंगा। रमा, जरा तुम भी इसे अच्छी तरह समझाओ। ऐसा अच्छा मौका फिर कभी न मिलेगा।"

रमा ने कोई उत्तर नहीं दिया, सिर्फ एक बार अकबर के मुंह की तरफ देख लिया। अकबर ने सिर हिलाकर कहा, "नहीं मालकिन, मुझसे यह नहीं होगा।"

वेणी ने धमकाकर कहा, "होगा क्यों नहीं?"

अब की अकबर ने भी चिल्लाकर कहा, "बड़े बाबू, आप भी क्या कहते हैं! क्या मुझे शरम-हया नहीं है? मुझे चार गांव के आदमी क्या सरदार नहीं कहते हैं? मालकिन, अगर आपका हुकम हो तो मैं मुजरिम बनकर जेलखाना काट सकता हूं। लेकिन फरियादी किस मुंह से बनकर जाऊं?"

रमा ने कोमल स्वर से केवल एक बार पूछा, "तो क्यों अकबर, थाने नहीं जा सकोगे?"

अकबर ने जोर से सिर हिलाकर कहा, "नहीं मालकिन, और सब कुछ कर सकता हूं, पर सदर में जाकर अपने बदन के घाव नहीं दिखला सकता। उठो गौहर, चलो, घर चलें। हम लोगों से नालिश-फरियाद नहीं हो सकेगी।"

इतना कहकर वे सब लोग उठने का उपक्रम करने लगे। वेणी क्रुद्ध निराशा से उन लोगों की तरफ देखकर आंखों से अग्नि की वर्षा करते हुए मन ही मन अकथ्य गाली-गलौज करने लगे और रमा की एकान्त निरुद्यम स्तब्धता का कुछ भी अर्थ न समझ सकने के कारण भूसे की आग में जलने लगे। जब सब प्रकार के अनुनय-विनय, डांट-डपट और क्रोध आदि की

उपेक्षा करके अकबर अली अपने लड़कों को लेकर चला गया, तब रमा का हृदय भेदकर एक गम्भीर और दीर्घ निःश्वास निकल पड़ा और अकारण ही उसकी आंखों में आंसू भर आए। आज इतना बड़ा अपमान, इतनी बड़ी पराजय, और ऐसी निष्फलता मिलने पर भी उसे ऐसा मालूम होने लगा कि उसके हृदय पर से बहुत भारी पत्थर हट गया है। पर ऐसा क्यों हुआ, इसका कारण वह किसी तरह न समझ सकी। सारी रात उसे नींद नहीं आई। उस दिन उसने तारकेश्वर में सामने बैठकर रमेश को जो भोजन कराया था, उसी का दृश्य उसकी आंखों के ऊपर तैरने लगा। ज्यों-ज्यों उसे खयाल आने लगा कि उस सुन्दर और सुकुमार शरीर के भीतर इतनी अधिक माया और इतना अधिक तेज किस प्रकार ऐसी स्वच्छंदता से वास करते हैं, त्यों-त्यों आंखों के जल से उसका सारा मुंह प्लावित होने लगा।

बारह

रमेश ने लड़कपन में किसी समय रमा को प्यार किया था। इसमें सन्देह नहीं कि वह प्यार बिलकुल लड़कपन का था। लेकिन वह कितना गहरा था, इसका अनुभव वे पहले-पहल तारकेशवर में कर सके थे। वह और भी कितना गम्भीर था, इसका उस दिन सबसे अधिक पता लगा था जिस दिन संध्या के अंधकार में वे रमा का सारा संबंध बिलकुल ही मिट्टी में मिलाकर उसके घर से चले आए थे। तत्पश्चात् उस रोज की रात वाली दुर्घटना के बाद से रमा की दिशा ही रमेश के निकट महा मरुभूमि के समान शून्य में दहकती-सी दिखती थी। किन्तु रमेश ने कभी कल्पना भी नहीं की थी कि इससे मेरे सब काम-धंधे, सोना-बैठना, यहां तक कि चिन्तन और अध्ययन भी इतना बे-स्वाद और फीका हो जाएगा। इस गृह-विच्छेद और सर्वव्यापी अनात्मीयता के कारण अब वह क्षण-भर के लिए भी इस गांव में नहीं रहना चाहते थे। लेकिन उसी समय एक और घटना हो गई जिसमें वे फिर मानो सीधे तनकर बैठ गए।

ताल के उस पार पीरपुर गांव में ही इन लोगों की जमींदारी थी। वहां मुसलमानों की बस्ती अधिक है। एक दिन वे लोग दल बांधकर रमेश के पास आए। उन्होंने यह फरियाद पेश की कि हैं तो हम लोग आपकी

प्रजा ही; पर फिर भी हमारे लड़कों बच्चों को सिर्फ मुसलमान होने के कारण इस गांव के स्कूल में भरती नहीं होने दिया जाता। हम लोगों ने कई बार चेष्टा की, पर हमें विफल-मनोरथ होना पड़ा। मास्टर किसी तरह हम लोगों के लड़कों को नहीं लेते। रमेश ने विस्मित और क्रुद्ध होकर कहा, "इस तरह का अन्याय और अत्याचार तो मैंने कभी नहीं सुना। तुम अपने लड़कों को आज ही ले चलो। मैं खुद चलकर और वहां खड़ा होकर अपने सामने तुम्हारे लड़कों को भर्ती करा दूंगा।"

उन लोगों ने कहा, "यद्यपि हम लोग आपकी प्रजा हैं, पर लगान देकर ही जोतते-बोते हैं, इसलिए हिन्दुओं की तरह जमींदार से नहीं डरते। पर इस विषय में विवाद करने से कोई लाभ नहीं, क्योंकि इसमें झगड़ा ही बढ़ेगा, कोई वास्तविक लाभ नहीं होगा। इसलिए हम लोग अपने यहां ही एक छोटा-सा स्कूल कायम करना चाहते हैं। यदि आप थोड़ी सहायता कर दें तो सब काम हो जाए।"

रमेश खुद भी लड़ाई-झगड़ों से तंग आ गए थे, इसलिए उन्हें उन लोगों की झगड़ा न बढ़ाने की राय ही ठीक मालूम हुई। उन्होंने हामी भर ली और उसी समय वे एक नये स्कूल की स्थापना के प्रयत्न में लग गए। इन लोगों के सम्पर्क में आकर रमेश ने केवल अपने को स्वस्थ ही न समझा, बल्कि इधर साल-भर से उनका जो बल क्षीण हो रहा था, उसकी भी मानो धीरे-धीरे पूर्ति होने लगी। रमेश ने देखा कि ये लोग अपने कुंआपुर के हिंदू पड़ोसियों की तरह बात-बात में लड़ाई-झगड़ा नहीं करते और करते भी है तो उसका निपटारा करने के लिए सीधे सदर पहुंच दावा नहीं दायर कर देते। बल्कि अपने मुखियों का निर्णय हो, चाहे संतुष्ट होकर और चाहे असंतुष्ट होकर, मान लेते हैं। विशेषतःविपत्ति के समय ये लोग जिस तरह जी-जान से एक-दूसरे की सहायता करने के लिए पहुंच जाते हैं उस तरह रमेश ने इस गांव के न तो हिंदू भले आदमियों को और न छोटी जाति के लोगों को ही एक-दूसरे की सहायता करते कभी देखा था।

एक तो जाति-भेद पर रमेश को यों ही कभी श्रद्धा नहीं थी। तिस, पर पास ही पास के इन दो गांवों की जब उन्होंने आपस में तुलना की तब उनकी वह अश्रद्धा बढ़कर सौ गुनी हो गई। उन्होंने निश्चय कर लिय कि हिंदुओं का धर्म और उनकी सामाजिक विषमता ही इस ईर्ष्या और

द्वेष का कारण है। मुसलमान लोग धर्म के विषय में एक दूसरे के बराबर होते हैं, इसलिए एकता का जैसा बंधन उन लोगों में है, वैसा हिंदुओं में नहीं है और हो भी नहीं सकता। और जब जाति-भेद दूर करने का कोई उपाय नहीं है, यहां तक कि गांवों में उसका प्रसंग छेड़ना भी एक प्रकार से असंभव है, तब उनके आपस के लड़ाई-झगड़े घटाकर उनमें मेल और प्रेम स्थापित करने का प्रयत्न भी व्यर्थ का परिश्रम है। इधर कुछ वर्षों से वे अपने गांव में इस काम के लिए जो व्यर्थ प्रयत्न कर रहे थे, उसके लिए उन्हें बहुत अधिक पछतावा होने लगा। उन्हें निश्चित रूप से यह विश्वास हो गया कि इन लोगों ने हमेशा से इसी तरह खांव-खांव करते दिन बिताए हैं और आगे भी इसी तरह बिताने के लिए विवश हैं। इन लोगों का कभी किसी भी तरह भला नहीं हो सकता। लेकिन फिर भी उन्होंने सोचा कि यह बात पक्की तो कर लेनी चाहिए। कई कारणों से इधर कुछ दिनों से ताई जी के साथ उनकी भेंट नहीं हई थी। उस दिन की मार-पीट के बाद एक तरह से जान-बूझकर ही वे उस ओर नहीं गए थे। आज तड़के ही उठकर वह सीधे उनके दरवाजे पर पहुंचे। ताईजी की बुद्धिमता और अभिज्ञता पर उनको इतना अधिक विश्वास है, इस बात को वे स्वयं भी नहीं जानते थे। रमेश ने कुछ आश्चर्य से देखा कि ताईजी इतने सवेरे ही स्नान आदि करके सब कामों से छुट्टी पा चुकी हैं और उस अस्पष्ट प्रकाश में भी अपनी कोठरी में जमीन पर बैठी, आंखों पर चश्मा लगाए एक किताब पढ़ रही हैं। ताई जी भी कम विस्मित नहीं हुई। उन्होंने किताव बंद कर दी, रमेश को आदरपूर्वक अंदर बुलाकर बैठाया और मुंह की ओर देखकर पूछा, "अरे, आज इतने सवेरे?"

रमेश ने कहा, "ताई जी, इधर बहुत दिनों से मैंने तुम्हें देखा नहीं था। मैं पीरपुर में एक स्कूल खोल रहा हूं।"

विश्वेश्वरी ने कहा, "हां, मैंने भी सुना है। लेकिन आज कल हम लोगों के स्कूल में पढ़ाने क्यों नहीं जाता?"

रमेश ने कहा, "ताईजी, मैं वही तो बतलाने के लिए आया हूं। इन लोगों के कल्याण की चेष्टा करना बिलकुल व्यर्थ है। जो कभी किसी की भलाई नहीं देख सकते और जिनमें अभिमान और अहंकार इतना अधिक है, उन लोगों के लिए परिश्रम करके जान देने से कुछ भी लाभ नहीं है। उलटे ये लोग और भी दुश्मन हो जाते हैं। अब तो जिन लोगों की भलाई

करने में सचमुच कुछ भलाई हो सकती है, मैं उन्हीं के लिए परिश्रम करूंगा।"

ताईजी ने कहा, "यह बात तो कोई नई बात नहीं है रमेश, इस संसार में भलाई करने का भार जिस किसी ने अपने ऊपर लिया है, उसके शत्रुओं की संख्या सदा ही बढ़ती रही है। केवल इसी भय से जो लोग पीछे हट जाते हैं, अगर उन्हीं लोगों के दल में तुम भी जाकर मिल जाओगे, तो बेटा, कैसे काम चलेगा? भगवान ने यह भारी भार तुम्हीं को दिया है और तुम्हीं को इसे अपने सिर पर उठाना होगा। और क्यों रमेश, क्या तुम उन लोगों के हाथ का पानी पीते हो?"

रमेश ने हंसते हुए कहा, "देख लो ताई जी, इतने में ही यह बात तुम्हारे कानों तक आ पहुंची! अब तक तो मैंने उन लोगों के हाथ का पानी नहीं पीया है, लेकिन पीने में कोई दोष नहीं समझता, मैं जाति-भेद नहीं मानता।"

ताई जी ने चकित होकर पूछा, "जाति-भेद नहीं मानते? यह क्या कोई झूठी बात है? या जाति-भेद है नहीं, जो तुम नहीं मानोगे?"

रमेश ने कहा, "ताई जी, ठीक यही बात पूछने के लिए मैं आज तुम्हारे पास आया हूं। यह मानता हूं कि जाति-भेद है, पर यह नहीं मानता कि यह अच्छा है।"

"क्यों?"

रमेश ने सहसा कुछ उत्तेजित होकर कहा, "क्या यह भी तुम्हें बतलाना पड़ेगा? क्या तुम नहीं जानती कि इसीके कारण यह सारा मनोमालिन्य और सारे लड़ाई-झगड़े होते हैं? समाज में जिन लोगों को छोटी जाति का बनाकर रखा गया है, उनके लिए यह बिलकुल स्वाभाविक है कि वे बड़ी जाति वालों से ईर्ष्या करें, अपने छोटे होने के विरुद्ध विद्रोह करें और अपनी नीचता से मुक्त होना चाहें। हिंदू लोग संग्रह करना नहीं जानते, जानते हैं केवल अपव्यय करना, गंवाना। अपने-आप की और अपनी जाति की रक्षा करने और उसे बढ़ाने का जो एक सांसारिक नियम है, हम लोग उसे स्वीकृत ही नहीं करते, और इसलिए दिन पर दिन क्षय होते जा रहे हैं। यह जो मनुष्य-गणना हुआ करती है, यदि उसका फलाफल एक बार पढ़ लेतीं ताईजी, तो तुम डर जातीं। और तुम्हें पता चल जाता कि मनुष्य को छोटा मानकर उसका जो अपमान किया जाता है, हाथों-

हाथ उसका कैसा बदला हम लोगों को मिल रहा है! तुम्हें मालूम हो जाता कि किस प्रकार हिंदू दिन पर दिन कम होते जा रहे हैं और मुसलमानों की संख्या किस प्रकार बढ़ती चली जा रही है। लेकिन इतने पर भी हिंदुओं को होश नहीं होता।"

विश्वेश्वरी ने हंसकर कहा, "रमेश, तुम्हारी इतनी बातें सुनकर अब भी तो मुझे होश नहीं होता। जो लोग तुम्हारे आदमियों को गिनते फिरते हैं, वे यदि गिनकर बतला सकें कि छोटी जाति के इतने आदमी सिर्फ इसी भय से अपनी जाति और धर्म छोड़ बैठे हैं कि लोग उन्हें छोटी जाति का समझते हैं तो शायद मुझे होश हो जाए। मैं यह मानती हूं कि हिंदू दिन पर दिन कम होते जा रहे हैं, लेकिन इसका कारण कुछ और ही है। वह भी समाज का दोष अवश्य है; लेकिन छोटी जाति के लोगों का अपनी जाति छोड-छाड़ देना उसका कारण नहीं है। कोई हिंदू कभी सिर्फ इसलिए अपनी जाति और धर्म नहीं गंवाता कि उसे छोटी जाति का समझते हैं।"

रमेश ने संदिग्ध भाव से कहा, "लेकिन ताईजी, पंडित लोग तो यही अनुमान करते हैं।"

ताईजी ने कहा, "भैया, अनुमान के विरुद्ध तो कोई तर्क चल नहीं सकता। लेकिन अगर कोई यह बतला सके कि अमुक गांव के इतने आदमियों ने इस साल सिर्फ इसीलिए अपना धर्म और जाति छोड़ दी है कि लोग उन्हें छोटी जाति के समझते थे, तो शायद पंडितों की बात मानी जा सके। लेकिन मैं निश्चयपूर्वक जानती हूं कि कोई यह नहीं बतला सकता।"

रमेश ने फिर भी तर्क करते हुए कहा, "लेकिन ताई जी, यह बात तो मुझे बिलकुल ठीक मालूम होती है कि जो लोग छोटी जाति के हैं, वे बड़ी या ऊंची जाति के लोगों के साथ अवश्य ईर्ष्या करेंगे।"

रमेश की इस तीव्र उत्तेजनापूर्ण वात पर विश्वेश्वरी फिर हंस पड़ी और बोली, "ठीक नहीं है, जरा भी ठीक नहीं है। भैया, यह तुम लोगों का शहर नहीं है। गांव-देहात में कोई इस बात की फिकर नहीं करता कि यह छोटी जाति का है और वह ऊंची जाति का। जिस तरह छोटे भाई के मन में बड़े भाई के प्रति ईर्ष्या नहीं होती और इस बात के लिए उसके मन में कोई क्षोभ नहीं होता कि मेरा जन्म बड़े भाई से साल-दो साल बाद

क्यों हुआ, उसी तरह गांव-देहात के लोगों का भी हाल है। यहां कायस्थों को इस बात का जरा भी दुःख नहीं होता कि हम ब्राह्मण नहीं हुए; और कैवर्त (कहार) भी कायस्थ के समान होने की कोई चेष्टा नहीं करते। जिस प्रकार बड़े भाई को प्रणाम करने में छोटे भाई को लज्जा नहीं होती, उसी प्रकार कायस्थ भी ब्राह्मणों के चरणों की धूल लेने में तनिक भी कुण्ठित नहीं होते। बेटा, यह जाति-भेद इस ईर्ष्या-द्वेष का कारण नहीं है, कम से कम बंगालियों का जो मेरुदंड है, उस देहात में तो नहीं।"

रमेश ने मन ही मन आपचर्य करके कहा, "तो फिर ताई जी, ऐसा क्यों होता है? उस गांव में मुसलमानों के इतने घर हैं, पर उन में तो इस तरह के लड़ाई-झगड़े नहीं होते। वहां तो जब किसी के ऊपर कोई विपत्ति आती है, तब उसे कोई यहां वालों की तरह धर दबाना नहीं चाहता। यह तो तुम जानती ही हो कि उस दिन द्वारिका पंडित का मृत शरीर कोई छूने तक के लिए नहीं गया, क्योंकि उनका प्रायश्चित्त नहीं हुआ था।"

विश्वेश्वरी ने कहा, "हां बेटा, जानती हूं, सब जानती हूं। लेकिन इसका कारण जाति-भेद नहीं है। कारण यही है कि मुसलमानों में अब भी सचमुच का धर्म है, और हम लोगों में वह नहीं है। जिसे वास्तव में धर्म कहते हैं, वह गांव-देहात मे से बिलकुल लुप्त हो गया है। रह गए हैं सिर्फ कितने ही आचार-विचार और कुसंस्कार और उनसे होने वाली दल-बंदियां।"

रमेश ने हताश भाव से एक निःश्वास डालकर कहा, "ताई जी, क्या इसके प्रतिकार का कोई उपाय नहीं है?

विश्वेश्वरी ने कहा, "है क्यों नहीं बेटा! इसका प्रतिकार केवल ज्ञान से ही हो सकता है। जिस रास्ते पर तुमने पैर रखा है, सिर्फ वही एक रास्ता है। इसीलिए तो मैं तुमसे बराबर कहती हूं कि तुम अपनी इस जन्म-भूमि को किसी तरह भी छोड़कर न जाना।"

इसके उत्तर में रमेश कुछ कहना ही चाहते थे कि विश्वेश्वरी ने उन्हें बीच में ही रोककर कहा, "तुम कहोगे कि मुसलमानों में भी अज्ञान बहुत अधिक है। जरूर है, लेकिन उन लोगों के सजीव धर्म ने उन्हें सब तरफ से बचा रखा है। रमेश, मैं एक बात कहती हूं। पीरपुर गांव में ही तुम पता लगाओ तो तुम्हें मालूम हो जाएगा कि वहां जाफर नाम का एक बड़ा आदमी है जिसे सब लोगों ने मिलकर जाति से बाहर कर रखा है,

क्योंकि वह आपनी विधवा सौतेली मां को खाने को नहीं देता। लेकिन हमारे इन गोविन्द गांगुली ने अपनी विधवा बड़ी भौजाई को उस दिन अपने हाथ से मारते-मारते अधमरा कर दिया, लेकिन समाज की तरफ से उन्हें उसका दंड मिलना तो चूल्हे में गया, वह आप ही समाज के सिर पर चढ़े मुखिया बने बैठे हैं। हम लोगों में इस प्रकार के सब अपराध केवल व्यक्तिगत पाप-पुण्य मान लिए गए हैं। इनकी सजा भगवान अगर चाहेंगे तो देंगे और न चाहेंगे तो न देंगे पर हमारा ग्रामीण समाज उनकी तरफ भ्रक्षेप भी नहीं करेगा।"

यह नई बात सुनकर एक ओर तो रमेश अवाक् हो गए पर दूसरी ओर उनका मन इसे स्थिर सत्य के रूप में ग्रहण करने में संकोच करने लगा। विश्वेश्वरी ने उनके मन का भाव समझकर कहा, "बेटा, तुम फल को ही उपाय समझकर भूल मत कर बैठना! जिस कारण तुम्हारे मन का संदेह दूर नहीं होना चाहता, वह जाति की छोटाई-बड़ाई को लेकर झगड़ा करना उन्नति का एक लक्षण-मात्र है—कारण नहीं। तुम अगर यह समझकर कि सबसे पहले उसके हुए बिना काम न चलेगा, उसी के लिए प्रयत्न करने जाओगे तो उससे दोनों ही तरफ खराबी होगी। अगर इस बात की जांच करना चाहते हो कि मेरा कहना ठीक है या नहीं, तो तुम किसी शहर के आस-पास के दो-चार गांवों में घूम आओ और फिर उन गांवों के साथ अपने कुंआपुर गांव की तुलना कर देखो। तुम्हें आप ही सब बातें मालूम हो जाएंगीं।"

कलकत्ते के बहुत पास के एकाध गांव के साथ रमेश का घनिष्ठ परिचय था। उस गांव के स्थूल रूप को मन ही मन देख लेने की चेष्टा करते ही मानो अकस्मात् उनकी आंखों के ऊपर से एक काला परदा हट गया। वह गंभीर संभ्रम तथा विस्मय से विश्वेश्वरी के मुख की ओर देखने लगे। लेकिन वे उस ओर कुछ भी खयाल न कर के अपनी बात का सिलसिला जारी रखते हुए धीरे-धीरे कहने लगीं, "बेटा, इसलिए तो मैं तुमसे बार-बार कहती हूं कि तुम अपनी जन्म-भूमि को छोड़कर न जाना। तुम्हारी तरह बाहर रहकर जो लोग बड़े हो गए हैं, वे यदि तुम्हारी ही तरह गांव में लौट आते, गांव के साथ सारा संबंध तोड़कर चले न जाते, तो इनकी यह दुर्दशा न होने पाती। वे कभी गोविन्द गांगुली को सिर पर उठाकर तुम्हें दूर कर देने का प्रयत्न न करते।"

अब रमेश को रमा की बात याद आई। इसलिए उन्होंने फिर रूठने के स्वर में कहा, "ताई जी, दूर चले जाने में अब मुझे भी दुःख नहीं है।"

विश्वेश्वरी का ध्यान उस के इस स्वर पर तो अवश्य गया, परंतु वे कारण नहीं समझीं। बोली, "नहीं रमेश, ऐसा किसी तरह नहीं हो सकेगा। जब तुम यहां आ गए हो और काम शुरू कर दिया है, तब अगर उसे बीच में ही छोड़ दोगे, तो तुम्हारी जन्म-भूमि तुम्हें इसके लिए कभी क्षमा नहीं करेगी।"

"क्यों ताईजी, जन्म-भूमि मेरे अकेले की ही तो नहीं है?"

ताई जी ने उद्दीप्त होकर कहा, "तुम्हारे अकेले की क्या बेटा, वह केवल तुम्हारी ही माता है। देखते नहीं कि मां अपनी जबान से कभी अपनी संतान से कुछ नहीं मांगती। इसीलिए इतने लोगों के रहते हुए भी उसका रोना किसी के कानों तक न पहुंच सका। लेकिन तुमने तो उसे यहां आते ही सुन लिया।"

रमेश ने फिर और कोई तर्क नहीं किया। वे थोड़ी देर तक शांत भाव से बैठे रहे और तब चुपचाप अत्यन्त श्रद्धा के भाव से विश्वेश्वरी के चरणों की धूल अपने मस्तक से लगाकर धीरे-धीरे वहां से बाहर निकल आए।

भक्ति, करुणा और कर्तव्य की एकांत निष्ठा से हृदय परिपूर्ण करके रमेश अपने घर आए। उस समय सूर्योदय होही रहा था। उनकी कोठरी में पूरब की तरफ जो खिड़की थी, वह खुली हुई थी। उसी के सामने खड़े होकर वे स्तब्ध आकाश की ओर देख रहे थे। सहसा शिशुकण्ठ के आह्वान से चौंककर उन्होंने मुंह फिराते हुए ही देखा कि रमा का छोटा भाई यतीन्द्र दरवाजे के बाहर खड़ा होकर पुकार रहा है, "छोटे भैया! छोटे भैया!" लज्जा से उसका चेहरा लाल हो रहा है।

रमेश ने पास जाकर उसका हाथ पकड़ लिया और उसे अंदर लाकर पूछा, "यतीन्द्र, तुम किसे पुकारते थे?"

"आपको।"

"मुझे? मुझे 'छोटे भैया' कहकर पुकारने के लिए तुमसे किसने कहा?"

"बहन ने।"

"बहन ने? क्या उन्होंने तुम्हें मुझसे कुछ कहने के लिए भेजा है?"

यतीन्द्र ने सिर हिलाकर कहा, "नहीं। बहन ने कहा कि मुझे अपने

साथ छोटे भैया के यहां ले चलो। वह वहां खड़ी हैं।"

यह कहकर यतीन्द्र ने दरवाजे की तरफ दिखा दिया। रमेश ने विस्मित और व्यस्त होकर देखा कि रमा एक खम्भे की आड़ में खड़ी है। उसके पास पहुंचकर उन्होंने विनयपूर्वक कहा, "आज मेरा बड़ा सौभाग्य है। लेकिन तुमने मुझे ही क्यों न बुला भेजा और आप ही यहां तक आने का कष्ट क्यों किया? आओ, अंदर आओ।"

रमा ने पहले तो कुछ इधर-उधर किया और तब यतीन्द्र का हाथ पकड़कर रमेश के पीछे-पीछे चलकर उनके कमरे की चौखट के पास बैठ गई। फिर कहा, "आज मैं एक चीज की भिक्षा मांगने के लिए आपके घर आई हूं। कहिए, देंगे?"

यह कहकर वह रमेश के मुख की ओर स्थिर दृष्टि से देखने लगी। उस दृष्टि से रमेश के परिपूर्ण हृदय के सातों स्वर मानो अकस्मात ही उन्मत्त होकर बज उठे और फिर एक ही बार में टूटकर झड़ पड़े। कुछ ही क्षण पहले उनके मन में जो सब संकल्प,आशाएं और आकांक्षाएं अपूर्व दीप्ति-सी नाचती फिरती थीं, वे सब एकदम से बुझ गईं और अंधकार छा गया। फिर भी पूछा, "बतलाओ, क्या चाहती हो?"

उनकी यह अस्वाभाविक शुष्कता रमा की दृष्टि से छिपी न रही। उसने उनके मुख पर वैसे ही दृष्टि जमाए कहा, "आप पहले वचन दें।"

रमेश ने कुछ देर तक चुप रहने के बाद सिर हिलाकर कहा, "सो तो नहीं दे सकता। रमा, मुझमें तुम से बिना कोई प्रश्न किए ही वचन देने की जो शक्ति थी, उसे तुमने अपने हाथों से नष्ट कर दिया है।"

रमा ने चकित होकर पूछा, "मैंने?"

रमेश ने कहा, "हां, वह शक्ति तुम्हें छोड़कर और किसी में नहीं थी। रमा, आज मैं तुमसे एक सत्य बात कहूंगा। तुम्हारा जी चाहे तो उस पर विश्वास करो, न जी चाहे मत करो। लेकिन अगर वह चीज मर कर बिलकुल निःशेष न हो गई होती, तो शायद मैं कभी तुम्हें यह बात न सुना सकता।"

फिर कुछ देर तक चुप रहकर कहा, "आज यह बात बतला देने में मेरे या तुम्हारे हानि-लाभ की जरा भी संभावना नहीं है। इसलिए आज यह बतला रहा हूं कि उस दिन तक मेरे पास कोई ऐसी चीज नहीं थी जो मैं तुम्हें न दे सकता। लेकिन तुम जानती हो क्यों?"

रमा ने सिर हिलाकर कह तो दिया कि, "नहीं।" लेकिन अन्त:करण किसी लज्जाजनक आशंका से कण्टकित हो उठा।

रमेश ने कहा, "लेकिन, सुनकर नाराज मत होता और लज्जित भी मत होना। तुम यही समझ लेना कि बहुत पुराने जमाने की कोई कहानी सुन रही हो।"

रमा ने बीच में ही रोकने के लिए मन ही मन बहत इच्छा की, लेकिन उसका सिर इस प्रकार झुक गया कि वह उसे किसी तरह सीधा न कर सकी।

रमेश ने फिर उसी प्रकार शांत, कोमल और निर्लिप्त स्वर से कहा, "रमा, मैं तुम्हें प्यार करता था। आज ऐसा जान पड़ता है कि वैसा प्यार शायद कभी किसी ने किसी को नहीं किया। लड़कपन में मैं अपनी मां के मुंह से सुना करता था कि हम लोगों का ब्याह होगा। इसके बाद जिस दिन मेरी सारी आशा भंग हो गई, उस दिन मैं रो पड़ा था। उसकी याद मुझे आग भी हो आती है।"

ये सब बातें पिघले और जलते हुए शीशे की तरह रमा के दोनों कानों में प्रवेश करके जला डालने लगीं और नितत अपरिचित अनुभूति की असह्य तीव्र वेदना उसकी छाती को एक सिरे से लेकर दूसरे सिरे तक काटकर टुकड़े-टुकड़े करने लगी। लेकिन रोकने का कोई उपाय भी उसे ढूंढ़े नहीं मिला; इसलिए वह नितांत निरुपाय पत्थर की मूरत की तरह स्तब्ध होकर बैठी रही और रमेश की विषाक्त मधुर बातें एक-एक करके सुनने लगी। रमेश कहने लगे, "तुम सोच रही हो कि तुम्हें यह सारी कहानी सुनाना अन्याय है! मेरे मन में भी पहले यही सन्देह था; और इसलिए उस दिन तारकेश्वर में जब तुम्हारे केवल एक दिन के आदर-यत्न से मेरे समस्त जीवन की धारा बदल गई, तब भी मैं चुप रहा। लेकिन मेरे लिए वह चुप रहना सहन नहीं था।"

अब रमा से किसी प्रकार सहन न हो सका। उसने कहा, "तो फिर आज ही आप मुझे अपने मकान में पाकर इस प्रकार अपमान क्यों कर रहे हैं?"

रमेश ने कहा, "अपमान! बिल्कुल नहीं। इसमें मान और अपमान की कोई बात नहीं है। जिन लोगों की ये बातें हैं, उनमें की रमा तुम भी कभी नही थीं; और वह रमेश भी अब नहीं रहा। जो हो, सुनो। उस दिन जाने क्यों मुझे यह दृढ़ विश्वास हो गया था कि तुम चाहे जो कहो,

चाहे जो करो; पर मेरा अमंगल किसी प्रकार सहन न कर सकोगी। मालूम होता है तब सोचा था कि उस लड़कपन में एक दिन तुमने जो प्यार किया था, उसे शायद अब भी बिलकुल भूल नहीं सकी होगी। इसलिए सोचा था कि मैं कोई बात तुम्हें न बतलाकर तुम्हारी ही छाया में रहकर अपने समस्त जीवन के काम धीरे-धीरे किए जाऊंगा। पर इसके बाद उस रोज रात को जब मैंने स्वयं अकबर के मुंह से यह सुना कि तुमने स्वयं··· अरे, बाहर इतना हो-हल्ला काहे का हो रहा है?"

इतने में बाहर से गोपाल सरकार ने बहुत ही घबराहट में कहा; "बाबूजी!"

आवाज सुनते ही रमेश बाहर निकल आए। "बाबूजी, पुलिस वालों ने भजुआ को गिरफ्तार कर लिया है।"

मारे भय के गोपाल सरकार के होंठ कांप रहे थे। उसने जैसे-तैसे कहा, "परसों रात को राधानगर की डकैती में वह शामिल बताया जाता है।"

रमेश ने कमरे की तरफ देखकर कहा, "रमा, अब तुम यहां एक क्षण भी मत ठहरो। खिड़की के रास्ते से बाहर चली जाओ। पुलिस बिना मकान की तलाशी लिए न छोड़ेगी।"

रमा का चेहरा नीला पड़ गया। उसने खड़े होकर कहा, "तुम्हारे लिए तो कोई डर की बात नहीं है न?"

रमेश ने कहा, "कह नहीं सकता। यह भी नहीं जानता कि मामला क्या है और कहां तक पहुंच गया है।"

रमा के होंठ कांपने लगे। उसे याद आ गया कि उस दिन मैंने ही थाने में इत्तला कराई थी। इसके बाद ही वह अचानक रोने लगी और बोली, "मैं नहीं जाऊंगी।"

रमेश ने कुछ समय तक विस्मय से अवाक् रहकर कहा, "नहीं, नहीं, रमा, तुम्हें अब यहां नहीं रहना चाहिए। यहां से जल्दी ही चली जाओ।"

इतना कहकर रमा की कोई बात सुने बिना ही यतीन्द्र का हाथ पकड़-कर उन्होंने जबर्दस्ती दोनों भाई-बहन को खिड़की के रास्ते से बाहर करके दरवाजा बन्द कर दिया।

तेरह

दो महीने होने आए, कई डाकुओं के साथ भजुआ भी हवालात में बन्द है। उस दिन तलाश में रमेश के घर से कोई सन्देहजनक चीज नहीं मिली। भैरव आचार्य ने गवाही दी कि उस रोज रात को भजुआ मेरे साथ मेरी लड़की के लिए वर देखने गया था। लेकिन फिर भी भजुआ को जमानत पर नहीं छोड़ा गया। वेणी ने आकर कहा, "बहन रमा, बहुत-से दाव-पेंच सोचकर काम करना होता है। नहीं तो क्या शत्रु को सहज में नीचा दिखाया जा सकता है! उस दिन अपने मालिक के हुकुम से भजुआ जो लाठी हाथ में लेकर मछली का हिस्सा लेने के लिए घर पर चढ़ आया था उसकी रिपोर्ट अगर तुम थाने में न लिखा चुकी होतीं, तो क्या आज वह साला इस तरह हवालात में बन्द कराया जा सकता था? और बहन, अगर तुम साथ-साथ दो-चार बातें और बढ़ाकर रमेश का नाम भी शामिल कर देती, तब फिर देखतीं तमाशा! लेकिन उस समय तो तुमने मेरी कोई बात ही नहीं सुनी!"

रमा का चेहरा इतना म्लान हो गया कि वेणी उसे लक्ष्य करके बोला, "नहीं-नहीं, तुम्हें गवाही देने नहीं जाना पड़ेगा। और फिर अगर मान लो कि जाना भी पड़े तो इसमें हर्ज ही क्या है! जमींदारी रखकर तो फिर किसी बात से पीछे हटते से काम चलता नहीं।"

रमा ने कोई उत्तर नहीं दिया।

वेणी कहने लगे, "लेकिन रमेश तो सहज में काबू में आ नहीं सकता। इस बार उसने भी कम चाल नहीं चली है। उसने जो यह नया स्कूल खोला है, उसके कारण हम लोगों को बहुत कष्ट भोगना पड़ेगा। एक तो यों ही मुसलमान प्रजा हम लोगों को अपना जमींदार नहीं मानना चाहती, तिस पर यदि वह लोग लिखना-पढ़ना सीख गए तो फिर जमींदारी का रहना न रहना दोनों बराबर समझ लो। यह बात मैं तुम्हें अभी से बतलाए रखता हूं।"

जमींदारी के सब काम रमा वेणी के ही परामर्श के अनुसार करती थी। इस विषय में दोनों में आज तक कभी मतभेद नहीं हुआ। लेकिन आज पहले-पहल रमा ने तर्क किया। उसने कहा, "इससे स्वयं रमेश भइया

की भी तो कुछ कम हानि नहीं होगी!"

स्वयं वेणी को भी इस विषय में कुछ कम खटका नहीं था। उन्होंने जो कुछ सोच-विचार कर स्थिर किया था वही इस समय वह बतलाने लगे। उन्होंने कहा, "रमा, तुम ये सब बातें क्या जानो। उसके लिए तो यह अपनी हानि की चिन्ता करने का विषय ही नहीं। हम दोनों आदमी परेशान हुए कि बस वह खुश है। देख नहीं रही हो कि जब से आया है, तब से किस तरह रूपए लुटा रहा है। चारों तरफ छोटी जाति के लोगों में 'छोटे बाबू' के नाम का शोर मच गया है। मानों वही एक आदमी है और हम दोनों कोई चीज ही नहीं है। लेकिन यह बहुत दिनों तक नहीं चलेगा। बहन, यह जो तुमने पुलिस की निगाह पर चढ़ा दिया है, सो इसी मे वह अन्त में समाप्त हो जाएगा, यह मैं तुम्हें बतलाए देता हूं।"

वेणी ने मन ही मन बहुत ही विस्मित होकर देखा कि इस संवाद से रमा के मन में जो उत्साह और उत्तेजना उत्पन्न होनी चाहिए, उसका कहीं नाम भी नहीं है। बल्कि उन्हें मालूम हुआ कि अचानक रमा के चेहरे का रंग एकदम बदल गया है। रमा ने पूछा, "क्या रमेश भइया को यह बात मालुम हो गई है कि मैंने थाने में इत्तला कराई थी?"

वेणी ने कहा, "ठीक तो नहीं जानता; लेकिन आखिर तो उसे इस बात का पता लग ही जायगा। भजुआ के मुकदमे में सभी बातें खुलेंगी।"

इस पर रमा ने और कुछ नहीं कहा। वह चुपचाप मन ही मन मानो किसी बहुत बड़े आघात से अपने-आप को संभालने का प्रयत्न करने लगी। रह-रहकर उसके मन में यही आने लगा कि यह बात रमेश से छिपी न रहेगी कि उन्हें विपत्ति में डालने वालों में मैं ही सबसे आगे हूं। कुछ देर बाद उसने सिर उठाकर पूछा, "क्यों बड़े भइया, आजकल तो उनका नाम सभी लोगों के मुंह से सुनाई पड़ता है?"

वेणी ने कहा, "सिर्फ हमारे ही गांव में नहीं, बल्कि सुना है कि इसकी देखा-देखी और पांच-छ: गांवों में भी स्कूल खोलने और रास्ते बनाने की तैयारियां हो रही हैं। आजकल छोटी जाति के सभी लोग कह रहे हैं कि साहब लोगों के देश में हर एक गांव में एक-दो स्कूल होते हैं और इसी से उन लोगों की इतनी उन्नति है। रमेश ने चारों तरफ यह बात फैला दी है कि जिस जगह नया स्कूल खुलेगा, उस जगह के लिए मैं दो सौ रुपये दूंगा। चाचा जी से जितने रुपये मिले हैं, वे सब इन्हीं कामों

में खर्च कर डालेगा। मुसलमान तो उसे कोई पीर-पैगम्बर समझ बैठे हैं।"

रमा की छाती के भीतर से यह बात एक बार बिजली-सी चमककर निकल गई कि अगर इसके साथ मेरा नाम भी शामिल होकर रह सकता! लेकिन केवल क्षण-भर के लिए। दूसरे ही क्षण उसका समस्त अन्तःकरण दूने अन्धकार से आच्छन्न हो गया। वेणी कहने लगे, "लेकिन मैं भी उसे सहज में नहीं छोडूंगा। यह बात कोई स्वप्न में भी न सोचे कि वह हम लोगों की सारी प्रजा को इस तरह सहज में बिगाड़ डालेगा और हम जमींदार होकर भी चुपचाप आंखें और मुंह बन्द करके देखते रहेंगे। यह साला भैरव आचार्य अब की बार भजुआ की तरफ से गवाही दे आया है। अब वह किस तरह अपनी लड़की का ब्याह करता है, यह मैं देख लूंगा। एक और भी तरकीब है। पर जरा देखूं कि गोविन्द चाचा क्या कहते हैं। देश-भर में डाके तो पड़ते ही रहते हैं। अगर इस बार नौकर को जेल भेज सके, तो फिर किसी मामले में उसके मालिक को भी जेल भेजने में हम लोगों को ज्यादा दिक्कत न होगी। रमा, तुमने तो पहले ही दिन कहा था कि दुश्मनी साधने में वह भी कमी नहीं करेंगे, लेकिन मैं ने नहीं सोचा था कि तुम्हारी वह बात इतनी ठीक उतरेगी।"

रमा ने कुछ भी उत्तर न दिया। वेणी में यह समझने की शक्ति नहीं थी कि अपनी प्रतिज्ञा और भविष्यवाणी को इस प्रकार अक्षरशः ठीक उतरने की खबर पाकर भी जिस स्त्री का मुख अहंकार से उज्ज्वल नहीं हो उठा, बल्कि घनी कालिमा से आच्छन्न हो गया, उसके मन की अवस्था क्या होगी। भले ही शक्ति न हो, फिर भी बात इतनी स्पष्ट थी कि किसी की दृष्टि से उसके बचने की सम्भावना नहीं थी। वेणी की दृष्टि से भी वह छिपी नहीं रही। इस पर उन्हें मन ही-मन कुछ आश्चर्य भी हुआ। उन्होंने रसोईघर में जाकर मौसी से भी दो-चार बातें की और तब वे अपने घर जा ही रहे थे कि रमा ने हाथ के इशारे से अपने पास बुलाकर कोमल स्वर में कहा, "क्यों बड़े भइया, अगर छोटे भइया जेल चले जाएं, तो क्या यह हम लोगों के लिए कलंक की बात न होगी?"

वेणी ने और भी अधिक आश्चर्य से पूछा, "क्यों?"

"वे अपने आत्मीय जो हैं। अगर हम लोग न बचाएंगे तो दुनिया हम ही लोगों के नाम 'थू-थू' न करेगी?"

"जो जैसा करेगा, वह उसका वैसा फल भोगेगा। हम लोगों का

उसमें क्या?"

रमा ने फिर पहले की ही तरह कोमल स्वर से कहा, "लेकिन यह बात किसी से छिपी तो रहेगी नहीं कि रमेश भइया सचमुच तो कहीं डाका डालते फिरते नहीं हैं। वह तो दूसरों की भलाई के लिए ही अपना सर्वस्व लगा रहे हैं। इसके सिवाय हम लोगों को भी तो गांव में सब लोगों के सामने अपना मुंह दिखलाना होगा।"

वेणी ने ही:-ही: करके और खूब हंसकर कहा, "बहन, आखिर आज तुम्हें हो क्या गया है?"

रमा ने एक बार मन ही मन इस आदमी के साथ रमेश के मुख का मिलान किया और फिर मानो वह सीधी तरह से सिर ही न उठा सकी। उसने कहा, "गांव के लोग चाहे डर के मारे मुंह पर कुछ भी न कहें, पर पीठ पीछे तो कहेंगे ही। तुम कहोगे कि पीठ पीछे तो लोग राजा की मां को भी डाइन कहते हैं। लेकिन भगवान भी तो हैं! यदि किसी निरपराध को झूठमूठ दण्ड दिलाया जायगा, तो वे हमें न छोड़ेंगे।"

वेणी ने बनावटी क्षोभ प्रकट करते हुए कहा, "हाय रे मेरा भाग्य! भला वह लौंडा ईश्वर या देवता को कुछ मानता भी है! शीतला जी का मन्दिर गिर रहा है। उसकी मरम्मत करा देने के लिए आदमी भेजा तो उसने उसे यह कहकर भगा दिया कि जिन लोगों ने तुम्हें भेजा है, उनसे जाकर कह दो कि फजूल के कामों में खरच करने केलिए मेरे पास रुपया नहीं है। सुनी उसकी बात! यह उस के निकट फजूल का खरच था! और काम का खरच है मुसलमानों के लिए स्कूल खोलना! और ब्राह्मण का लड़का होकर भी सन्ध्या-वन्दन आदि कुछ नहीं करता। सुना है कि मुसलमानों के हाथ का पानी तक पीता हैं। चार पन्ने अंगरेजी के पढ़ लेने से अब क्या उसका कोई धर्म या जाति रह गई है बहन, बिल्कुल नहीं! पर उसकी सजा गई कहां है, सब जमा हो रही है और यह एक दिन सब ही देखेंगे।"

रमा और वाद-विवाद न करके चुप अवश्य हो रही परन्तु रमेश के अनाचार की ओर ईश्वर या देवता के प्रति अश्रद्धा की बात स्मरण करके उसका मन फिर उनकी तरफ से विमुख हो उठा। वेणी अपने-आप से कुछ कहते-कहते वहां से चल दिए। रमा पहले तो कुछ देर तक वैसी ही खड़ी रही और फिर अपनी कोठरी में जाकर धम से जमीन पर बैठ गई। उस

दिन उसकी एकादशी थी। आज खाने-पीने की झंझट नहीं है, यह सोच कर उसे मानो बड़ी शान्ति मालूम हुई।

चौदह

बरसात बीत चुकी। आगामी दुर्गा-पूजा का आनन्द और मलेरिया का भय बंगाल की ग्राम्य जननी के आकाश में, वायु में, और आलोक में आ-आकर झांकने लगा। रमेश को भी बुखार आने लगा। पिछले साल तो वह इस राक्षस के आक्रमण की उपेक्षा कर गये थे; पर इस साल नकर सके। लगातार तीन दिन तक बुखार में पड़े रहने के बाद आज वे सवेरे ही उठे और बहुत-सी कुनैन निगलकर खिड़की के बाहर की पीली धूप की तरफ देखते हुए सोचने लगे कि गांव के आस-पास जो पानी के अनावश्यक गढ़े भरे हैं और व्यर्थ का झाड़-झंखाड़ जमा हो रहा है, इसके विरुद्ध गांव वालों को सचेत किया जा सकता है या नहीं। इधर लगातार तीन दिन तक बुखार में पड़े रहने से उनकी समझ में अच्छी तरह आ गया था कि इसके लिए कुछ न करना ही पड़ेगा। वह सोचते थे कि अगर मैं मनुष्य होकर भी चुपचाप बैठा रहूंगा और लोगों को इसी तरह हर साल महीनों तक मलेरिया की पीड़ा भोगने दूंगा तो भगवान इसके लिए मुझे क्षमा नहीं करेंगे। कई दिन पहले इस सम्बन्ध में गांव वालों के साथ बातचीत करके उन्होंने समझ लिया था कि गांववाले भी इससे होने वाली भीषण हानि और अपकारिता से बहुत कुछ परिचित हैं। लेकिन दूसरों के गढ़े पाटने और झाड़-झंखाड़ काटने के लिए कोई तैयार नहीं होता। इसे वे 'घर का खाकर वन के भैंसे भगाना' समझते हैं। जिन लोगों की अपनी जमीनों में गढ़े और झाड़-झंकाड़ थे वे लोग कहते थे कि यह सब हमारा किया हुआ तो है नहीं, यह तो हमारे बाप-दादों के समय से चला आ रहा है। इसलिए जिन लोगों को गरज हो वे इत गढ़ों को पाट दें और झाड़-झंकाड़ साफ कर दें; हमें कोई आपत्ति नहीं है। लेकिन हम न तो इसके लिए पैसा ही खर्च कर सकते हैं और न परिश्रम ही कर सकते हैं। रमेश को पता लगाने पर मालूम हुआ कि पास ही पास बहुत-से ऐसे गांव भी हैं जिनमें से एक गांव तो मलेरिया के कारण उजड़ रहा है और उसके पास ही के दूसरे गांव में मलेरिया का

प्रकोप प्रायः नहीं के समान है। इसलिए अब वह सोचने लगे कि जरा तबीयत के संभलते ही स्वयं अपनी आंखों ऐसे गांवों को जाकर देखूंगा और वहां की हालत की जांच करूंगा और तब फिर इस सम्बन्ध में अपना कर्तव्य निश्चित करूंगा। उनकी यह निश्चित धारणा हो गई थी कि जिन गांवों में मलेरिया नहीं है, उनमें पानी के निकास का अवश्य ही कोई स्वाभाविक मार्ग होगा। वह मार्ग चाहे यों साधारण रूप से लोगों की दृष्टि अपनी ओर न आकृष्ट करता हो, परन्तु फिर भी यदि चेष्टा करके और लोगों की आंखों में उंगली डालकर उन्हें दिखाया जायगा तो वे अवश्य उसे देख सकेंगे। कम से कम मेरे अत्यन्त अनुरक्त पीरपुर गांव की मुसलमान प्रजा की आंखें तो अवश्य ही खुल जायेंगी। जब उन्हें इस बात का ध्यान आया कि मेरी इंजीनियरिंग की शिक्षा का उपयोग इतने दिनों के बाद एक बड़े भारी काम में होने का अवसर उपस्थित हुआ है, तब वे मन ही मन बहुत प्रसन्न हुए।

इतने में किसी ने रोती हुई आवाज में पुकारा, "छोटे बाबू!"

रमेश चौंक पड़े। उन्होंने घमकर देखा तो भैरव आचार्य जमीन पर औंधे पड़े हैं और औरतों की तरह फूट-फूटकर रो रहे हैं। उनकी सात-आठ बरस की एक कन्या भी साथ थी। उसने भी बाप के साथ मिलकर चीख-पुकार से सारा घर भर दिया। देखते-देखते घर के सभी लोग दरवाजे के पास आकर इकट्ठे हो गए और भीड़ लग गई। रमेश न जाने कैसे हतबुद्धि-से हो रहे। वे कुछ भी निश्चय न कर सके कि किससे पूछें कि इसका कौन मर गया है या क्या नुकसान हो गया है और किस तरह इसे चुप करावें। गोपाल सरकार भी अपना काम छोड़कर दौड़े हुए आ पहुंचे। उन्होंने पास पहुंचकर ज्यों ही भैरव का हाथ पकड़कर जरा-सा खींचा, त्यों ही वह गोपाल को दोनों बांहों में जकड़कर पहले से भी ज्यादा जोर-जोर से रोने लगा। रमेशा यह स्मरण करके कि यह आदमी जरा में ही औरतों की तरह रोने लगता है, अधीर हो रहे थे कि गोपाल की बहुत-सी ढाढस की बातों से अन्त में आंखें पोंछकर वह कुछ प्रकृतिस्थ होकर बैठ गया और अपने इस महाशोक का कारण बतलाने के लिए तैयार हुआ। विवरण सुनकर रमेश स्तब्ध हो गए। वे इस बात की कल्पना भी न कर सके कि इतना बड़ा आश्चर्य भी कभी कहीं हो सकता है। बात यह थी कि जब भैरव के गवाही देने से भजुआ छूट आया, तब उसे पुलिस की संदेह-

पूर्ण दृष्टि से बचाने के लिए रमेश ने उसे अपने देश भेज दिया। इस तरह असामी का तो जैसे-तैसे छुटकारा हो गया, पर अब गवाह जाल में फंस गया। जब भैरव को किसी तरह अपनी विपत्ति की खबर मिली, तब वह कल ही दौड़ा हुआ सदर गया और वहां से उसे पता लगा कि पांच-छ: दिन हुए, राधानगर के सनत मुकर्जी ने, जो वेणी के चचिया ससुर थे, भैरव के नाम सूद और असल मिलाकर ग्यारह सौ छब्बीस रुपए सात आने की डिग्री करा ली है और अब एक दिन के अन्दर ही उसके रहने का घर कुर्क करके नीलाम करा लिया जाएगा! और यह कोई एकतरफा डिगरी नहीं हुई थी। नियमानुसार इसका सम्मन निकला। किसी ने भैरव के नाम से दस्तखत करके वह सम्मन लिया है और अपने-आप को भैरव बतलाकर अदालत के सामने वह देता मंजूर भी कर आया। गरज यह कि करज झूठा और मुद्दई भी झूठा। इस तरह सिर से पैर तक भरे हुए झूठ की सहायता से एक सबल आदमी ने एक दुर्बल आदमी का सर्वस्व हरण करके उसे दर-दर का भिखारी बनाने का उद्योग किया और अब सरकारी अदालत में इस अत्याचार का प्रतिकार करना भी कुछ सहज नहीं। जब तक गिरी का सारा रुपया अदालत में जमा न कर दिया जाय, तब तक वहां कोई बात कही ही नहीं जा सकती। अब सिर पटक कर मर जाने पर भी कोई सब बात नहीं सुनेगा। लेकिन दरिद्र भैरव इतने रुपए कहां से लाए जो अदालत में जमा करके इस महा अन्याय के विरुद्ध न्याय की प्रार्थना करके अपनी जान बचाए? तब राज्य के कानून, अदालत, जज-मजिस्ट्रेट आदि सबके सिर पर मौजूद रहते हुए भी एक दरिद्र प्रतिद्वन्द्वी को चुपचाप मरना पड़ेगा। और इस बात में किसी को कुछ भी सन्देह न था कि यह सारी कार्रवाई वेणी और गोविन्द गांगुली की है। इस अत्याचार के कारण भैरव की चाहे कितनी ही अधिक दुर्गति क्यों न हो जाए और गांव के सभी लोग अन्दर ही अन्दर इसके लिए चाहे कितनी ही कानाफूसी क्यों न करते रहें, पर एक आदमी भी ऐसा नहीं निकलेगा जो सिर उठाकर प्रकट रूप से इसका प्रतिवाद कर सके। कारण, वे लोग न तो किसी के तीन में रहते हैं और न किसी के तेरह में और दूसरों के मामले में कुछ कहना-सुनना उन्हें पसन्द भी नहीं। और चाहे जो हो, पर आज रमेश ने नि:सन्देह रूप से समझ लिया कि दरिद्र प्रजा के अपर नि:संकोच भाव से अत्याचार करने का साहस इन लोगों को कहां से प्राप्त होता है और किस

प्रकार देश के कानून को भी वे लोग कसाई की छुरी की तरह काम में ला सकते हैं। एक तरफ अर्थ-बल और कूट-बुद्धि उन्हें जिस प्रकार राज्य के दण्ड से बचा देते हैं, उसी प्रकार दूसरी ओर मृत समाज भी उन लोगों के दुष्कर्मों के लिए दण्ड का कोई विधान नहीं करता। इसीलिए ये लोग हजारों अन्याय करके भी सत्यधर्म-विहीन मत ग्राम्य समाज के सिर पर पैर रखकर इस प्रकार बिना किसी उपद्रव के अपनी इच्छानुसार आचरण करते रहते हैं। आज उन्हें ताईजी की बातें रह-रहकर याद आने लगीं। उस दिन उन्होंने मर्मांतक हंसी हंसते हुए कहा था, "रमेश, चूल्हे में जाएं जाति-पांति के ये विचार और भले-बुरे के झगड़े-टंटे। बेटा, तुम केवल दीपक जला दो, केवल दीपक जला दो। गांवों के लोग अंधेरे में अन्धे हो रहे हैं। बेटा, तुम एक बार ऐसा उपाय कर दो कि जिसमें वे लोग आंख खोलकर देख-भर सकें। उस समय वे आप ही समझ लेंगे कि क्या काला है और क्या धौला—कौन-सी बात अच्छी है और कौन-सी बुरी। उन्होंने यह भी कहा था कि यदि तुम यहां आ ही गए हो बेटा, तो अब तुम यहां से जाना मत। तुम लोग अपना मुंह फेरे रहते हो, इसीलिए तो तुम्हारी ग्राम्य जननी की यह दुर्दशा है।" सच तो है! मेरे चले जाने से तो इसके प्रतिकार का लेश-मात्र भी उपाय न रह जाता!

रमेश ने एक दीर्घ नि:श्वास छोड़कर मन ही मन कहा—हाय! यही हमारे गर्व का धन—बंगाल का शुद्ध, शान्त और न्याय-निष्ठ ग्राम्य समाज है! कोई वह दिन भी शायद रहा हो, जबकि इसमें प्राण थे। उस समय गर्ग इरानी शक्ति थी कि यह दुष्टों पर शासन करता था। और अपने आश्रित पुरषों और स्त्रियों को निर्विघ्न रूप से संसार की यात्रा करने में सहायता देता था। लेकिन आज यह मृत है। फिर भी यह अन्धे ग्रामवासी इस भारी और विकृत शव को नहीं छोड़ते और अपनी झुठी ममता के कारण इसे सिर पर लादे हुए दिन पर दिन क्लान्त, अवसन्न ओर निर्जीव होते जा रहे हैं, फिर भी किसी तरह आंखें खोलकर नहीं देखते। वे उसी को समाज मानते हैं जो आर्तों की रक्षा तो कर ही नहीं सकता, उलटे उन्हें और भी अधिक विपन्न करता है और उनका यही महापाप उन्हें रसातल की ओर खींचता हुआ ले जा रहा है। रमेश और भी कुछ देर तक चुपचाप बैठे रहने के बाद अचानक मानो एक धक्का खाकर उठ खड़े हुए और तुरन्त ही उन्होंने भैरव के देने की सारी रकम का एक चेक

लिखकर गोपाल सरकार को देते हुए कहा, "आप सब बातें पहले खूब अच्छी तरह समझ लीजिए और तब ये रुपए जमा करा दीजिए; और जिस तरह हो सके, अपील का सारा प्रबन्ध करके आइए। ऐसा इन्तजाम हो कि फिर इस प्रकार का भयंकर अत्याचार करने का उन्हें कभी साहस न हो सके।"

गोपाल ने चेक हाथ में ले लिया। कुछ देर तक वह और भैरव दोनों ही विह्वलों की तरह देखते रहे। रमेश ने फिर उन्हें अपना मतलब ठीक तरह समझाया। अब भैरव की समझ में आ गया कि रमेश मेरे साथ दिल्लगी नहीं कर रहे हैं। इसलिए उन्होंने जल्दी से आगे बढ़कर पागलों की तरह रमेश के दोनों पैर खूब जोर से पकड़ लिए और रोते तथा चिल्लाते हुए आशीर्वाद दे देकर एक ऐसा बखेड़ा खड़ा कर दिया कि उस समय रमेश के स्थान पर कोई कमजोर आदमी होता तो उसे अपने-आप को छुड़ा लेना बहुत ही कठिन होता। इस बात को सारे गांव में फैलते अधिक देर न लगी। सभी लोगों ने समझ लिया कि अब वेणी और गोविन्दा का सहज में छुटकारा नहीं हो सकेगा। सभी लोग कहने लगे कि छोटे बाबू ने अपने पुराने दुश्मन से बदला लेने के लिए ही इतने रुपए दे डाले हैं! लेकिन इस बात की कल्पना करना किसी के लिए संभव ही नहीं था कि दुर्बल भैरव के बदले में भगवान ने यह भार ऐसे आदमी के सिर रख दिया है जो इस गम्भीर दुष्कृति का भारी भार अच्छी तरह उठा सकेगा।

इसके बाद कोई एक महीना बीत गया। मलेरिया के विरुद्ध रमेश मन ही मन युद्ध की घोषणा कर चुके थे; इसलिए इधर महीने-भर से वे अपने सब यन्त्र आदि लेकर ऐसे उत्साह से अनेक स्थानों की नाप-जोख कर रहे थे कि प्रायः भूल ही गए कि कल भैरव के मुकदमे की तारीख है। आज सन्ध्या के समय अचानक रोशन चौकी का स्वर सुनकर वह बात उन्हें याद हो आई। नौकर से यह खबर पाकर वे चकित हो गए कि आज भैरव आचार्य के दौहित्र का अन्न-प्राशन है, फिर भी उन्हें इसका कुछ पता नहीं। उन्होंने सुना कि भैरव ने कुछ मामूली तैयारी नहीं की है। उन्होंने गांव-भर के सभी लोगों को निमन्त्रण दिया है। लेकिन घर का कोई आदमी यह न बतला सका कि रमेश को भी कोई निमन्त्रण देने आया या नहीं। सिर्फ यही नहीं, बल्कि अब उन्हें यह भी स्मरण हुआ कि सिर पर इतना बड़ा मुकदमा इतने नजदीक होने पर भी भैरव आचार्य

इस बीस-पच्चीस दिनों में एक बार मिलने तक के लिए नहीं आया! मामला क्या है! लेकिन यह बात उनके मन में आ-आकर भी नहीं आई कि संसार के सारे आदमियों में से भैरव मुझे ही बाद कर सकता है। इसलिए अपनी इस अदभुत आशंका से वे खुद ही लज्जित हुए और तुरन्त एक दुपट्टा कंधे पर डालकर सीधे भैरव आचार्य के घर की तरफ जाने के लिए निकल पड़े। बाहर से ही उन्होंने देखा कि बाड़े के एक तरफ गांव के दो-तीन कुत्ते जूठी पत्तलों के लिए लड़ रहे हैं, पास ही रोशन-चौकी वाले आग सुलगाकर तम्बाकू पी रहे हैं और बाजे सेंक रहे हैं। अन्दर पहुंचकर देखा कि आंगन में सैकड़ों जगहों से फटा हुआ एक शामियाना खड़ा है, और गांव-भर में जो पांच-छः बहुत पुरानी मिट्टी के तेल की लालटेनें हैं, वे मुकर्जी और घोषाल के यहां लाकर जलाई गई हैं। उनमें से रोशनी तो कम निकलती है और धुआं अधिक, इससे यह सारा स्थान दुर्गन्ध से परिपूर्ण हो रहा है। खाना-पीना खतम हो चुका है और आदमी ज्यादा नहीं रह गए हैं। गांव के बड़े-बूढ़े और सिर-परस्त 'जाऊं जाऊं' कर रहे हैं और हरिहरराय से धर्मदास और भी कुछ देर बैठने के लिए आग्रह कर रहे हैं। गोविन्द गांगुली वहां से कुछ दूर हटकर एक किसान के लड़के के साथ बहुत एकान्त में बातचीत कर रहे हैं। ठीक उसी समय रमेश एक दुःस्वप्न की भांति सब लोगों के सामने एकाएक आंगन के बीच जा खड़े हुए। उन्हें देखते ही उन लोगों के चेहरे पर क्षण-भर के लिए स्याही दौड़ गई, शत्रु-पक्ष के लोगों को इस प्रकार एकत्र देखकर रमेश का मुख भी कुछ उज्ज्वल नहीं हुआ। कोई भी उन्हें बैठने के लिए अभ्यर्थना करने आगे नहीं बढ़ा। यहां तक किसी ने एक बात भी न की। भैरव स्वयं वहां नहीं था। थोड़ी देर के बाद 'हां, गोविन्द भैया···' कहते हुए जब वह किसी काम से बाहर आया, तब मानो उसे आंगन में एक भूत खड़ा हुआ दिखाई दिया, और वह तुरन्त लोट कर तेजी से घर के अन्दर चला गया। जब रमेश सूखे हुए मुंह से अकेले उस मकान से बाहर निकल आए तब मारे आशचर्य के मानो काठ हो गए। इतिने में उन्हें सुनाइ पड़ा कि पीछे से कोई पुरुष आ रहा है, "भइया रमेश!"

रमेश ने पीछे फिर कर देखा कि दीनू हांफते हुए चले आ रहा है। पास पहुंचकर उन्होंने कहा, "चलिए भइयाजी, घर में चलिए।"

रमेश ने हंसने की चेष्टा की, पर उनके मुंह से हंसी न निकली।

चलते-चलते दीनू कहने लगे, "आपने उनका जो उपकार किया, वह उनके मां-बाप भी उसके साथ न करते। यह जानते तो सभी लोग हैं, लेकिन किया क्या जाए। उपाय जो नहीं है। बच्चे-कच्चे लेकर ही तो हम लोगों को गृहस्थी चलानी पड़ती है। इसलिए अगर आपको निमन्त्रण दिया जाए तो—समझ गए न भइया—बेचारे भैरव को भी ज्यादा दोष नहीं दिया जा सकता। तुम सब आजकल के शहर के रहने वाले लड़के ठहरे। जाति-पांति तो कुछ मानते-वानते नहीं। इसीलिए—समझ गए न भइया—अब उसकी छोटी लड़की भी बारह बरस की हो चली। दो दिन बाद उसे तो पार करना ही पड़ेगा। भइया, हम लोगों के समाज का हाल जानते तो हो। समझ गए न भइया···"

रमेश ने अधीर होकर कहा, "जी हां, सब समझ गया।"

रमेश के घर के सदर दरवाजे के पास खड़े होकर दीनू ने प्रसन्न होकर कहा, "हां, भइया, समझोगे क्यों नहीं, कुछ नादान तो हो नहीं। उस ब्राह्मण को भी कैसे दोष दिया जाए—हम बुड्ढ़ों को अपने परकाल की चिन्ता···'

रमेश यह कहते हुए जल्दी से अपने घर के अन्दर चले गए, "जी हां, यह तो ठीक ही है।"

अब उनको यह समझना बाकी नहीं रहा कि गांव के लोगों ने उन्हें जाति से अलग कर दिया है। घर पहुंचने पर मारे क्षोभ और क्रोध के उनकी आंखें जल उठीं। आज यह उन्हें सबसे ज्यादा खटका कि वेणी और गोविद को ही आज भैरव आदरपूर्वक बुला लाया है; और गांव के सब लोगों ने सब बातें जानने और समझ लेने के बाद भी भैरव को उसके इस व्यवहार के लिए केवल क्षमा ही नहीं कर दिया है, बल्कि समाज की खातिर उसने जो मुझे बुलाया तक नहीं है, इसे भी प्रशंसा की दृष्टि से देखा।

रमेश ने एक बड़ी चौकी पर बैठकर और लम्बी सांस लेकर कहा—"हे भगवान! इस कृतघ्न जाति के महापातक का प्रायश्चित्त किस तरह होगा!" भगवान, क्या इतने बड़े निष्ठुर अपमान को तुम भी क्षमा कर सकोगे?

पंद्रह

यह बात नहीं थी कि रमेश के मन में यह आशंका बिलकुल हुई ही न हो। फिर भी दूसरे दिन संध्या के समय गोपाल सरकार ने सदर से लोटकर जब सचमुच बतलाया कि भैरव आचार्य ने हम लोगों के माथे पर ही कटहल फोड़फर खाया है, अर्थात वह अदालत में हाजिर ही नहीं हुआ और मुकदमा एकतरफा में खारिज होकर हमारे द्वारा जमा किए हुए रुपये वेणी आदि के हाथ लग गए, तब क्षण-भर के लिए रमेश के क्रोध की ज्वाला उनकी एड़ी से लेकर चोटी तक भभक उठी। उस दिन उन लोगों की जालसाजी और ठगी का दमन करने के लिए ही रमेश ने उस झूठे ऋण के रुपये भैरव की तरफ से जमा कराए थे, परन्तु महापापिष्ठ भैरव ने उन्हीं रुपयों की बदौलत अपनी जान बचा कर फिर वेणी बाबू के साथ मित्रता स्थापित कर ली! भैरव की यह कृतघ्नता कल के अपमान से बहुत ऊपर जाकर आज रमेश के माथे के भीतर प्रज्वलित होने लगी। वे जिस हालत में थे, उसी हालत में उठ खड़े हुए और बाहर जाने को तैयार हो गए। आत्मसंवरण की बात का उन्हें खयाल भी न आया। मालिक की लाल आंखें देखकर गोपाल सरकार डर गए। उन्होंने धीरे से पूछा, "क्या आप कहीं जा रहे हैं?"

रमेश "अभी आता हूं।" कहकर तेजी से चले गए। भैरव के मकान के बाहरी भाग में पहुंचकर देखा कि कोई नहीं है। तब वे अन्दर चले गए। उस समय आचार्य की स्त्री दीपक हाथ में लेकर तुलसी के चौरे के पास आ रही थी। अचानक रमेश को सामने देखकर सन्न हो गई। जो कभी आए नहीं, वे आज क्यों आए, यह सोचते ही वह इतनी डरी कि उसका कलेजा मुंह को आने लगा। रमेश ने उसी से पूछा, "आचार्य जी कहां हैं?"

स्त्री ने अव्यक्त स्वर से जो कुछ कहा, वह तो नहीं सुनाई पड़ा, फिर भी यह मालूम हो गया कि घर पर नहीं हैं। रमेश के बदन पर एक कुरता तक न था। संध्या के अस्पष्ट प्रकाश में उनका चेहरा भी अच्छी तरह दिखाई नहीं देता था। इतने में भैरव की बड़ी लड़की लक्ष्मी एक छोटे लड़के को गोद में लिए हुए बाहर निकली। एक अपरिचित आदमी को

सामने देखकर उसने अपनी मां से पूछा, "मां, यह कौन हैं?"

लेकिन उसकी मां कोई परिचय न दे सकी। रमेश भी कुछ न बोले। लक्ष्मी डर गई और चिल्ला पड़ी, "बाबूजी, न जाने यह कौन आदमी आंगन में आकर खड़ा है और कुछ बोलता नहीं।"

"कौन है?" कहते हुए उसके पिता बाहर निकल आए और रमेश को देखते ही मानो काठ हो गए। संध्या की उस म्लान छाया में भी उन्हें उस लम्बे-चौड़े और हष्ट-पुष्ट शरीर को पहचानने में देर न लगी। रमेश ने कठोर स्वर से कहा, "यहां आइए।" और तत्काल खुद ही आगे बढ़कर वज्रभुष्टि से उनका एक हाथ पकड़ लिया और पूछा, "ऐसा काम क्यों किया?"

भैरव रो पड़े, "अरे मार डाला रे! लक्ष्मी, जल्दी से जाकर वेणी बाबू को खबर दे।"

साथ ही साथ घर-भर के लड़के-बच्चे जोर-जोर से रोने-चिल्लाने लगे और पलक मारते ही संध्या की उस नीरवता को भंग करने वाले बहुत-से लोगों के चिल्लाने के शब्द से सारा मोहल्ला अस्त हो उठा। रमेश ने उसे एक जोर का झटका देते हुए कहा, "चुप रहो। पहले यह बतलाओ कि यह काम क्यों किया?"

भैरव ने उनके प्रश्न का उत्तर देने की चेष्टा तक नंही की। यह सिर्फ गला फाड़-फाड़कर चिल्लाता रहा और रमेश के हाथों से अपने-आप को छुड़ाने के लिए खींचातानी करता रहा। देखते-देखते गांव-भर की स्त्रियों और पुरुषों से आंगन भर गया। तमाशा देखने के लिए और भी लोग इकट्ठे होकर अन्दर घुसने के लिए धक्कम-धक्का करने लगे। लेकिन क्रोधान्ध रमेश ने उस ओर ध्यान नहीं दिया। सैकड़ों आदमियों की कुतूहल-भरी दृष्टि के सामने खड़े होकर वह पागलों की तरह भैरव को पकड़े हुए वैसे ही झटके पर झटके देने लगे। एक तो यों ही रमेश के शारीरिक बल की अतिरंजित होकर कहानियां बन गई थीं। तिस पर उनकी आंखों की तरफ देखकर इतने आदमियों में से किसी का भी साहस न हुआ कि अभागे भैरव को छुड़ा सके। गोविन्द तो घर में आते ही भीड़ में मिलकर गायब हो गए। वेणी दूर से ही झांककर खिसक जाना चाहते थे कि भैरव देखकर रो पड़ा, "बड़े बाबू··· !"

लेकिन बड़े बाबू ने भी उस ओर ध्यान न दिया और वे पलक मारते

न जाने कहां गायब हो गए। सहसा उस भीड़ के बीच में से कुछ रास्ता-सा हुआ और उसके बाद तुरन्त ही रमा ने जल्दी से वहां पहुंचकर रमेश का हाथ पकड़ लिया। कहा, "बस हो चुका, अब छोड़ दो।"

रमेश ने उसकी ओर अग्निपूर्ण दृष्टि से देखकर कहा, "क्यों?"

रमा ने दांतों से दांत भींचकर अस्फुट और क्रुद्ध स्वर से कहा, "इतने आदमियों के बीच में तुम्हें ऐसा करते लज्जा नहीं आती! लेकिन मैं तो मारे लज्जा के मरी जा रही हूं!"

रमेश ने आंगन में भरे लोगों की तरफ देखकर तत्काल ही भैरव का हाथ छोड़ दिया। तब रमा ने कोमल स्वर से कहा, "अब घर जाओ।"

रमेश बिना कुछ कहे वहां से बाहर हो गए। एकाएक मानो इन्द्रजाल का एक खेल-सा हो गया। लेकिन चले जाने पर रमा के प्रति उनकी इस अतिशय अनुगतता में सभी मानो विचित्र ढंग से एक-दूसरे के मुंह की ओर देखने लगे और इतनी बड़ी बात का इतने आडम्बर से आरम्भ होकर इस तरह खतम हो जाना मानो किसी को अच्छा न लगा।

लोग चले गए। अब वेणी और गोविन्द गांगुली ने प्रकट होकर एक उंगली उठाकर और अपना मुख जरूरत से ज्यादा गम्भीर बना कर कहा, "अब पहले यह सलाह करो कि वह जो घर पर चढ़कर आया और इन्हें इस तरह अधमरा कर गया, इसका क्या होना चाहिए?"

भैरव दोनों घुटनों में अपना मुंह डालकर बैठा हुआ हांफ रहा था। उसने निरुपाय भाव से वेणी के मुंह की तरफ देखा। रमा तब भी गई नहीं थी। उसने वेणी के अभिप्राय का अनुमान करके जल्दी से कहा, "लेकिन बड़े भइया, इस तरफ का दोष भी तो कुछ कम नहीं है। और फिर कहा ही क्या है जिसके लिए कोई बखेड़ा खड़ा किया जाए?"

वेणी ने बहुत ही आश्चर्य से कहा, "रमा, तुम कैसी बातें करती हो!"

भैरव की बड़ी लड़की तब भी एक खम्भे के सहारे खड़ी रो रही थी। वह घायल नागिन की तरह एकदम से गरज उठी, "रमा बहन, तुम तो उसकी तरफ से बोलोगी ही। पर यह तो बताओ कि अगर कोई इस तरह तुम्हारे घर में घुसकर तुम्हारे बाप को मार जाता तो तुम क्या करतीं।"

पहले तो उसका गरजना सुनकर रमा चौंक पड़ी। वह अपने पिता के छुटकारे के लिए अगर कृतज्ञ न हो तो न सही लेकिन उसकी तीव्रता

के अन्दर से कटु श्लेष की ऐसी तेज आंच रमा को लगी कि वह दूसरे ही क्षण जल उठी। लेकिन फिर भी आत्म-संवरण करके बोली, "हमारे बाप में और तुम्हारे बाप में बहुत फर्क है लक्ष्मी, इसलिए यह तुलना मत करो। लेकिन मैंने किसी की तरफ से कोई बात नहीं कही, मैं तो भले के लिए ही कहती थी।"

लक्ष्मी देहात की औरत थी, लड़ने-झगड़ने में किसी से कम नहीं। उसने सपटकर कहा, "ठीक है! तुम्हें उसकी तरफ से लड़ाई करने में लज्जा नहीं आती? बड़े घर की लड़की हो, इसलिए डर से कोई कुछ नहीं कहता। और नहीं तो कौन नहीं जानता? तुम्ही हो जो मुंह दिखा रही हो। कोई दूसरी होती तो गले में फांसी लगा लेती।"

वेणी ने लक्ष्मी को कुछ झिड़क कर कहा, "लक्ष्मी, चुप रहो न। उन सब बातों के कहने की जरूरत क्या है।"

लक्ष्मी ने कहा, "जरूरत क्यों नहीं है? जिसके कारण बाबूजी ने इतना दुःख पाया, उसी की तरफ से ये आकर लड़ाई करेंगी? अगर आज बाबू जी मर जाते तो?"

दम-भर के लिए ही रमा स्तम्भित हो गई थी। पर वेणी के इस बनावटी क्रोध के स्वर ने उसे फिर से मानो प्रज्वलित कर दिया। उसने लक्ष्मी की तरफ देखकर कहा, "लक्ष्मी, ऐसे आदमी के हाथ से मृत्यु पाना भी बड़े भाग्य की बात है। आज अगर तुम्हारे बाप मर जाते, तो स्वर्ग जा सकते!"

लक्ष्मी ने और भी जल-भुनकर कहा, "तभी तो रमा बहन, तुम उस पर मरी हो!"

रमा ने उसे कोई उत्तर नहीं दिया और उसकी तरफ से मुंह फेरकार वेणी की ओर घूमकर पूछा, "लेफिन बड़े भइया, यह बात क्या है। तुम्हीं बतलाओ न?"

इतना कहकर वह टक लगाकर उसी तरफ देखती रही। उसकी दृष्टि मानो अंधकार को भेदकर वेणी के हृदय के अन्दर तक देखने लगी। वेणी ने क्षुब्ध होकर कहा, "बहन, भला मैं क्या जानूं! लोग तो बहुत-सी बातें कहते हैं। लेकिन उन बातों की तरफ ध्यान देने से काम नहीं चलता।"

रमा ने पूछा, "लोग क्या कहते हैं?"

वेणी ने बहुत ही अवज्ञापूर्वक कहा, "कहते हैं तो कहा करें। उनके कहने से बदन पर कुछ छाले तो पड़ ही नहीं जाते।"

इस कपट-सहानुभूति को रमा समझ गई। उसने थोड़ी देर तक चुप रहते के बाद कहा, "तुम्हारे शरीर पर तो शायद किसी चीज से भी छाले नहीं पड़ सकते। किन्तु सब लोगों के शरीर पर तो तुम्हारी तरह गैंडे का चमड़ा है नहीं। लेकिन लोगों से ये सब बातें बतलाता कौन है, तुम?"

वेणी ने कहा, "मैं?"

रमा को अन्दर ही अन्दर बहुत क्रोध आ रहा था, पर वह अपनी पुरी शक्ति लगाकर उसे रोक रही थी। अब भी उसके स्वर से वह क्रोध प्रकट नहीं हुआ। उसने कहा, "हमारे सिवा और कोई नहीं। संसार का कोई भी दुष्कर्म तुमसे बचा नहीं है। चोरी, फरेब, जाल, घर में आग लगवाना, सभी कुछ हो चुका है। फिर यही क्यों बाकी रह जाय?"

वेणी हत्बुद्धि होकर मुंह से कोई बात ही नहीं कह सके। रमा ने कहा, "तुम में यह समामने की शक्ति नहीं कि स्त्रियों के लिए इससे बढ़-कर सर्वनाश की बात और कोई नहीं हो सकती। लेकिन में पूछता हूं कि यह बदनामी फैलाने में तुम्हारा क्या लाभ है?"

वेणी ने डरकर कहा, "मेरा क्या लाभ होगा! अगर लोग तुम्हें तड़के रमेश के घर से निकलते हुए देखें, तो मैं क्या कर सकता हूं?"

रमा ने इस बात पर बिना कोई ध्यान दिए कहा, "मैं इतने आदमियों के सामने और कुछ नहीं कहना चाहती। लेकिन बड़े भइया, तुम यह न समझना कि मुझे तुम्हारे मन का भाव मालूम नहीं है। लेकिन यह निश्चय समझ रखो कि मैं मरने से पहले तुम्हें भी जीता नहीं छोड़ जाऊंगी।"

भैरव की स्त्री अभी तक चुपचाप पास ही कहीं खड़ी थी। अब उसने आगे बढ़कर और रमा का हाथ पकड़कर घूंघट के अन्दर से कोमल स्वर में कहा, "अरे बेटी, तुम पागल हुई हो। यहां कौन ऐसा है जो तुम्हें नहीं जानता?"

इसके बाद उसने अपनी कन्या से कहा, "लक्ष्मी, तू औरत होकर औरत की इस तरह बदनामी मत कर। धर्म यह सहन नहीं कर सकेगा। आज इन्होंने तुम्हारा जो उपकार किया है, अगर तुम आदमी की बच्ची होती तो उसे समझतीं।"

यह कहकर वह रमा को खींचती हुई कोठरी के अन्दर ले गई।

अपने पति के उद्देश्य से उसके इस कठोर श्लेष और निरपेक्ष सत्यवादिता से सभी उपस्थित लोग मानो कुण्ठित होकर वहां से खिसक गए।

इस घटना का कार्य-कारण संबंध चाहे जितना ही बड़ा और चाहे जो हो, परंतु फिर भी अपने इस कदाकार असंयम के कारण रमेश का शिक्षित और भद्र अन्तःकरण लगातार दो दिन तक ऐसा संकुचित हो रहा कि वे घर से बाहर निकल तक न सके। तो भी इतने लोगों के बीच से रमा जो अपनी इच्छा से उनकी लज्जा का अंश लेने आई थी उसका ध्यान रह-रहकर उनकी समस्त लज्जा के मेघ पर दिगन्त-लुप्त बिजली की हल्की-सी चमक की तरह रह-रहकर सौन्दर्य और माधुर्य की दीप्त रेखा अंकित कर जाता था। इसीलिए उनकी ग्लानि में भी परितृप्ति की पीड़ा थी। इसी दुःख और सुख की वेदना में जब वे और भी कुछ दिनों तक अपने निर्जन घर में अज्ञात-वास करने का संकल्प कर रहे थे, तब उन्होंने स्वप्न में भी नहीं सोचा था कि उस समय उन्हीं को उपलक्ष्य करके बाहर एक और आदमी के सिर पर लगातार लज्जा और अपमान का पहाड़ टूट कर गिर रहा है।

लेकिन छिपकर बैठने का सुयोग उन्हें नहीं मिला। आज संध्या को पीरपुर की मुसलमान प्रजा की पंचायत की बैठक होने को थी; इसलिए उसमें उपस्थित होने के लिए कुछ लोग उन्हें बुलाने आये। स्वयं रमेश ने ही कुछ दिन पहले इस बैठक का आयोजन किया था। इसीलिए जब वे यह खबर दे गए कि आज वे लोग इकट्ठे होकर छोटे बाबू की ही प्रतीक्षा कर रहे हैं, तब उन्हें जाने के लिए उठना पड़ा।

पता लगाने पर रमेश को मालूम हुआ था कि हर गांव के कृषकों में दरिद्रों की संख्या बहुत अधिक है। बहुत-से लोग ऐसे हैं जिनके पास एक टुकड़ा भी जमीन नहीं है। वे लगान देकर दूसरों की जमीन पर रहते हैं और दूसरों की ही जमीनों में मजदूरी करके अपना पेट पालते हैं। यदि दो दिन काम नहीं मिला या बीमार पड़ जाने से काम पर न जा सके तो फिर उन्हें सपरिवार उपवास करना पड़ता है। खोज करने पर यह भी मालूम हुआ कि किसी समय इनमें से बहुतों की हालत अच्छी थी लेकिन कर्ज के फेर में उनका सब कुछ चला गया। कर्जे की व्यवस्था भी सीधी नहीं है। महाजन लोग जमीन रेहन रखकर कर्ज देते हैं लेकिन अकसर सूद नहीं लेते और फसल का हिस्सा लेना चाहते हैं। सूद का

हिसाब लगाने पर इस हिस्से का मूल्य कभी-कभी असल के लगभग पहुंच जाता है। इसीलिए जब एक बार कोई कृषक, चाहे सामाजिक क्रिया-कर्म के लिए हो और चाहे अनावृष्टि आदि के कारण हो, कुछ ऋण लेने को विवश होता है, तो फिर संभलकर खड़ा नहीं हो सकता। हर साल ही उसे उसी महाजन के दरवाजे पर जाकर हाथ पसारना पड़ता है। इस विषय में हिन्दू और मुसलमान दोनों की एक ही अवस्था है। कारण, महाजन प्राय: हिन्दू हैं। रमेश ने शहर में रहने के समय किताबें पढ़कर इस विषय में जो कुछ जाना था, उसका वास्तविक रूप जब उन्होंने गांव में आकर देखा, तब दंग रह गए। उनके बहुत से रुपयों से और कुछ रुपये और भी संग्रह करके वह महाजनों के हाथ से इन अभागों का उद्धार करने के लिए कमर कसने लगे। लेकिन एक-दो जगह लेन-देन करके और उसमें नुकसान उठाकर उन्होंने देखा कि इन दरिद्रों को इतना अधिक असहाय और कृपा-पात्र सोचा था, सो सर्वत्र ही ठीक नहीं है। ये लोग दरिद्र, निरुपाय और अल्प-बुद्धिजीवी अवश्य हैं, लेकिन बदजाती और बदमाशी में भी कम नहीं। हैं। उधार लेकर उसे न चुकाने की प्रवृति इन लोगों में खूब प्रबल है। अधिकांश क्षेत्रों में ये सरल भी नही है और साधु भी नहीं है। झूठ बोलने से इनका सिर नीचा नहीं होता और धोखा देना खूब जानते हैं। अपने पड़ोसियों की स्त्रियों और कन्याओं के सौन्दर्य की चर्चा करने का शौक भी इनमें कम नहीं है। पुरुषों का विवाह होना कठिन हो गया है। साथ ही भिन्न-भिन्न अवस्थाओं की विधवाओं के बोझ से हरएक गृहस्थ दबा जा रहा है। इसीलिए इनके नैतिक स्वास्थ्य की भी बहुत बुरी हालत है। इन लोगों का समाज भी है और उसका शासन भी कम नहीं है। लेकिन पुलिस के साथ चोरों का जो सम्बन्ध है, समाज के साथ इन लोगों ने भी ठीक यही सम्बन्ध स्थापित कर रखा है। फिर भी सब मिलाकर ये लोग इतने पिड़ित, इसने दुर्बल और इतने निर्धन हैं कि इनसे नाराज होकर चुपचाप बैठा रहना भी असम्भव है। विद्रोही और कुमार्ग पर चलने वाली स्नतान के प्रति पिता का जो मनोभाव होता है, रमेश का हृदय भी ठीक वैसा ही हो रहा था; और इसीलिए आज सन्ध्या को रमेश ने पीरपुर के नये स्कूल में पंचायत बुलाई थी।

अभी थोड़ी देर हुई, सन्ध्या का अंधकार दूर करके दशमी की ज्योत्स्ना खिड़की के बाहर खुले मैदान में चारों तरफ भर गई थी। रमेश

उसी ओर देखते हुए, जाने के लिए तैयार होकर भी नहीं जा रहे थे। उसी समय रमा आकर उनके दरवाजे के पास खड़ी हो गई। वहां रोशनी नहीं थी, इसलिए रमेश ने घर की दासी समझकर कहा, "क्या चाहती हो?"

"क्या आप बाहर जा रहे हैं?"

रमेश चौंक पड़े। "कौन रमा? इस समय कैसे आई?"

जिस कारण उसे सन्ध्या का आश्रय लेना पड़ा था, उसके कहने की जरूरत नहीं थी परन्तु जिस काम के लिए वह आई थी, उसके सम्बन्ध की बहुत-सी बातें कहनी थीं; इसलिए उसकी समझ में नहीं आया कि मैं अपनी बात किस प्रकार आरम्भ करूं। वह स्थिर हो रही। रमेश भी कुछ न कह सके। थोड़ी देर चुप रहने के बाद रमा ने पूछा, अब आपका शरीर कैसा है?"

रमेश ने कहा, "अच्छा नहीं है। अब फिर रोज रात को बुखार हो जाता है।"

रमा ने कहा, "तब तो कुछ दिनों के लिए बाहर घूम आना अच्छा होगा।"

रमेश ने हंसकर कहा, "जानता तो हूं कि अच्छा होगा लेकिन जाउं कैसे?"

उनकी हंसी देख कर रमा नााराज हुई। उसने कहा, "आप कहेंगे कि आपको बहुत-से काम हैं। लेकिन ऐसा कौन-सा काम है जो अपने शरीर से भी बढ़कर है?"

रमेश ने पहले की तरह हंसकर उत्तर दिया, "मैं यह नहीं कहता कि अपना शरीर कोई छोटी चीज है। लेकिन आदमी के लिए ऐसे भी काम हैं जो इस शरीर से भी बहुत बढ़ कर हैं। लेकिन रमा, वह तो तुम न समझोगी।"

रमा ने सिर हिलाकर कहा, "मैं समझना भी नहीं चाहती लेकिन आपको और कहीं जाना ही होगा। आप अपने सरकार (गुमाश्ते) से कह जाएं ; मैं उनके काम-काज की देखभाल कर दूंगी।"

रमेश ने चकित होकर कहा, "तुम मेरे काम-काज की देखभाल करोगी? लेकिन…"

"लेकिन क्या?"

"रमा, क्या, तुम जानती हो कि मैं तुम्हारा विश्वास कर सकूंगा?"

रमा ने तुरन्त ही निःसंकोच भाव से कहा, "इतने लोग न कर सकें, लेकिन आप कर सकेंगे।"

उसके दृढ़ कण्ठ की इस अचिन्तनीय उक्ति से रमेश विस्मय से स्तब्ध हो गए। लेकिन क्षण-भर चुप रहने के बाद बोले, "अच्छा सोचूंगा।"

रमा ने सिर हिलाकर कहा, "नहीं, सोचने-विचारने का समय नहीं है। आज ही आपको और कहीं जाना होगा। अगर नहीं जाएंगे तो···"

यह कहते ही रमा ने स्पष्ट अनुभव किया कि रमेश विचलित हो उठे हैं। क्योंकि अचानक इस तरह पलायन न करने से क्या विपत्ति आ सकती है, यह अनुमान करना कठिन नहीं था। रमेश ने ठीक ही अनुमान किया। लेकिन आत्म-संवरण करके कहा, "अच्छा, मान लो कि मैं चला गया, तो इससे तुम्हारा क्या लाभ होगा? मुझे विपत्ति में डालने के लिए तुमने स्वयं भी तो कुछ कम चेष्टा नहीं की है, जो आज एक और विपत्ति से सचेत करने आई हो। वे घटनायें अभी इतनी पुरानी नहीं हो गई हैं कि तुम्हें याद न हों। बल्कि साफ-साफ बतला दो कि मेरे चले जाने से तुम्हारे लिए क्या सुभीता होगा तब शायद मैं जाने के लिए राजी भी हो सकता हूं।"

यह कहकर वे उत्तर पाने की आशा से रमा के अस्पष्ट मुख की ओर देखने लगे, पर उन्हें कोई उत्तर न मिला। उन्हें इस बात का भी पता नहीं लगा कि कितना बड़ा अभिमान रमा की छाती में उच्छ्वसित हो उठा। उस अंधेरे में यह भी न दिखाई दिया कि इस निष्ठुर ताने के आघात से रमा का चेहरा कितना विवर्ण हो गया है। थोड़ी देर तक स्थिर रहकर रमा ने आपको संभाल लिया और तब कहा, "अच्छा, साफ-साफ ही कहती हूं। आपके चले जाने से मेरा लाभ कुछ भी नहीं है। लेकिन न जाने से हानि बहुत है। मुझे गवाही देनी पड़ेगी।"

रमेश ने शुष्क भाव से कहा, "यह बात है? लेकिन गवाही न दो तो?"

रमा ने फिर कुछ रुककर कहा, "न दूं तो? न दूंगी तो दो दिन बाद हमारे यहां महामाया की पूजा में कोई भी नहीं आएगा और यतीन्द्र के यज्ञोपवीत के समय कोई भोजन न करेगा। मेरा वार-व्रत···"

इस प्रकार की दुर्घटना की संभावना मात्र से ही रमा मानो सिहर

उठी।

आगे कुछ और न सुनने से भी काम चल जाता। लेकिन उनसे रहा न गया। पूछा, "उसके बाद?"

रमा ने व्याकुल होकर कहा, "उसके भी बाद? नहीं, तुम चले जाओ। रमेश भइया, मैं तुमसे प्रार्थना करती हूं, तुम मुझे सब तरफ से चौपट मत करो; तुम जाओ, इस देश से चले जाओ।"

दोनों ही कुछ देर तक चुप रहे। इससे पहले चाहे जहां, चाहे जिस अवस्था में हों, रमा को देखते ही रमेश के हृदय का रक्त अशान्त हो उठता था। मन ही मन सैंकड़ों युक्तियों का प्रयोग करके और अपने अन्तः करण को अनेक कटु बातें सुना कर भी वे उसे शान्त नहीं कर पाते थे। हृदय की इस नीरव विरुद्धता से वे दुःख पाते, लज्जा का अनुभव करते और क्रुद्ध भी हो उठते थे; लेकिन किसी तरह उसे वश में नहीं ला सकते थे। विशेषतः आज इस समय अपने घर में उसी रमा को अचानक अकेली उपस्थित होती देखकर कल की बात का स्मरण करते ही उनके हृदय की चंचलता एकदम उद्दाम हो उठी थी। लेकिन रमा की अन्तिम बात से आज इतने दिनों के बाद उनका वह हृदय स्थिर हो गया। रमा के इस भय व्याकुल आग्रह में अखंड स्वार्थपरता का चेहरा इतना अधिक स्पष्ट था कि आज उनके अन्धे हृदय की भी आंखें खुल गई। रमेश ने एक गहरी सांस छोड़कर कहा, "अच्छा, ऐसा ही होगा। लेकिन आज तो अब समय नहीं है। मेरे यहां से भाग जाने का कारण तुम्हारे लिए कितना ही बड़ा क्यों न हो, आज की रात मेरे लिए उससे भी कहीं बढ़कर है। तुम अपनी दासी को बुलाओ। मुझे इसी समय बाहर जाना होगा।"

रमा ने धीरे से पूछा, "क्या आज किसी भी तरह जाना नही हो सकता?"

"नहीं। तुम्हारी दासी कहां गई?"

"मेरे साथ कोई नहीं आया है।"

रमेश अवाक् हो गए। "यह कैसी बात है? तुम्हें यहां अकेले आने का साहस कैसे हुआ? अपने साथ एक दासी तक लेकर नहीं आई?"

रमा ने उसी प्रकार कोमल स्वर से कहा, "उससे भी क्या होता? जो आती, वह भी तो तुम्हारे हाथ से मेरी रक्षा नहीं कर सकती थी।"

रमेश ने कहा, "भले ही न कर सके। लेकिन झूठी बदनामी से तो

बचा सकती। रानी, रात भी तो कुछ कम नहीं हुई।"

वही बहुत दिनों का भूला हुआ नाम! अचानक न जाने क्या कहने के लिए रमा को अत्यन्त आवेग हो आया, पर उसने उसे रोक लिया। इसके बाद केवल यही कहा, "रमेश भइया, उसका भी कोई फल न होता। अंधेरी रात नहीं है। मैं मजे में चली जाऊंगी।"

इतना कहकर बिना किसी और बात की अपेक्षा किये रमा धीरे-धीरे वहां से बाहर हो गई।

सोलह

रमा हर साल बहुत ठाठ से दुर्गा पूजा का उत्सव किया करती थी और पूजा के पहले ही दिन अर्थात् सप्तमी के दिन गांव के सभी गरीबों और किसानों को खूब जी भरकर खिलाती थी। ब्राह्मण घर से माता का प्रसाद पाने के लिए ऐसी धूम मच जाती थी कि रात एक पहर तक पत्तल-पुरवे और जूठे-मीठे की भरमार से घर में पैर रखने की भी जगह नहीं रह जाती थी। केवल हिन्दू ही नहीं, पीरपुर की मुसलमान प्रजा भी भीड़ लगाने में कमी नहीं करती थी। इस बार भी, यद्यपि वह स्वयं बीमार थी, उसने यह आयोजन करने में त्रुटि नहीं की थी। चण्डी-मंडप में प्रतिमा और पूजा का साज-सरंजाम रहता था। नीचे उत्सव के लिए लम्बा-चौड़ा आंगन था। सप्तमी की पूजा यथासम्भव समाप्त हो गई है। धीरे-धीरे दो पहर और फिर तीसरा पहर होकर वह भी शेष होने लगा। आकाश में सप्तमी का खण्ड-चन्द्रमा धीरे-धीरे निकलने लगा। लेकिन मुकर्जी के मकान का बड़ा आंगन कुछ थोड़े-से भले आदमियों को छोड़कर बिलकूल शून्य भायं-भायं कर रहा है। अन्दर भात का विराट् स्तूप धीरे-धीरे जमकर कठिन होने लगा। व्यंजनों के देर सूखकर विवर्ण होने लगे। लेकिन अभी तक एक भी किसान ने माता का प्रसाद लेने के लिए घर में पैर नहीं रखा। अरे ये छोटी जाति के आदमी खाने-पीने का इतना सामान नष्ट कर रहे हैं। इन लोगों का हौसला इतना बढ़ गया? वेणीबाब हाथ में हुक्का लिए कभी अन्दर जाते, कभी बाहर आते और चीखते-चिल्लाते, जोर से पर पटकते फिरते थे। सालों को अच्छी तरह सिखलाऊंगा। घर के छप्पर

उजड़वा दूंगा; यह करूंगा, वह करूंगा। आदि-आदि। गोविंद, धर्मदास और हालदार आदि बहुत नाराज होकर घूम-घूमकर अन्दाज लगाने लगे कि किस साले की कारिस्तानी से ऐसा हो रहा है। और यह भी तो बड़ा आश्चर्य है कि हिन्दू और मुसलमान दोनों एकमत हो गए हैं। उधर अन्दर मौसी भी बिलकुल बौखला उठी है। यह भी एक विकट व्यापार है! इस भारी हंगामे में सिर्फ एक आदमी चुप है; और वह है स्वयं रमा। उसने किसी के विरुद्ध एक बात भी नहीं कही—किसी को दोष नहीं दिया। अभी तक उसके मुंह से आक्षेप या अभियोग एक वाक्य भी नहीं निकला। यह क्या वही रमा है? इसमें कुछ भी सन्देह नहीं कि वह बहुत ही बीमार है। लेकिन वह इसे स्वीकार नहीं करती—हंसकर उड़ा देती है। रोग रूप को नष्ट कर देता है, सो उसे जाने दो। पर उसमें वह अभिमान नहीं, वह क्रोध नहीं, वह जिद नहीं। उसकी आंखें मानो व्यथा और करुणा से भरी हुई हैं। जरा-सा ध्यान देने से ही जान पड़ता है कि मानो इन दोनों सजल आवरणों के नीचे रुदन का समुद्र दबा दिया गया है, जो मुक्ति पाने पर सारे संसार को बहा दे सकता है! चण्डी-मण्डप के अन्दर वाले दरवाजे से आकर रमा देवी की प्रतिमा के पास खड़ी हो गई। उसे देखते ही शुभा-कांक्षियों का दल खूब जोर-जोर से छोटी जाति के लोगों के चौदह पुरखों के नाम लेकर गाली-गलौज करने लगा। सुनकर रमा सिर्फ जरा-सा मुस्कराई। उसकी वह मुस्कराहट ठीक उसी तरह की थी, जिस तरह की मुस्कुराहट उस फूल की होती है जिसे आदमी डाल से तोड़कर अपने हाथ में ले लेता है। उससे राग-द्वेष, आशा-निराशा, भलाई-बुराई कुछ भी प्रकट नहीं हुई। और यह भी कौन जाने कि यह हंसी सार्थक थी या निरर्थक!

वेणी ने बिगड़कर कहा, "नहीं यह हंसी की बात नहीं है। यह बड़े भारी सर्वनाश की बात है। जब जानूंगा कि इसका मूल कौन है तो उसे (दोनों हाथों की हथेलियां मिलाकर) इस तरह से मसल दूंगा।

रमा मन ही मन कांप उठी। वेणी फिर कहने लगे, "ये हरामजादे साले यह नहीं जानते कि जिसके जोर पर इतना जोर करते हैं, वह रमेश आप ही जेल में पड़ा घानी चला रहा है। फिर भला तुम लोगों को मारने में मुझे कितनी-सी देर लगेगी?"

रमा ने कुछ भी न कहा। वह जिस काम के लिए आई थी, उसे पूरा

करके चुपचाप चली गई।

आज प्रायः डेढ़ महीना हुआ, रमेश इस अपराध में जेल काट रहे हैं कि उन्होंने अवैध रूप से भैरव के घर में प्रवेश करके उन्हें छुरी से मारना चाहा था। मुकदमे में मुद्दई को विशेष परिश्रम नहीं करना पड़ा। नये मजिस्ट्रेट साहब को न जाने किस तरह पहले ही मालूम हो गया था कि असामी के लिए इस प्रकार के अपराध करना बहुत ही सम्भव और स्वाभाविक है! इस विषय में भी उन्हें यथेष्ट सन्देह था कि डकैती आदि के साथ भी असामी का सम्बन्ध है। थाने के रजिस्टर से भी उन्हें विशेष सहायता मिली। उसमें लिखा है कि रमेश ने ठीक इसी तरह के कई अपराध पहले भी किये हैं; और उनके सम्बन्ध में इस तरह की और भी बहुत-सी सन्देहजनक बातें कही जाती हैं। मजिस्ट्रेट साहब ने अपने फैसले में अपना यह मन्तव्य प्रकट करने में भी कसर नहीं की कि भविष्य में पुलिस को उस पर खासतौर पर नजर रखनी चाहिए। अधिक गवाहियों की आवश्यकता नहीं पड़ी, पर रमा को गवाही देनी पड़ी। उसने कहा था, 'भैरव आचार्य के मकान में घुसकर रमेश उन्हें मारने आए थे, इतना मैं जानती हूं। मगर छुरी मारी थी या नहीं, नहीं जानती। यह भी मुझे याद नहीं आता कि उनके हाथ में छुरी थी या नहीं।'

लेकिन क्या यही सच था? जिले की अदालत में तो हलफ लेकर रमा यह सच बात कह आई, लेकिन जिस अदालत में हलफ लेने की प्रथा नहीं है, उस में वह क्या जवाब देगी? भला उससे बढ़कर और कौन आदमी निःसन्देह रूप से यह जानता है कि रमेश ने छुरी नहीं चलाई और उसके हाथ में अस्त्र होना तो दूर रहा, एक तिनका तक नहीं था! उस बड़ी अदालत में तो यह उससे कोई पूछेगा तक नहीं कि वह कौन-सी बात स्मरण कर सकती है और कौन-सी नहीं। लेकिन यहां की अदालत में उसके पास सच बोलने के लिए कोई रास्ता ही नहीं था। वेणी आदि के हाथ का ग्राम्य समाज सत्य नहीं चाहता। यह बात वह निःसन्देह रूप से जानती थी कि अगर वह सच बोलेगी तो उसके बदले में उसे झूठे अपवाद की गहरी कालिख अपने मुंह पर लगाकर समाज के बाहर निकल जाना पड़ेगा; और इस प्रकार बहुतों को निकलना भी पड़ा है। इसके सिवा रमा ने स्वप्न में भी इस बात की कल्पना नहीं की थी कि रमेश को इतनी भारी सजा दी जाएगी। वह यही समझती थी कि बहुत होगा तो सौ-दो सौ रुपया जुर्माना

हो जाएगा। बल्कि जब बार-बार सचेत कर देने पर भी रमेश ने अपना काम छोड़कर किसी तरह वहां से भाग जाना मंजूर न किया, तब उसने नाराज होकर मन ही मन यह कामना भी की थी कि जुर्माना हो जाए तो अच्छा ही है। एक बार शिक्षा तो मिल जाएगी। लेकिन उसने यह नहीं सोचा था कि रमेश को इस प्रकार शिक्षा मिलेगी, उनका रोग से दुर्बल और पीला पड़ा हुआ चेहरा देखकर भी मजिस्ट्रेट को दया नहीं आएगी; और वह एकदम से छः महीने की कड़ी सजा सुना देगा। उस समय रमा स्वयं रमेश के मुंह की ओर नहीं देख सकी थी। पर, दूसरों के मुंह से उसने सुना कि उस समय रमेश बराबर टक लगाकर उसी के मुंह की तरफ देख रहे थे; और जेल का हुक्म हो जाने पर जब गोपाल सरकार ने अपील करने की प्रार्थना की तो उसके उत्तर में उन्होंने सिर हिला कर कह दिया, "नहीं। अगर मजिस्ट्रेट सारी उमर जेल में रहने का हक्म दे दे तो भी मैं अपील करके छूटना नहीं चाहता। मुझे ऐसा मालूम होता है कि जेल इससे कहीं अच्छा है।"

अच्छा ही तो है! उन लोगों के चिरानुगत भैरव आचार्य ने जब झूठी फरियाद करके उनका ऋण अदा किया और जब रमा इजलास पर खड़ी होकर यह स्मरण न कर सकी कि उसके हाथ में छुरी थी या नहीं, वे तब अपील करके छुटकरा चाहें किसके लिए?

उनकी वह दुर्जय घृणा भारी पत्थर की तरह रमा की छाती पर खूब जमकर बैठ गई है और वह उसे हटाकर कहीं भी रखने की जगह नहीं पा रही है। आह! वह भार कितना भारी है! यह कैफियत तो उसके अन्तर्यामी ने किसी भी तरह मंजूर नहीं की कि मैं अदालत में झूठ बोल कर नहीं आई हूं। वह झूठ भले ही न बोली हो, पर सच बात भी उसने नहीं कही। क्या अच्छा होता यदि उस समय वह यह जान सकती कि सच को छिपाने का अपराध इतना बड़ा है और वह उसे इस तरह दिन-रात जलाता रहेगा! रह-रहकर उसे यही खयाल आता था कि भैरव के जिस अपराध के कारण रमेश आपे से बाहर हो गए थे, वह अपराध कितना बड़ा था! फिर भी वे मेरी सिर्फ एक बात पर उसे माफ करके और बिना कुछ कहे-सुने चले गए थे! मेरी इच्छा को इस प्रकार शिरोधार्य करके आज तक कब किसने मुझे इतना सम्मानित किया था! वह अन्दर ही अन्दर जल-जलकर आज कल मानो एक सत्य को देख रही थी! जिस समाज के भय से मैंने इतना

बड़ा गहित काम कर डाला, वह समाज कहां है? वेणी आदि कुछ समाज पतियों के स्वार्थ और क्रूर हिंसा के बाहर भी कहीं उस समाज का कोई अस्तित्व है? गोविंद की विधवा भौजाई की बात कौन नहीं जानता? वेणी के साथ उसके सम्बन्ध की बात गांव-भर में किसी से छिपी नहीं है। लेकिन फिर भी वह समाज के आश्रय में निष्कण्टक होकर बैठी है और यह वेणी ही समाजपति है। उसी की सामाजिक शृंखला से अपने सर्वांग को सैकड़ों लपेटे देकर जकड़े रखना ही चरम सार्थकता है और यही हिन्दुत्व है! किन्तु रमा अपनी तरफ देखकर उस भैरव पर भी क्रोध नहीं कर सकी जो इतने अनर्थों की जड़ था। उसकी लड़की बारह बरस की हो गई है। अगर जल्दी ही वह उसका ब्याह न कर सकेगा, तो उसे जाति से बाहर होना पड़ेगा—घर-भर के सब लोगों की जाति चली जाएगी! इस प्रमाद की आशंका मात्र से ही तो हिन्दुओं के हाथ-पैर उनके पेट में घुस जाते हैं! सब तरह का सुभीता होने पर भी वह स्वयं जिस समाज का भय नहीं छोड़ सकी उसे भला गरीब भैरव किस तरह छोड़ देता? यह बात तो वह किसी तरह अस्वीकृत नहीं कर सकी कि वेणी के विरुद्ध जाना उसके लिए कितना अधिक घातक था।

बूढ़ा सनातन हाजरा घर के सामने से जा रहा था। गोविन्द ने उसे देखते ही पहले तो पुकारा, फिर मिन्नत-खुशामद की; और तब अन्त में एक प्रकार से जबर्दस्ती ही हाथ पकड़ कर उसे वेणी बाबू के सामने लाकर हाजिर कर दिया। वेणी ने गरम होकर कहा, "क्यों सनातन, तुम लोगों का इतना दिमाग कब से बढ़ गया है। क्या तुम लोगों के कन्धे पर एक और सिर निकल आया है?"

सनातन ने कहा, "बड़े बाबू, भला दो सिर किसके हो सकते हैं! जब आप जैसे लोगों के दो सिर नहीं, तब हमारे जैसे गरीबों के कैसे होंगे!"

"क्या कहता है वे!"

कहकर और चिल्लाकर वेणी बाबू मारे क्रोध के निर्वाक हो गए। अभी कुछ दिन पहले सनातन का सर्वस्व वेणी बाबू के यहां रेहन पड़ा था। उस समय यही सनातन सवेरे-संध्या दोनों समय आ-आकर उनके पैरों पड़ता था। आज उसी के मुंह से यह बात!

सनातन ने कहा, "बड़े बाबू, मैंने तो खाली यही कहा है कि दो सिर किसी के नहीं होते। और तो कुछ कहा नहीं।"

गोविन्द ने चढ़ाते हुए कहा, "हम लोग तो सिर्फ यही देख रहे हैं कि तुम लोगों की छाती कितनी मजबूत है। भला बतलाओ तो कि तुम लोग माता का प्रसाद तक लेने के लिए क्यों नहीं आए?"

बूढ़े ने हंसकर कहा, "हमारी छाती की मजबूती! जो कुछ करना था, सो तो हमारा आप कर ही चुके। लेकिन उसे जाने दीजिए। किन्तु चाहे माता का प्रसाद हो और चाहे जो हो, अब कोई कैवर्त किसी ब्राह्मण के घर खाने न आएगा। हम लोग तो आपस में यही कहते हैं कि इतना बड़ा पाप माता वसुन्धरा कैसे सहती हैं!"

इतना कहकर हाजरा ने एक निश्वास डालकर और रमा की तरफ देखकर कहा, "बहिन, आप जरा सावधान रहा करें। पीरपुर के मुसलमान लौंडे एकदम पागल-से हो रहे हैं। छोटे बाबू के लोट आने पर क्या होगा; यह तो दुर्गा माई जानें। पर अभी इसी बीच में वह लोग दो-तीन बार बड़े बाबू के घर का चक्कर लगा गए हैं। वह तो खैरियत हुई कि बड़े बाबू का सामना नहीं हुआ।"

इतना कहकर सनातन ने वेणी की तरफ देखा। पलक मारते ही वेणी का क्रुद्ध मुख मारे भय के विवर्ण हो गया। सनातन फिर कहने लगा, "बड़े बाबू, मैं दुर्गा माई के सामने झूठ नहीं कहता; आप जरा संभलकर रहिएगा। रात-बिरात बाहर मत निकलिएगा। न जाने कब कौन कहां घात में "बैठा हो।"

वेणी कुछ कहना चाहते थे, लेकिन उनके मुंह से बात ही नहीं निकली। शायद उनके जैसा डरपोक आदमी दुनिया भर में न होगा।

इतनी देर बाद रमा बोली। उसने स्नेह पूर्ण और करुण स्वर से पूछा, "क्यों सनातन, छोटे बाबू के कारण ही तुम लोग शायद इतने नाराज हो?"

सनातन ने एक बार दुर्गा की प्रतिमा की ओर देखकर कहा, "झूठ बोलकर नरक में क्यों जाऊ बहिन! यही बात है। लेकिन मुसलमानों का गुस्सा ही सबसे ज्यादा है। वह लोग छोटे बाबू को हिन्दुओं का पैगम्बर मानते हैं। और आप लोग उसका सबूत भी देख लीजिए। फिर जाफर अली से कभी कोई एक पैसा भी वसूल नहीं कर सका; उसी ने छोटे बाबू के जेल जाने के दिन उनके स्कूल के लिए एक हजार रुपये दान दे दिए! मैं तो सुनता हूं कि मसजिद में छोटे बाबू के नाम की नमाज तक पढ़ी जाती

है।"

रमा का सूखा और म्लान मुख अव्यक्त आनंद से चमक उठा। वह चुपचाप अपनी प्रदीप्त और निर्निमेष आंखों से सनातन के मुंह की तरफ देखती रही। वेणी ने एकाएक सनातन का हाथ पकड़कर कहा, "सनातन, जरा दरोगा जी के पास चलकर यह बात कहनी पड़ेगी। तुम जो मांगोगे, मैं वही तुम्हें दूंगा, अगर दो बीघे जमीन भी लेना चाहोगे तो वह भी तुम्हें मिल जाएगी। मैं देवता के सामने कसम खाता हूं सनातन, तुम ब्राह्मण की बात मान लो।"

सनातन विस्मित होकर कुछ देर तक वेणी के मुंह की तरफ देखता रहा। फिर बोला, "बड़े बाबू , अब भला मुझे कितने दिन जीना है! अगर मैं लालच में पड़कर यह काम करके मरूं, तो मेरा मुर्दा उठाना तो दूर रहा, कोई पैर से भी न छुएगा। अब वह जमाना नहीं रहा बड़े बाबू, अब वह जमाना नहीं रहा। छोटे वाबू सब उलट-पुलट कर गए हैं।"

गोविन्द ने पूछा, "तो फिर ब्राह्मण की बात नहीं रखेगा? क्यों?"

सनातन ने सिर हिलाकर कहा, "नहीं। गांगुली जी, मैं कहूंगा तो तुम नाराज हो जाओगे, लेकिन उस दिन पीरपुर के नये स्कूल में छोटे बाबू ने कहा था, "गले में दो-चार सूत के धागे डाल लेने से कोई ब्राह्मण नहीं हो जाता। मैं कोई आज का तो हूं नहीं, मैं सब जानता हूं। जो कुछ आप करते फिरते हैं, वह क्या ब्राह्मणों का काम है? बहिन, मैं तुमसे ही पूछता हूं, तुम्हीं कहो।"

रमा ने बिना कोई उत्तर दिए सिर झुका लिया। सनातन और भी उत्साहित होकर अपने मन का गुबार निकालता हुआ कहने लगा, "और खास करके यह लौंडों का दल! जिस दिन से छोटे बाबू जेल गए हैं, उसी दिन से दोनों गांवों के सभी लौंडे संध्या के बाद जाकर जाफरअली के घर इकट्ठे होते हैं। वे तो चारों तरफ खुले आम कहते फिरते हैं कि जमींदार तो छोटे बाबू हैं, बाकी सब चोर और डाकू हैं। इसके सिवाय हम लोग लगान देकर रहते हैं, किसी से डरेंगे नहीं। और अगर वह ब्राह्मण की तरह रहें, तो ब्राह्मण हैं, नहीं तो जैसे हम हैं वैसे वह।"

वेणी ने आतंकित होकर सूखे हुए मुंह से पूछा, "क्यों सनातन तुम यह बतला सकते हो कि हम पर ही उनका इतना क्रोध क्यों है?"

सनातन ने कहा, "बड़े बाबू, आप नाराज न हों, किन्तु उन लोगों को

यह जानना बाकी नहीं रहा है कि सारे अनर्थों की जड़ आप ही हैं।"

वेणी चुपचाप बैठे रहे और छोटी जाति के सनातन के मुंह से इस तरह की बातें सुनकर भी नाराज नहीं हुए। क़ारण, उस समय उनके मन की अवस्था नाराज होने जैसी नहीं थी। मारे डर के उनकी छाती धड़क रही थी।

गोविन्द ने पूछा, "तो फिर उन लोगों का अड्डा जाफर के घर में है? तुम बतला सकते हो कि वहां वे सब क्या करते हैं?"

सनातन पहले तो उनके मुंह की ओर देखकर मानो कुछ सोचने लगा। फिर बोला, "क्या करते हैं, सो नहीं जानता। लेकिन महाराज, अगर भला चाहते हों तो, कोई मतलब गांठने के फेर में न पड़ना। वहां हिन्दू-मुसलमानों ने आपस में भाईचारा स्थापित कर लिया है। दोनों एक मन और प्राण। छोटे बाबू के जेल जाने के बाद से सब मारे क्रोध के बारूद के ढेर हो रहे हैं, उनके बीच चकमक रगड़कर आग लगाने मत जाना महाराज!"

सनातन चला गया। बहुत देर तक कोई कुछ बात न कर सका। जब रमा उठ कर जाने लगी, तब वेणी ने कहा, "रमा, सब हाल सुन लिया न?"

रमा मुस्कराकर रह गई, कुछ बोली नहीं। इस मुस्कराहट से वेणी के शरीर में आग लग गई। उसने कहा, "इस साले भैरव के लिए ही यह सब हुआ। अगर उस दिन तुम वहां पहुंचकर उसे न छुड़ा देती तो यह सब कुछ भी न होता। रमा, तुम तो हंसोगी ही, औरत ठहरीं। तुम्हें घर से बाहर तो निकलना ही नहीं पड़ता। लेकिन भला बतलाओ कि अब हम लोगों का क्या होगा? अगर सचमुच किसी दिन कोई सिर फोड़ दे तो? औरतों के साथ कोई काम करने में यही दशा होती है!"

इतना कहकर वेणी मारे क्रोध, भय और ज्वाला के न जाने कैसा मुंह बनाकर बैठे रहे। रमा स्तम्भित हो गई। वेणी को वह अच्छी तरह पहचानती थी लेकिन इस प्रकार के निर्लज्जतापूर्ण अभियोग की वह उससे भी आशा नहीं कर सकती थी। थोड़ी देर तक खड़ी रहने के बाद वह बिना कोई उत्तर दिए वहां से चली गई। इसके बाद वेणी ने हांक लगाई और अपने साथ दो लालटेने और पांच-छः आदमी बुलाकर चारों ओर सतर्क दृष्टि से देखते हुए, घबराए और डरे हुए, वहां से चल दिए।

सत्रह

विश्वेश्वरी ने कमरे के अंदर पहुंचकर और आंखों में आंसू भरकर भर्राई हुई आवाज से पूछा, "बेटी रमा, आज कैसी तबीयत है?"

रमा ने उनके मुंह की ओर देख कर और कुछ हंसकर कहा, "ताई जी, आज ठीक है।

विश्वेश्वरी आकर उसके सिरहाने बैठ गई और चुपचाप उसके सिर और मंह पर हाथ फेरने लगीं। आज तीन महीने से रमा बिछौने पर पड़ी है। उसे जोर की खांसी है और मलेरिया का जहर उसके सारे शरीर में व्याप्त हो गया है। गांव के बढ़े कविराज जीजान से व्यर्थ चिकित्सा करके मरे जा रहे हैं। बूढ़े को मालूम न था कि किस चीज के अविश्रांत आक्रमण से रमा की नस-नस जलकर राख होती जा रही है। केवल विश्वेश्वरी के मन में एक संशय की छाया धीरे-धीरे गहरी हो रही थी। वे रमा को अपनी कन्या की तरह प्यार करती थी, उसमें कोई वंचना न थी। इसीलिए, उस अत्यंत स्नेह ने रमा के संबन्ध में उनकी सत्य दृष्टि को असामान्य रूप से तीक्ष्ण कर दिया था। और लोग जब भ्रम से गलत समझकर, गलत आशा करके, गलत व्यवस्था करने लगे, तब विश्वेश्वरी का कलेजा फटने लगा। वह देख रही थीं कि रमा की दोनों आंखें दिन-पर दिन गढ़े में धंसी जा रही हैं ; किन्तु दृष्टि बहुत ही तीव्र है। ऐसा जान पड़ता था कि बहुत दूर की किसी चीज को अपने बहुत ही पास लाकर देखने की एकाग्र वासना से वह ऐसी असाधारण हो उठी हैं। विश्वेश्वरी ने धीरे से पुकारा, "रमा!"

रमा ने कहा, "क्यों ताई जी?"

"रमा, मैं तो तुम्हारी मां की तरह हूं···"

रमा ने बीच में ही रोककर कहा, "मां की तरह क्यों हो ताई जी, तुम तो मेरी मां ही हो।"

विश्वेश्वरी ने झुक कर रमा का मस्तक चूम लिया और कहा, "तो फिर बेटी, सच-सच बतलाओ कि तुम्हें क्या हुआ है?"

रमा ने कहा, "ताई जी, बीमारी है।"

विश्वेश्वरी ने देखा कि रमा का पीला पड़ा हुआ चेहरा क्षण-भर के लिए मानो लाल हो गया। तब उन्होंने बहुत ही स्नेहपूर्वक उसके रूखे

बालों पर एक बार हाथ फेरकर कहा, "हां बेटी, यह तो इन चमड़े की आंखों से भी दिखाई देता है। लेकिन जो इनसे नहीं दीखता ऐसा अगर कुछ हो, तो वह इस समय मुझसे मत छिपाना। छुपाने से तो बीमारी अच्छी होगी नहीं।"

खिड़की के बाहर अभी तक सवेरे की धूप तेज नहीं हुई थी और मृदु-मंद वायु शीत काल का आभास दे रही थी। उसी तरफ देखकर रमा चुप रह गई। थोड़ी देर बाद उसने पूछा, "ताई जी, अब बड़े भैया कैसे हैं?"

विश्वेश्वरी ने कहा, "अच्छा है। सिर का घाव भरने में अभी कुछ देर लगेगी लेकिन पांच-छ: दिन के अन्दर ही अस्पताल से घर आ जाएगा।" फिर रमा के मुख पर वेदना के चिह्न देख कर कहा, "बेटी, दुःख मत करो। उसे इसकी जरूरत थी। इससे उसका भला ही होगा।"

रमा के मुख पर विस्मय का आभास देखकर फिर कहा, "तुम यह सोच रही हो कि मां होकर भी मैं अपनी संतान की इतनी बड़ी दुर्घटना के बारे में इस तरह की बात कैसे कह रही हूं? लेकिन बेटी, मैं तुमसे ठीक कहती हूं कि मैं यह नहीं जानती कि इससे मुझे कष्ट अधिक हुआ है या आनंद। क्योंकि मैं जानती हूं कि जो लोग अधर्म से नहीं डरते और जिन लोगों को लोक-लज्जा का भय नहीं होता, उन लोगों को अगर अपने प्राण का इतना अधिक भय न हो, तो फिर सारा संसार ही जलकर राख हो जाए। इसलिए रमा, मुझे तो बस यह कल्लू का लड़का वेणी का जो उपकार कर गया है, वह संसार में दूसरा कोई आत्मीय बंधु भी नहीं कर सकता था। बेटी, कोयले को धोने से उसका रग नहीं बदला जा सकता, उसे आग में जलना पड़ता है।"

रमा ने पूछा, "क्या घर पर उस समय कोई नहीं था?"

विश्वेश्वरी ने कहा, "थे क्यों नहीं, सभी लोग थे। लेकिन वह कुछ यों ही तो मार नहीं बैठा था। वह तो जेल जाने का निश्चय करके ही तेल बेचने आया था। बेटी, उसे निज के सम्बन्ध का तो जरा भी क्रोध न था। इसीलिए जब उसकी बांक के एक ही घाव से वेणी बेहोश होकर गिर पड़ा, तब वह चुपचाप खड़ा रहा। फिर उसने और वार नहीं किया। इसके सिवा वह चलते समय यह भी कह गया कि अगर अब भी वेणी सावधान न होंगे तो मैं चाहे कभी लौटूं, लेकिन समझ रक्खें कि

यही मार आखिरी मार नहीं होगी।"

रमा ने धीरे से कहा, "तो इसका मतलब यह हुआ कि अभी और भी आदमी भैया के पीछे लगे हैं। लेकिन ताई जी, हमारे यहां के छोटी जाति के लोगों में पहले तो कभी इतना साहस नहीं था। अब यह कहां से आ गया?"

विश्वेश्वरी ने कुछ हंसकर कहा, "बेटी, क्या तुम स्वयं यह नहीं जानी हो कि छोटी जाति के इन लोगों का हौसला किसने बढ़ा दिया है? रमा, जब आग जल उठती है तब यों ही नहीं बुझ जाती। उसे जबर-दस्ती बुझा देने से भी वह आस-पास की चीजों को गरम कर जाती है। मेरा वह बेटा लौट आए, दीर्घजीवी हो और फिर जहां उसकी खुशी हो, वहां जाए। वेणी की बात याद करके मैं कभी लंबी सांस न छोड़ूंगी।"

लेकिन मुंह से इस तरह कहने पर भी विश्वेश्वरी ने एक निःश्वास को जबरदस्ती दवा दिया। रमा इसे ताड़ गई। इसीलिए उनका हाथ अपनी छाती पर खींचकर वह स्थिर हो रही। थोड़ी देर में अपने-आप को संभालकर विश्वेश्वरी ने फिर कहा, "रमा, यह केवल मां ही जानती है कि एक संतान कैसी होती है। जब वेणी को बेहोशी की हालत में लोग उठाकर और पालकी में लेटाकर अस्पताल ले गए, तब मेरी जो हालत हुई थी, वह मैं तुम्हें नहीं बतला सकती। लेकिन फिर भी बेटी, न तो मैंने किसी को कोसा और न मैं किसी को दोष ही दे सकी। इस बात को मैं न भूल सकी बेटी, कि अकेली संतान समझकर धर्म का दण्ड तो माता के मुंह को देखकर चुपचाप बैठा नहीं रहेगा।"

रमा ने कुछ सोचकर कहा, "ताई जी, मैं तुमसे बहस तो नहीं करती, लेकिन अगर यही बात है तो फिर रमेश भैया किस पाप के कारण इतना दुःख भोग रहे हैं? हम लोग ही प्रयत्न करके उन्हें जेल भेज आए हैं, यह तो किसी से छुपा नहीं है।"

ताई जी ने कहा, "नहीं बेटी, यह बात नहीं है। छुपा नहीं है। इसी-लिए तो आज वेणी अस्पताल में है। और तुम्हारा···"

इतना कहकर वह सहसा रूक गईं और जो बात उसकी जबान तक आ चुकी थी, उसे जबर्दस्ती अंदर ढकेल कर बोली, जानती हो बेटी, कोई काम कभी यों ही शून्य में नहीं मिल जाता। उसकी शक्ति कहीं न कहीं जाकर काम करती रहती है। लेकिन हर समय यह समझ में नहीं आता

कि वह कैसे करती है। इसीलिए आज तक इस समस्या की कोई मीमांसा नहीं हो सकी है कि एक आदमी के पाप का प्रयाश्चित्त दूसरे को क्यों करना पड़ता है। लेकिन रमा, इस बात में भी संदेह नहीं है कि प्रायश्चित्त अवश्य करना पड़ता है।"

रमा ने अपने व्यवहार का स्मरण करके चुपचाप एक सांस छोड़ दी। विश्वेश्वरी कहने लगी, "रमा, इससे मेरी भी आंखें खुल गई हैं। हम भला करेंगे, कहने से ही किसी का भला नहीं किया जा सकता। शुरू की बहुत-सी छोटी-बड़ी सीढ़ियां पार करने का धैर्य होना चाहिए। एक दिन रमेश हताश होकर मुझसे कहने आया था कि ताई जी, इन लोगों की भलाई मेरे किये न हो सकेगी; इस लिए अब मैं जहां से आया हूं, वहीं चला जाऊंगा। उस समय मैंने उसे रोककर कहा था कि नहीं बेटा, अगर तुमने काम शुरू किया है तो उसे छोड़कर भागना मत : मेरी बात तो वह किसी तरह टाल नहीं सकता। इसीलिए, जिस दिन मैंने सुना कि उसे जेल का हुकुम हो गया है, उस दिन मुझे ऐसा मालूम हुआ कि मानो मैंने ही उसे जबरदस्ती धड़-पकड़कर यह सजा दी है। लेकिन उसके बाद जिस दिन लोग वेणी को अस्पताल ले गए, उस दिन पहले-पहल मालूम हुआ कि नहीं, उसे भी जेल जाने की जरूरत थी। और फिर बेटी, यह तो जानती न थी कि बाहर से दौड़े आकर भलाई कर जाने में भी इतनी बिडम्बना है और वह काम इतना कठिन है! यह बात तो कभी सोची नहीं थी कि पहले सब में मिल जाना चाहिए। जब तक भले और बुरे सभी कामों में मिलकर आदमी एक न हो जाए, तब तक वह किसी तरह भलाई नहीं कर सकता। वह आरम्भ से ही अपनी शिक्षा, संस्कार, शरीरिक बल और उच्च हृदय लेकर इतनी ऊंचाई पर आ खड़ा हुआ था कि अखिर तक कोई उस तक पहुंच ही न सका। लेकिन बेटी, यह तो मैं देख नहीं सकी। मैंने उसे जाने भी न दिया और मैं उसे रख भी न सकी।"

रमा ने कुछ कहना चाहा, पर दबा गई। विश्वेश्वरी ने इसका अनुमान करके कहा, "नहीं रमा, मैं इसके लिए नहीं पछताती हूं। लेकिन बेटी, तुम सुनकर नाराज मत होना। इस बार जो तुम लोगों ने उसे ऊंचाई से नीचे उतारकर सब लोगों के साथ मिला दिया, इसमें तुम लोगों ने चाहे कितना ही बड़ा अधर्म क्यों न किया हो, पर फिर भी मैं जोर देकर कहे

जाती हूं कि इस बार जब वह लौटकर आएगा, तब उसे यथार्थ सत्य का दर्शन होगा।"

रमा की समझ में यह बात नहीं आई। उसने पूछा, "लेकिन ताईजी, इससे वह नीचे क्यों उतर आवेंगे? हम लोगों के अन्याय और अधर्म के कारण उन्हें चाहे कितनी ही अधिक यातनाएं क्यों न भोगनी पड़ें, परन्तु हम लोगों के दुष्कर्म तो हम ही लोगों को नरक के अंधेरे कुएं में ढकेलेंगे। उन्हें हमारे दुष्कर्म क्यों स्पर्श करने लगे?"

विश्वेश्वरी ने म्लान भाव से कुछ हंसकर कहा, "बेटी, करेंगे क्यों नहीं? नहीं तो फिर पाप इतना भयंकर क्यों है? यदि उपकार के बदले में कोई प्रत्युपकार न करे, बल्कि उल्टा अपकार ही करे, तो उससे भी क्या आता-जाता है, यदि उसकी कृतघ्नता दाता को नीचे न घसीट लावे? बेटी, क्या तुम यह समझती हो कि रमेश जब लौटकर आएगा, तब तुम्हारा कुआंपुर गांव उसको फिर पहले ही जैसा पाएगा? नहीं, जब वह लौटकर आएगा तब तुम स्पष्ट देखोगी कि वह जिस हाथ से लोगों को दान देता फिरता था उसका वह हाथ भैरव ने मरोड़कर तोड़ डाला है। (कुछ ठहर कर) लेकिन कौन जाने; हो सकता है कि यह भी अच्छा ही हुआ हो। उसके बलिष्ठ और पूरे हाथ का अपरिमित दान ग्रहण करने की शक्ति जब इस गांव के लोगों में नहीं थी, तब शायद उसका टूटा हुआ हाथ अब की बार उन लोगों के सचमुच के काम आए।"

यह कहकर विश्वेश्वरी ने एक लंबी सांस छोड़ी। रमा कुछ देर तक उनका हाथ चुपचाप इधर-उधर हिलाती रही और फिर धीरे-धीरे बहुत ही करुण स्वर में बोली, "अच्छा ताई जी , झूठी गवाही देकर किसी निर-पराध को दंड दिलाने वाले की क्या सजा है?"

विश्वेश्वरी ने खिड़की की तरफ देखते हुए रमा के बिखरे बालों में हाथ फेर-फेरते हठात् देखा कि रमा की बंद आंखों के किनारों से आंसू बह-बहकर ढुलक रहे हैं। उन्होंने स्नेहपूर्वक उन्हे पोंछते हुए कहा, "लेकिन बेटी, इसमें तुम्हारा तो कोइ हाथ था नहीं। जिन कायरो ने स्त्री-जाति के इतने बड़े कलंक का भय दिखलाकर तुम पर यह अत्याचार किया है, इस गुरुदण्ड का सारा बोझा, उनके ही सिर है। बेटी, तुम्हें तो उसका कोई बोझ न उठाना पड़ेगा।"

यह कहकर विश्वेश्वरी ने फिर रमा के आंसू पोंछ दिए। लेकिन इतने

आश्वासन से ही रमा के रुके हुए आंसू झरने की नाईं बह पड़े। कुछ देर बाद उसने कहा, "लेकिन वे लोग तो उनके शत्रु ठहरे। वे तो कहते हैं कि चाहे जिस तरह हो, शत्रु को मार गिराने में दोष नहीं है। लेकिन ताई जी, मैं तो यह कैफियत नहीं दे सकती।"

ताई जी ने पूछा, "क्यों बेटी, तुम क्यों नहीं दे सकती?"

इतना पूछकर ज्यों ही ताई जी ने दृष्टि कुछ नीचे की, त्यों ही अचानक उनकी आंखों के आगे मानो बिजली खेल गई। इतने दिनों तक जो संदेह मुंह ढककर उनके मन में अकारण ही आता-जाता रहता था, वह मानो आज अपना मुखौटा फेंककर एक दम सीधा सामने आकर खड़ा हो गया। आज उसे पहचानकर विश्वेश्वरी कुछ देर के लिए वेदना और विस्मय से स्तम्भित हो गई। अब रमा के हृदय की व्यथा उनसे और छिपी न रही। रमा ने आंखें बंद कर रखी थी, इसलिए वह विश्वेश्वरी के मुख का भाव न देख सकी। उसने पुकारा, "ताईजी।"

ताई जी ने चकित होकर उसका सिर जरा-सा हिलाया और कहा, "कहो, क्या है?"

रमा ने कहा, "ताई जी, आज मैं तुम्हारे सामने एक बात स्वीकार करूंगी। पीरपुर के जाफरअली के घर में संध्या के बाद गांव के सब लड़के मिलकर रमेश भैया के कहने के अनुसार अच्छी-अच्छी बातों पर विचार किया करते थे लेकिन यहां यह साजिश चल रही थी कि उन्हें बदमाशों का दल कहकर पुलिस के हाथ दे दिया जाए। इस पर मैंने अपना आदमी भेजकर उन लोगों को सावधान कर दिया था। पुलिस तो यह चाहती ही है। एक बार हाथ में पाने पर फिर तो वह उन्हें छोड़ती नहीं।"

विश्वेश्वरी यह बात सुनकर सिहर उठीं। बोलीं, "हैं! यह तुम क्या कहती हो? क्या वेणी ने अपने गांव में पुलिस का इस तरह का उत्पात झूठे ही बुलाना चाहा था?"

रमा ने कहा, "मैं तो समझती हूं कि बड़े भैया को जो यह दंड मिला है, सो उसी का फल है। पर ताई जी, क्या तुम इसके लिए मुझे माफ़ कर सकोगी?"

विश्वेश्वरी ने झुककर रमा का ललाट चूम लिया और कहा, "रमा, अगर उसकी मां होने के कारण मैं तुम्हें इसके लिए माफ न कर सकूंगी तो और कौन कर सकेगा? मैं तो आशीर्वाद देती हूं कि भगवान तुम्हें इसका पुरस्कार दें।"

रमा ने अपने हाथ से आंखे पोंछकर कहा, "ताई जी, मुझे तो सिर्फ इसी बात की सांत्वना है कि वे लौट आकर देखेंगे कि उनके सुख का क्षेत्र प्रस्तुत हो गया है। वह जो चाहते थे, वह हो गया—उनके देश के गरीब किसानों की नींद टूट गई और वे उठ बैठे हैं। वे उन्हें पहचान गए हैं और उनसे प्रेम भी करने लगे हैं। ताई जी, इस प्रेम के आनंद में क्या वह मेरे अपराध को भूल न सकेंगे?"

विश्वेश्वरी कुछ कह न सकीं, सिर्फ उनकी आंखों से एक बूंद और लुढ़क कर रमा के कपाल पर जा पड़ी। इसके बाद दोनों बहुत देर तक चुप रहीं। रमा ने पुकारा, "ताई जी।"

विश्ववेवरी ने पूछा, "क्या है बेटी!"

रमा ने कहा, "सिर्फ एक ही जगह हम दोनों एक-दूसरे से दूर न हो सके। अर्थात् तुमको हम दोनों ही जनों ने प्यार किया।"

विश्वेश्वरी ने फिर झुककर उसका ललाट चूम लिया। रमा ने कहा, "उसी के जोर पर मैं तुमसे एक बात कह जाऊंगी। जिस समय मैं नहीं रहूंगी, उस समय भी यदि वे मुझे क्षमा न कर सके, तो ताईजी, तुम मेरी तरफ से उनसे सिर्फ इतना ही कह देना कि वे मुझे जितनी बुरी समझते थे, मैं उतनी बुरी नहीं थी। और मैंने उन्हें जितना दुःख दिया है, उससे कहीं अधिक दुःख मैंने भी पाया है। तुम्हारे मुंह से सुनकर शायद वे इस बात पर अविश्वास न कर सकेंगे।"

विश्वेश्वरी ने औंधे पड़कर रमा को जोर से छाती से चिपटा लिया और रो दिया। कहा, "चलो बेटी, हम लोग किसी तीर्थ में चलकर रहें जहां न वेणी हो, न रमेश हो; और जहां आंखें उठाते ही भगवान के मंदिर के शिखर दिखाई पड़ें—वहीं चलें। मैं सब समझ गई हूं रमा। बेटी, अगर तेरा इस लोक से चले जाने का दिन पास आ गया हो, तो फिर यह विष छाती में रखे जलते-भुनते रहकर वहां न जाया जा सकेगा। हम लोग ब्राह्मण की संतान ठहरी। वहां जाने के दिन हमें इसके अनुरूप ही जाकर उपस्थित होना होगा।"

बहुत देर तक चुप रहने के बाद रमा ने एक उच्छवसित दीर्घ श्वास को रोकते हुए केवल इतना ही कहा, "ताई जी, मैं भी उसी तरह जाना चाहती हूं।"

अट्ठारह

शायद रमेश के लिए अपने उन्मत्त विकार में भी इस बात की आशा करना संभव नहीं था कि जेलखाने की दीवारों के बाहर भगवान ने उनके समस्त दु:खों को इस प्रकार सार्थक करने का आयोजन कर रखा है। छः महीने की कड़ी सजा भोगने के बाद जब वह बाहर निकले, तब उन्हें एक ऐसी बात दिखाई दी जिसकी वे कभी कलपना भी न कर सकते थे। स्वयं वेणी घोषाल सिर पर चादर लपेटे सबके आगे खड़े हैं। उनके पीछे दोनों स्कूलों के मास्टर, पंडित-विद्यार्थी दल और उनके पीछे बहुत-से हिन्दू और मुसलमान। वेणी ने रमेश को खूब जोर से गले लगाकर प्राय: रोते-रोते कहा, "भैया रमेश, अब जाकर मुझे पता चला है कि रक्त का आकर्षण कैसा होता है! उस समय मैंने यह बात जानकर भी नहीं जाननी चाही कि यदु मुकर्जी की लड़की उस हरामजादे आचार्य को अपने हाथ में करके इस तरह की शत्रुता करेगी; और लाज-शरम छोड़कर स्वयं अदालत में झूठी गवाही देकर तुम्हें इतना दु:ख देगी। भगवान ने मुझे इसका दण्ड भी अच्छी तरह से दिया है। भाई रमेश, बल्कि जेल में तुम्हीं अच्छे थे। मैं तो बाहर रहने पर भी इन छ: महीनों में भूसे की आग में जलता रहा हूं।"

रमेश की समझ में ही नहीं आता था कि क्या कहें और क्या न कहें: इसलिए वह हक्के-बक्के होकर देखते रहे। हेडमास्टर पांडेजी ने जमीन पर लेटकर साष्टांग दण्डवत् करके उनके चरणों की धूल लेकर मस्तक पर लगाई। उनके पीछे जो लोग थे, उनमें से कोई आगे बढ़कर आशीर्वाद देता था, कोई सलाम करता था और कोई प्रणाम करता था। वेणी की रुलाई किसी तरह रुकती ही नहीं थी। उन्होंने गद्गद स्वर से कहा, "भाई, अपने बड़े भैया पर अब रूठे न रहो और घर चलो। मां तो रोती-रोती अंधी हुई जा रही हैं।"

सामने घोड़ा-गाड़ी तैयार खड़ी थी। रमेश बिना कुछ बोले-चाले उस पर सवार हो गए। वेणी ने उसके सामने वाली जगह पर बैठकर अपने सिर पर की चादर उतार डाली। घाव सूख जाने पर भी चोट के निशान बहुत साफ दिखाई देते थे। रमेश ने चकित होकर पूछा, "बड़े

भैया, यह क्या हुआ?"

वेणी ने एक लम्बी सांस छोड़कर, दाहिना हाथ उलटकर कहा, "भाई दोष किसे दूं, यह सब मेरे ही कर्मों का फल है और मेरे ही पापों का भोग है। लेकिन अब इसे सुनकर क्या करोगे?"

वेणी अपने चेहरे पर गंभीर वेदना की झलक लाकर चुप हो रहे। स्वयं उन्हीं के मुंह से निकली हुई इस प्रकार की सरल स्वीकारोक्तियों से रमेश का चित्त आर्द्र हो गया। उन्होंने समझ लिया कि कोई बात तो जरूर हुई है लेकिन उन्होंने उसे जानने के लिए अधिक आग्रह नहीं किया। जब वेणी ने देखा कि जिसके लिए यह भूमिका बांधी गई, वह बात यों ही दब जाना चाहती है, तब वे मन ही मन छटपटाने लगे। एक-दो मिनट चुप रहने के बाद उन्होंने फिर एक प्रबल निःश्वास के द्वारा रमेश का ध्यान अपनी ओर आकृष्ट किया और तब धीरे-धीरे कहना शुरू किया, "जन्म से ही मुझमें यह दोष है कि मैं मन में कोई और बात रखकर मुंह से कोई और बात नहीं कह सकता, दूसरे लोगों की तरह अपने मन का भाव छिपाकर नहीं रख सकता; इसीलिए मुझे न जाने कितनी सजा भोगनी पड़ती है। लेकिन फिर भी होश नहीं आता।"

जब वेणी ने देखा कि रमेश सब बातें चुपचाप ही सुन रहे हैं, तब वह अपना स्वर और भी कोमल तथा गम्भीर बनाकर कहने लगे, "मेरा दोष यही था कि उस दिन मैं अपने मन का कष्ट किसी तरह दबा न सका; और रोते-रोते कह बैठा कि रमा, आखिर हम लोगों ने तुम्हारा ऐसा कौन-सा अपराध किया था जो तुमने इस तरह हम लोगों का सर्वनाश कर डाला? जब मां सुनेंगी कि रमेश को सजा हो गई, तब वे तो जान ही दे देंगी। हम लोग भाई-भाई जमीन-जायदाद के लिए चाहे झगड़ा करें और चाहे और कुछ करें, फिर भी वह मेरा भाई तो है। लेकिन तुमने तो एक ही आघात से मेरे भाई को भी मारा और मां को भी मारा। लेकिन निर्दोष के भगवान हैं!"

इतना कहकर वेणी ने गाड़ी के बाहर सिर निकालकर और आकाश की ओर देखकर मानो फिर एक बार भगवान के सामने अपनी फरियाद की। रमेश उनकी इस फरियद में शामिल तो नहीं हुए, पर हां, मन लगाकर सुनने लगे। वेणी ने कुछ रुककर कहा, "रमेश, उस समय की रमा की उग्र मूर्ति का ध्यान आने से अब भी मेरा कलेजा कांप उठता है।

उसने दांत पीसकर कहा, क्या रमेश के बाप मेरे बाबूजी को जेल नहीं भेजना चाहते थे? और अगर वह भेज सकते तो क्या छोड़ देते? चूंकि औरत-जात का इतना दर्प सहा नहीं जाता, इसलिए मैंने भी गुस्से में आकर कह डाला कि अच्छा, रमेश जेल से आ जाए उसके बाद इसका विचार होगा!"

अभी तक वेणी की सब बातें रमेश अच्छी तरह अपने मन में ग्रहण नहीं कर रहे थे। उन्हें यह नहीं मालूम था कि कब मेरे पिता ने रमा के पिता को जेल भेजने का आयोजन किया था। अब उन्हें याद आ गया कि ज्यों ही मैं यहां आया था, त्यों ही ठीक यही बात रमा की मौसी के मुंह से सुनी थी। इसलिए आगे का हाल सुनने को वे उत्कर्ण हो उठे। वेणी ने इस पर लक्ष्य करके कहा, "खून-खराबी करने का तो उसे अभ्यास ही ठहरा! क्या तुम्हें याद नहीं है कि उसने ही अकबर लठैत को भेजा था? लेकिन तुमसे तो उसकी चालाकी चली नहीं, बल्कि, उलटे तुम्हीं ने उसे सबक सिखा दिया। लेकिन मुझे तो तुम देख ही रहे हो, दुबला-पतला आदमी···"

इसके बाद वेणी ने कुछ सोच कर कल्लू के लड़के का कल्पित विवरण अपने अंधकारपूर्ण हृदय से बाहर निकालकर और अपनी भाषा में ग्रथित करके विवृत कर दिया, कह सुनाया।

रमेश ने निश्वास रोककर कहा, "उसके बाद?"

वेणी ने मलिन मुख से कुछ हंस कर कहा, "उस के बाद जो कुछ हुआ वह क्या मुझे याद है भैया! मैं कुछ भी नहीं जानता कि कौन किस तरह मुझे अस्पताल ले गया, वहां पहुंचने पर क्या हआ और किसने मुझे देखा-सुना। दस दिन बाद जब होश आया, तब देखा कि मैं पड़ा हूं। रमेश; इस बार तो मेरी जान बच गई है, वह केवल मां के पुण्य से। भला ऐसी मां और किसकी है रमेश!"

रमेश एक भी बात न कह सके। वह काठ की मूरत की तरह सख्त होकर बैठे रहे। हां, उनके दोनों हाथों की दसों उंगलियां इकट्ठी होकर वज्र के समान कठोर मुट्ठी के रूप में परिणत हो गईं। उनके दिमाग में क्रोध और घृणा की जो भीषण आग जलने लगी, उसका परिमाण जानना भी उनके सामर्थ्य में न रह गया। वह जानते थे कि वेणी कितना बुरा आदमी है। उन्हें यह भी मालूम था कि ऐसा कोई काम नहीं है जो

यह न कर सकता हो। लेकिन फिर भी उनकी अभिज्ञता ऐसी नहीं थी जो वे यह कल्पना कर सकें कि संसार में कभी कोई आदमी इतना झूठ इस प्रकार निस्संकोच होकर ऐसे अनर्गल भाव से कह सकता है। इसीलिए, रमा के सारे ही अपराध उन्होंने ठीक मान लिए।

उनके लौट आने से सारे गांव में एक उत्सव-सा शुरू हो गया। रोज सवेरे, दोपहर और संध्या को बहुत-से लोग उनके पास आते थे और तरह-तरह की बातें करके उनके साथ बहुत अधिक आत्मीयता दिखलाते थे। अपने जेल में रहने के सम्बन्ध में उनके मन में जो ग्लानि अब तक बच रही थी, वह सब देखते-देखते हवा हो गई। इसमें कुछ संदेह नहीं कि उनकी अनुपस्थिति में आस-पास के सभी गांवों में एक बड़ा सामाजिक स्रोत बह गया था। लेकिन जब यह इस बात पर विचार करने लगे कि इन कुछ महीनों में ही इतना बड़ा परिवर्तन कैसे हो गया, तब उन्हें मालूम हुआ कि वेणी की प्रतिकूलता के कारण जो शक्ति पग-पग पर प्रतिहत होकर अपना काम ठीक तरह से नहीं कर सकती थी और इसीलिए जो संचित होती रही थी, वही अब उनकी अनुकूलता के कारण दूने वेग से प्रवाहित हो रही है। आज वेणी को उन्होंने कुछ और भी अच्छी तरह से पहचाना। इस आदमी को इस प्रकार अनिष्टकारी जानकर भी गांव के सभी लोग उसके किसने कहे में हैं, यह बात उन्होंने जितने स्पष्ट रूप से आज देखी, वैसी किसी दिन नहीं देखी थी। अब उसके विरोध से परित्राण पाकर रमेश ने मन ही मन शांति की सांस ली। सिर्फ यही नहीं, एक-एक करके सभी लोग उन्हें यह भी बतला गए कि उनके ऊपर जो अन्याय और अत्याचार हुआ है, उसके लिए गांव के सभी लोगों को चोट लगी है। इन सब लोगों की सहानुभुति प्राप्त करके और वेणी को अपने पक्ष में पाकर आनन्द और उत्साह से उनकी छाती फूल गई। छः महीने पहले जिन सब आरम्भ किए हुए कामों को यों ही छोड़कर चले जाना पड़ा था, अब फिर पूरी शक्ति से उसमें लगने का संकल्प करके रमेश स्वयं भी इन सब आमोद-आह्लादों में पड़ गए, सर्वत्र आने-जाने लगे और सभी बातों में लोगों की खोज-खबर लेने में अपना समय बिताने लगे। केवल एक ही विषय ऐसा था जिससे वह पूरा-पूरा प्रयत्न करके अपने-आप को बिलकुल अलग रखते थे; और वह था रमा का प्रसंग। उन्होंने रास्ते में ही सुन लिया था कि रमा बीमार है। लेकिन उन्होंने

यह कभी न जानना चाहा कि उसे क्या बीमारी है और वह बढ़कर कहां तक पहुंच गई है। उनकी यही धारणा थी कि मैंने रमा के सभी संबंधों से अपने-आप को हमेशा के लिए छुड़ाकर अलग कर लिया है। गांव में आते ही उन्होंने लोगों के मुंह से सुन लिया था कि अकेली रमा ही उनके सब दुःखों का मूल है, और इसे सभी जानते हैं। इसलिए अब इस विषय में भी उन्हें सन्देह नहीं रह गया कि इस बारे में वेणी ने जो कुछ कहा, वह सब झूठ नहीं है।

पांच-छ: दिन बाद वेणी ने आकर रमेश को घेरा। पीरपुर की एक बड़ी जायदाद के बंटवारे के बारे में रमा के साथ बहुत दिनों से उनका प्रच्छन्न मन-मुटाव चला आ रहा था। इस उत्तम अवसर पर उस जायदाद को हाथ में कर लेना उसका उद्देश्य था। वेणी ऊपर से चाहे जो कहें, पर मन-ही-मन रमा से डरते थे। लेकिन अब वह बीमार पड़ी है, मामला-मुकदमा कर न सकेगी और फिर वहां की मुसलमान प्रजा भी रमेश की बात टाल न सकेगी इसलिए आगे चलकर चाहे जो हो, पर इस समय वे बेदखल करने का इससे अच्छा अवसर फिर नहीं मिलेगा, इस खयाल से वे रमेश से जिद कर बैठे। जब रमेश ने चकित होकर ऐसा करना ना मंजूर किया, तब वेणी ने तरह-तरह की युक्तियां देने के बाद अन्त में कहा, "तुमसे यह काम होगा क्यों नहीं? उसने मुट्ठी में पाकर कब तुम्हारे साथ रियायत की है जो आज तुम यह सोचते हो कि वह बीमार पड़ी है! जब उसने तुम्हें जेल भेजा, तब तुम भी क्या कम बीमार थे?"

बात बिलकुल ठीक थी, इसे रमेश अस्वीकार न कर सके। लेकिन फिर भी न जाने क्यों उनका मन रमा के विपक्ष में जाने के लिए राजी न हुआ। वेणी की हजारों कटु उत्तेजनाओं पर भी ज्यों ही उन्हें यह ध्यान आता था कि रमा इस समय असहाय अवस्था में बीमार पड़ी है, त्यों ही उनका सारा विरोधी भाव संकुचित होकर एक छोटे-से बिन्दु के समान हो जाता था और इसका स्पष्ट कारण उन्हें ही ढूंढ़े नहीं मिलता था। रमेश चुप रह गए। काम होता है, यह जानने पर धैर्य धारण करना भी वेणी जानते थे। इसलिए उस समय और अधिक आग्रह न करके वह चले गये।

इस बार एक चीज ने रमेश की दृष्टि को बहुत आकृष्ट किया। यह

वह पहले से जानते थे कि विश्वेश्वरी के मन में कभी संसार के प्रति विशेष आसक्ति नहीं थी; लेकिन इस बार जेल से लौटने पर उन्हें ऐसा मालूम हुआ था कि उनकी अनासक्ति मानो वितृष्णा में परिणति हो गई है। जिस दिन जेल से छुटने पर वे वेणी के साथ उनके घर गये थे, उस दिन विश्वेश्वरी ने आनन्द प्रकट किया था, और गद्‌गद स्वर से अनेका-नेक आशीर्वाद दिये थे; लेकिन फिर भी न जाने इन सब में कौन-सी ऐसी बात थी जिससे उन्हें कष्ट ही हुआ था। आज अचानक बातों-बातों में उन्होंने सुना कि विश्वेश्वरी काशीवास करने का संकल्प करके जा रही हैं और अब लौटेंगी नहीं। यह सुनकर वह चौंक पड़े। कहां, मैं तो कुछ नहीं जानता! इधर पांच-छः दिन से बहुत-से कामों में फंसे रहने के कारण उनसे भेंट नहीं हुई थी, लेकिन जिस दिन हुई थी, उस दिन तो उन्होंने कोई बात नहीं कही! यद्यपि वे जानते थे कि अपनी ओर से अपनी या पराई चर्चा आलोचना करने से उन्हें प्रेम नहीं है, लेकिन जब उन्होंने आज के इस समाचार के साथ अपनी उस दिन की स्मृति को पास-पास आंखों के सामने रखकर मिलाया तब उन्हें विश्वेश्वरी के इस एकांत वैराग्य का अर्थ मालूम हो गया। अब उन्हें इस बात में कुछ भी सन्देह न रह गया कि ताई जी सचमुच ही विदा ले रही हैं। जब उन्होंने सोचा कि ताईजी का यहां न रहना कितना अभाव होगा तब उनकी आंखों में आंसू भर आए। अब वह क्षण भर का भी विलम्ब किए बिना उनके यहां जा पहुंचे। उस समय कोई नौ-दस बजे होगे। घर में प्रवेश करते ही दासी ने बताया कि वह मुखर्जी बाड़ी गई हैं। रमेश ने चकित होकर पूछा, "इस समय?"

दासी बहुत दिनों की पुरानी थी। उसने मुस्कराकर कहा, "भला मां जी के लिए समय और असमय क्या! और फिर रमा के छोटे भाई का जनेऊ जो है।"

"यतीन्द्र का जनेऊ?" रमेश ने और भी चकित होकर कहा, "हैं! यह तो कोई जानता ही नहीं।"

दासी ने कहा, "उन्होंने किसी से कहा ही नहीं है। और कहा भी होता तो कोई उनके यहां खाने नहीं जाता। रमा बहन को मालिकों ने जाति से अलग कर रखा है।"

रमेश के आश्चर्य की सीमा न रह गई। कुछ देर तक चुप रहने के

बाद उन्होंने इसका कारण पूछा, तो दासी ने लज्जा से गर्दन घुमाकर कहा, "क्या जाने छोटे बाबू! रमा बहन की इधर बहुत भद्दी बदनामी हुई है न! हम लोग गरीब आदमी ठहरे। इन सब बातों को क्या जानें!"

कहते-कहते दासी वहां से खिसक गई। कुछ देर तक चुपचाप खड़े रहने के बाद रमेश अपने घर लौट आए। यह तो उन्होंने बिना पूछे ही समझ लिया कि यह क्रुद्ध वेणी का बदला है। लेकिन इसका ठीक-ठीक अनुमान करना भी उसके लिए संभव नहीं था कि उनका क्रोध किस बात के लिए है और किस बात की प्रतिहिंसा की कामना से, किस विशेष कदर्य धारा में उन्होंने रमा की कुख्याति को प्रवाहित कर दिया है।

उन्नीस

उसी दिन तीसरे प्रहर एक अचिन्तनीय घटना हो गई। अदालत के फैसले की उपेक्षा करके कैलास हज्जाम और शेख मोतीलाल दोनों ही अपने सब कागज और सबूत लेकर रमेश की शरण में आए। रमेश ने अकृत्रिम विस्मय के साथ पूछा, "भाई, हमारा फैसला तुम लोग मानोगे भी?"

वादी और प्रतिवादी दोनों ने उत्तर दिया, "मानेंगे क्यों नहीं बाबू जी। भला इस हाकिम से आपकी विद्या या बुद्धि किस बात में कम है ! और फिर हाकिम और अफसर जो कुछ होते हैं, वह सब आप ही जैसे आदमियों में से तो होते हैं। कल को अगर आप सरकारी नौकरी करके हाकिम हो जाएं और हम लोगों के मुकदमे का फैसला करने लगें, तो आपका वह फैसला भी तो हम लोगों को मानना पड़ेगा। उस समय तो यह कहने से काम नहीं चलेगा कि नहीं, आपका फैसला नहीं मानेंगे।"

यह सुनकर रमेश का हृदय मारे अभिमान और आनन्द के भर गया। कैलास ने कहा, "आपको तो हम दोनों ही आदमी अपनी बात अच्छी तरह समझा सकेंगे। लेकिन अदालत में तो ऐसा हो नहीं सकेगा। और फिर बाबूजी, एक बात यह भी तो है कि जब तक वहां वकीलों को गांठ से निकालकर मुट्ठी भर रुपए न दिए जाएं, तब तक कोई काम ही नहीं

हो सकता। यहां एक पैसे का भी खर्च नहीं। न तो वकीलों की खुशामद करनी पड़ेगी और न अदालत तक दौड़-दौड़कर अपने पैर तोड़ने पड़ेंगे। सो बाबूजी, आप जो कुछ हुक्म दे देंगे, वह चाहे अच्छा हो और चाहे बुरा, हम लोग मान लेंगे, और आपके चरणों की धुल सिर से लगाकर अपने-अपने घर चले जाएंगे। भगवान् ने हम लोगों को अच्छी बुद्धि दे दी; इसी-लिए अदालत से लौटकर आपकी शरण में आये हैं।"

एक छोटे-से नाले के सम्बन्ध में इन लोगों का झगड़ा था। उस विषय के जो कुछ मामूली-से दस्तावेज और दूसरे कागज थे, वे सब उन्होंने रमेश को दे दिये और दूसरे दिन सवेरे आने को कहकर चले गये। रमेश स्थिर होकर बैठे रहे। यह घटना उनकी कल्पना के बाहर की थी। उन्होंने सुदूर भविष्य में भी इतनी बड़ी आशा को अपने मन में स्थान नहीं दिया था। उनका निर्णय चाहे मानें, और चाहे न मानें परन्तु आज वे लोग सरकारी अदालत के बाहर झगड़ा निबटाने के अभिप्राय से रास्ते से लौटकर मेरे पास आए हैं, इसी एक बात ने उनके हृदय में आनन्द का स्रोत बहा दिया। यद्यपि कोई बड़ी बात नहीं थी, गांव के दो साधारण-से आदमियों का बहुत ही तुच्छ-सा झगड़ा था, लेकिन फिर भी इस तुच्छ-सी बात के आधार पर उनके मन में अनन्त सम्भावनाओं के आकाश-कुसुम खिलने लगे। अपनी इस अभागिन जन्म-भूमि के लिए भविष्य में वे क्या-क्या कर सकेंगे, इसका मानो कहीं कोई हिसाब या कूल-किराना ही वे न पा सके। बाहर वसन्त ऋतु की ज्योत्स्ना से सारा आकाश भर रहा था। उस तरफ देखते ही अचानक उन्हें रमा याद आ गई। और कोई दिन होता तो साथ-ही-साथ उनके सारे शरीर में आग सी लग जाती। परन्तु आज आग लगना तो दूर रहा, उन्हों ने जरा-सी चिनगारी के अस्तित्व का भी अनुभव नहीं किया। उन्होंने मन ही मन कुछ हंसकर उसके उद्देश्य से कहा, "रमा, अगर तुम जानती होती कि तुम्हारे हाथ से भगवान मुझे इस प्रकार सार्थक करेंगे और तुम्हारा विष मेरे भाग्य से इस तरह अमृत बन जायेगा, तो मैं समझता हूं कि तुम कभी मुझे जेल न भेजना चाहतीं।··· कौन है?"

"छोटे बाबू, मैं हूं राधा। रमा बहन ने आपसे एक बार भेंट कर जाने के लिए कहलाया है।"

रमा ने भेंट करने के लिए कहने दासी भेजी है! रमेश अवाक् होकर

देखते रह गये। आज न जाने यह कौन नष्ट-बुद्धि देवता मेरे साथ इस तरह के अनोखे-अनोखे मजाक कर रहा है! दासी ने कहा, "छोटे बाबू, अगर आप दया करके···।"

"वह कहां हैं?"

दासी ने कहा, "घर में ही पड़ी हैं। (कुछ ठहर कर) कल तो फिर समय नहीं मिलेगा। इसलिए अगर इसी समय।"

"अच्छा, चलो चलता हूं।" कहकर रमेश उठ खड़े हुए।

रमेश को बुलाने के लिए दासी भेज कर रमा एक तरह से चौकन्नी होकर बिछौने पर पड़ी थी। दासी के बतलाने के अनुसार रमेश ने कमरे में प्रवेश किया। उनके एक चौकी खींचकर बैठते ही रमा ने मानो केवल अपने मन के जोर से अपने-आप को खींच कर रमेश के पैरों के पास डाल दिया। कमरे के एक कोने में एक दीया टिमटिमा रहा था। रमेश उसके मन्द प्रकाश में रमा का जो कुछ अस्पष्ट आकार देख सके उससे उसकी शारीरिक अवस्था के सम्बन्ध में उन्हें कुछ भी मालूम न हो सका। अभी रास्ते में आते-आते उन्होंने मन ही मन जो संकल्प किये थे, रमा के सामने बैठते ही वे सब आदि से अन्त बे-ठीक हो गये। थोड़ी देर तक चुप रहने के बाद उन्होंने कोमल स्वर में पूछा, "अब कैसी हो रानी?"

रमा उनके पैरों के पास से खिसककर कुछ पीछे हटकर बैठ गई और बोली, "आप मुझे रमा कहकर ही पुकारा करें।"

मानो किसी ने रमेश की पीठ पर चाबुक मार दिया। उन्होंने तुरन्त ही कुछ कठोर होकर कहा, "अच्छी बात है। सुना था कि तुम बीमार हो। इसलिए पूछ रहा था कि अब कैसी हो। नहीं तो नाम तुम्हारा चाहे जो हो, उस नाम से पुकारने की मेरी इच्छा भी नहीं है और न आवश्यकता।"

रमा ने सब समझ लिया। थोड़ी देर स्थिर रहकर उसने धीरे-धीरे कहा, "अब मैं अच्छी हूं।" फिर कहा, "मैंने जो आपको बुला भेजा, इससे शायद आपको बहुत आश्चर्य हुआ होगा। लेकिन···"

रमेश बीच में ही तीव्र स्वर में बोल उठे, "नहीं, आश्चर्य नहीं हुआ। अब तुम्हारे किसी काम से चकित होने के मेरे दिन निकल गये। लेकिन बतलाओ कि बुलवाया किस लिए है?"

इस बात ने रमा के हृदय पर कितना भारी आघात किया, यह रमेश

न जान सके। थोड़ी देर चुपचाप सिर झुकाकर बैठे रहने के बाद रमा ने कहा, "रमेश भैया, आज मैंने दो कामों के लिए आपको कष्ट दिया है। मैंने आपका कितना अपराध किया है, यह तो मैं ही जानती हूं। लेकिन फिर भी यह मुझे निश्चय मालूम था कि आप आवेंगे और मेरे इन दो अन्तिम अनुरोधों को अस्वीकार न करेंगे।"

सहसा आंसुओं के भार से उसका स्वर भंग हो गया। वह इतना स्पष्ट था कि रमेश को पता चल गया और पलक मारते ही उनका पुराना स्नेह उमड़ पड़ा। आज उन्हें निश्चित रूप से इस बात का अनुभव हुआ कि इतने घात-प्रतिघात होने पर भी वह स्नेह आज तक भी मरा नहीं है, केवल निर्जीव और अचेत होकर पड़ा था, तो उन्हें स्वयं भी आश्चर्य हुआ। थोड़ी देर तक चुप रहने के बाद उन्होंने पूछा, "तुम्हारा क्या अनुरोध है?"

रमा ने चकित की तरह सिर उठाकर फिर नीचा कर लिया। कहा, "बड़े भइया आपकी सहायता से जिस जायदाद पर दखल करना चाहते हैं, वह मेरी निज की है, अर्थात् उसमें पन्द्रह आना हिस्सा मेरा है और एक आना हिस्सा आप लोगों का। उसे मैं आपके हाथ देना चाहती हूं।" रमेश फिर कुछ गरम हो गए और बोले, "तुम डरो मत। चोरी करने में मैंने पहले भी किसी की सहायता नहीं की और अब भी नहीं करूंगा। और अगर दान ही करना चाहती हो तो उसके लिए और बहुत-से लोग हैं। मैं दान नहीं लेता।"

पहले होता तो रमा तुरन्त ही कह बैठती कि मुकर्जी वंश का दान लेने से घोषालों का अपमान नहीं होता। लेकिन आज उसके मुंह से यह बात नहीं निकली। उसने विनीत भाव से कहा, "रमेश भइया, मैं जानती हूं कि आप चोरी करने में सहायता नहीं देंगे और यह भी जानती हूं कि अगर दान लेंगे भी तो अपने लिये नहीं लेंगे। लेकिन बात यह नहीं है। यदि कोई दोष करता है तो उसे दण्ड मिलता है। मैंने जो अनेक अपराध किये हैं उन्हीं के जुर्माने के रूप में इसे क्यों नहीं ले लेते?"

रमेश ने थोड़ी देर चुप रहकर कहा, "और तुम्हारा दूसरा अनुरोध क्या है?"

रमा ने कहा, "मैं अपने पतीन्द्र को आपके हाथ सौंपती हूं। उसे अपने ही जैसा 'मनुष्य' बनाना, जिससे बड़ा होने पर वह आपकी ही तरह हं-

सते-हंसते स्वार्थ-त्याग कर सके।"

अब रमेश के मन की सारी कठोरता गल गई। रमा ने आंचल से अपने आंसू पोंछकर कहा, "यह अपनी आंखों से तो नहीं देख पाऊंगी, लेकिन मैं निश्चित रूप से जानती हूं कि यतीन्द्र के शरीर में उसके पूर्व-पुरुषों का रक्त है। त्याग करने की शक्ति उसकी अस्थि-मज्जा में मिली हुई है। शिक्षा देने से संभव है, वह भी एक दिन आपकी ही तरह सिर ऊंचा करके खड़ा हो सके।"

रमेश ने तत्काल ही इसका कोई उत्तर न दिया। वह खिड़की के बाहर चांदनी से भरे हुए आकाश की ओर देखते रहे। उनके मन में एक व्यथा भरती जा रही थी, जिसका परिचय उन्हें आज से पहले और कभी नहीं मिला था। बहुत देर तक चुप रहने के बाद रमेश ने मुंह फिरा कर कहा, "देखो, इन सब बातों में अब मुझे मत घसीटो। मैं अनेक दुखों और कष्टों के बाद प्रकाश की एक शिखा प्रज्वलित कर सका हूं। इससे मुझे डर लगता है कि कहीं वह फिर बुझ न जाए।"

रमा ने कहा, "नहीं रमेश भइया, अब डर नहीं है। आपका यह प्रकाश अब नहीं बुझेगा। ताईजी ने कहा था कि आपने बहुत दूर से आकर और बहुत ऊंचाई पर बैठकर काम करना चाहा था। इसी से उसमें इतनी बाधाएं और इतने विघ्न आए। अब हम लोगों ने अपने दुष्कर्मों के भार से आपको नीचे झुकाकर ठीक स्थान पर ही प्रतिष्ठित कर दिया है। अब आप हम ही लोगों के बीच में आकर खड़े हो गए हैं, इसीलिए आपको डर लगता है। पहले तो यह आशंका मन में स्थान ही न पाती। उस समय आप हमारे ग्राम्य समाज के बाहर थे; पर अब उसी के एक व्यक्ति हो गए हैं। इसीलिए अब आपका प्रकाश मद्धिम नहीं होगा। अब तो वह दिन पर दिन उज्ज्वल ही होता जाएगा।"

अचानक ताईजी के नाम से रमेश उद्दीप्त हो उठे। बोले, "क्यों रमा, तुम ठीक तरह से जानती हो कि अब मेरी जलाई हुई यह दीपशिखा नहीं बुझेगी?"

रमा ने दृढ़ स्वर से कहा, "हां, मैं ठीक तरह से जानती हूं। यह उन्हीं ताईजी के मुंह की बात है जो सब कुछ जानती हैं। यह काम आपका ही है। रमेश भइया, मेरे यतीन्द्र को अपने हाथ में लेकर और मेरे सब अपराध क्षमा करके आज आप मुझे आशीर्वाद देकर विदा कर दें, जिससे मैं

निश्चिन्त होकर अपने स्वामी के पास जा सकूं।"

रमेश का हृदय वज्र-गर्भ मेघ की तरह रह-रहकर चमकने लगा। लेकिन वह सिर नीचा करके चुपचाप बैठे रहे। रमा ने कहा, "मेरी एक बात और आपको माननी पड़ेगी। बतलाइए, मानिएगा?"

रमेश ने कोमल स्वर से पूछा, "कौन-सी बात?"

रमा ने कहा, "मेरी किसी बात को लेकर अभी आप बड़े भइया के साथ झगड़ा न करना।"

रमेश समझे नहीं, उन्होंने पूछा, "इसका मतलब?"

रमा ने कहा, "इसका मतलब यदि कभी सुन पाओ, तो उस दिन सिर्फ यही याद कर लेना कि मैं किस तरह चुपचाप सब कुछ सहन करके चली गई हूं, किसी एक भी बात का प्रतिवाद किए बिना। एक दिन जब बहुत ही असह्य मालूम हुआ था, तब ताईजी ने आकर कहा था कि बेटी, मिथ्या को बार-बार हिला-डुलाकर सचेत करते रहने से उसकी आयु बढ़ जाती है। अपनी असहिष्णुता से उस मिथ्या की आयु और बढ़ा देने के समान कोई दूसरा पाप नहीं है। उनका यही उपदेश याद रखकर मैं अपने सारे दुःख-दर्भाग्य को काट सकी हूं। और रमेश भइया, "तुम भी यह बात कभी न भूलना।"

रमेश चुपचाप उसके मुंह की ओर देखते रहे। रमा ने थोड़ी देर बाद कहा, "रमेश भइया, आज तुम यह खयाल करके अपने मन में दुःख न करना कि तुम मुझे क्षमा नहीं कर सकते हो। मैं निश्चय जानती हैं कि आज जो बात कठिन जान पड़ती है, वही किसी दिन सीधी और सहज हो जाएगी। मेरे मन में इसीलिए अब कोई क्लेश नहीं है कि उस दिन तुम मेरे सभी अपराध सहज ही क्षमा कर दोगे। मैं कल जाती हूं।"

रमेश ने चकित होकर पूछा, "कल? कहां जाओगी?"

रमा ने कहा, "जहां ताईजी मुझे ले जाएंगी, वहीं।"

रमेश ने कहा, "लेकिन मैंने तो सुना है कि अब वह लौटकर नहीं आएंगी।"

रमा ने धीरे से कहा, "मैं भी नहीं आऊंगी। मैं भी तुम्हारे चरणों से अब सदा के लिए विदा लेती हूं।"

इतना कहकर रमा ने झुककर धरती में माथा टेक दिया। रमेश ने कुछ देर तक सोचने के बाद एक लम्बा सांस और छोड़ दिया और खड़े होकर कहा, "अच्छा, जाओ। लेकिन क्या मैं यह भी नहीं जान सकूंगा कि क्यों विदा ले रही हो?"

रमा चुप हो रही। रमेश ने फिर कहा, "तुम क्यों अपनी सब बातें इस तरह छिपा रख कर चली जा रही हो, यह तो तुम्हीं जानो, लेकिन अब मैं भी अपने सारे शरीर और मन से भगवान से प्रार्थना करता हूं कि वह दिन आवे, जब मैं तुम्हें अपने समस्त अन्तःकरण से क्षमा कर सकूं। तुम्हें क्षमा न कर सकने के कारण मुझे जो कष्ट हो रहा है, उसे केवल मेरे अन्तर्यामी ही जानते हैं।"

रमा की आंखों से आंसुओं की धारा बहने लगी। परन्तु उस अत्यन्त मन्द प्रकाश में रमेश उसे न देख सके।

रमा ने चुपचाप दूर से फिर एक बार प्रणाम किया और उसके बाद रमेश तुरन्त ही वहां से बाहर निकल गए। रास्ते में चलते-चलते उन्हें ऐसा मालूम हुआ कि मेरा सारा भविष्य और काम-काज करने का सारा उत्साह मानो पलक मारते ही इसी चांदनी की तरह अस्पष्ट छायामय हो गया है। दूसरे दिन सवेरे जब रमेश ताईजी के घर पहुंचे, तब देखा कि विश्वेश्वरी घर से निकलकर पालकी में बैठ रही हैं। रमेश ने दरवाजे के पास मुंह ले जाकर और आंखों में आंसू भरकर कहा, "ताई जी, हम लोगों से ऐसा कौन-सा अपराध हुआ जिसके कारण तुम हमें इतनी जल्दी छोड़कर चली जा रही हो?"

विश्वेश्वरी ने अपना हाथ बढ़ाकर रमेश के सिर पर रखा और कहा, 'बेटा, अपराधों की बात कहने जाऊंगी तो वह रामाप्त न होगी। इसलिए उसकी जरूरत नहीं।" उसके बाद कहा, "रमेश, अगर मैं यहां मरूंगी तो वेणी मेरे मुंह में आग देगा। उस दशा में मेरी किसी तरह मुक्ति नहीं होगी। बेटा, मेरा इहकाल जलते-जलते बीता। अब कहीं पर-काल भी इसी तरह जलते-जलते न बिताना पड़े, बस इसी डर से मैं यहां से भाग रहीं हूं।"

रमेश इस प्रकार स्तम्भित हो गए, मानो उन पर वज्र आ टूटा हो। आज ताईजी की इस एक बात से रमेश को जितनी अच्छी तरह मालूम हो गया कि उनके हृदय में माता की ज्वाला किस तरह जल रही है, उतनी अच्छी तरह से पहले कभी नहीं मालूम हुआ था। कुछ देर तक स्थिर रहकर उन्होंने पूछा, "ताईजी, रमा क्यों जा रही है?"

विश्वेश्वरी ने एक प्रबल निःश्वास रोककर और गला साफ करके कहा, "बेटा, संसार में उसके लिए कोई स्थान नहीं है। इसीलिए मैं उसे भगवान के चरणों में लिए जा रही हूं। मैं नहीं कह सकती कि वहां जाने

पर वह बचेगी या नहीं। लेकिन अगर किसी तरह जीती रही तो मैं उससे जीवन-भर इसी बात की मीमांसा करने का अनुरोध करूंगी कि भगवान ने उसे इतना रूप, इतना गुण और इतना बड़ा हृदय देकर क्यों इस संसार में भेजा था और फिर क्यों बिना किसी दोष या अपराध के इस तरह उसके सिर पर दुःख का बोझ लादकर उसे संसार के बाहर फेंक दिया। इसमें भगवान का ही कोई अर्थपूर्ण और मंगल-जनक अभिप्राय छिपा हुआ है या यह केवल हम लोगों के समाज के ही खयालों का खेल है! भइया रमेश, संसार में उससे बढ़कर दु:खिनी शायद और कोई नहीं है।"

इतना कहते-कहते ताईजी का गला भर आया। उन्हें इतनी अधिक व्याकुलता प्रकट करते हुए आज तक किसी ने न देखा था। रमेश स्तब्ध हो रहे। विशेश्वरी ने कुछ बाद ही कहा, "रमेश, तुम्हारे लिए मेरा यही आदेश रहा कि तुम कभी उसको गलत न समझना। चलते समय मैं किसी की शिकायत नहीं करना चाहती। लेकिन तुम कभी भूलकर भी मेरी इस बात पर अविश्वास न करना कि तुम्हारी उससे अधिक मंगलाकांक्षिणी और कोई नहीं है।"

रमेश ने कहा, "लेकिन ताईजी···"

ताईजी ने जल्दी से उन्हें बीच में ही रोककर कहा, "रमेश, इसमें लेकिन-वेकिन कुछ नहीं है। तुमने जो कुछ सुना है वह सब झूठ है; और जो कुछ जाना है, सब गलत है। लेकिन अब इस अभियोग की यही समाप्ति हो जानी चाहिए। उसका अन्तिम अनुरोध यही है कि तुम समस्त अन्यायों और सब प्रकार के हिंसा-द्वेषों को बिलकूल तुच्छ करके अपने काम सदा इसी तरह खूब जोरों से चलाते रहना। इसीलिए उसने अपना मुंह बन्द रखकर सब कुछ सहन किया है। रमेश, उसके प्राणों पर आ बनी है; फिर भी उसने मुंह से एक बात भी नहीं निकाली।"

ठीक इसी समय रमेश को कल रात की रमा के मुंह से निकली हुई और भी एक-दो बातें याद हो आईं जिनसे दुर्जय रुलाई का वेग मानो उनके होंठों तक आ गया। उन्होंने जल्दी से सिर नीचा करके और शरीर की सारी शक्ति लगाकर कह डाला, "ताईजी, उससे कह देना कि ऐसा ही होगा।"

इसके बाद रमेश ने हाथ बढ़ाकर किसी तरह उनके चरणों की धूल लेकर सिर से लगाई और वे तेजी से बाहर निकल गए।

□□□